ZAIJIAN
NÜRENHUA

再见，女人花

李春辉◎著

北方文藝出版社
·哈尔滨·

图书在版编目（CIP）数据

再见，女人花 / 李春辉著. —— 哈尔滨：北方文艺出版社，2022.7

ISBN 978-7-5317-5646-0

Ⅰ.①再… Ⅱ.①李… Ⅲ.①中篇小说－小说集－中国－当代②短篇小说－小说集－中国－当代 Ⅳ.①I247.7

中国版本图书馆CIP数据核字(2022)第106914号

再见，女人花
ZAIJIAN NÜRENHUA

作　　者 / 李春辉	
责任编辑 / 富翔强	装帧设计 / 树上微出版

出版发行 / 北方文艺出版社	邮　　编 / 150008
发行电话 / (0451) 86825533	经　　销 / 新华书店
地　　址 / 哈尔滨市南岗区宣庆小区1号楼	网　　址 / www.bfwy.com
印　　刷 / 武汉市籍缘印刷厂	开　　本 / 710×1000　1/16
字　　数 / 204千	印　　张 / 13.25
版　　次 / 2022年7月第1版	印　　次 / 2022年7月第1次印刷
书　　号 / ISBN 978-7-5317-5646-0	定　　价 / 78.00元

序 言

　　自今年三月开始，春辉兄因血液病先后接到十次病危通知书，半年内11次住院。我不知道他一次次面对病危的无力和绝望，以及他透过病房窗户遥望苍天，看到的天空又是怎样的颜色。

　　他静静地躺在病床上，陪伴他的只有年过古稀的老父亲。母亲体弱多病，每三天来医院看望一次儿子。

　　老父亲用人力三轮车拉着病人每晚回家，他们在城市里穿行一公里。来往的人流、车流喧哗着，大风偶尔还扬起风尘。遇到大雨，两个人只能躲在路边别人的屋檐下。

　　高大的病人蜷缩在三轮车上，他看到了庄严肃穆的高楼大厦，看到了蔚蓝的透明的天空，看到了太阳给白云镀上金色的边，看到了老父亲正佝偻着背吃力地蹬着三轮车爬坡。

　　即便他在病榻上躺了半年，和我的电话中，他从不过多谈论病情，仍然只和我谈论文学，谈论作品，我在电话这端已经默默流泪。他的病在沉重打击这个底层家庭，却也让这个家凝聚着不屈不挠向命运抗争的力量。

　　一次次的病危通知书，在抽打着危难中的病人，亲人朋友纷纷为作家捐款。老人继续用三轮车拉着小儿子穿越街道，只是他变得加倍小心，因为他的小儿子血小板太低，头部受到撞击便会颅内出血而死。他们在城市的暗影中，是那么渺小，那么疲惫，又是那么倔强。

　　病人的双眼开始审视自己，追忆过往，童年、少年，青年、中年。45岁的他开始归纳总结，他把近三十年发表的作品罗列出来，仅仅发表作品的目录便有九千余字（发表作品的样报、样刊摞起来足足有两米半高）。他特意把目录发给我，看着长长的篇目，我被深深震撼。他的作品是如此之多，就是全集也要出版十多册。

一篇篇小说，展示着他的过人才华，展示着他的非凡努力，《长翅膀的男人》《曾是惊鸿照影来》《梦的迷宫》《庄周梦蝶》……每一篇都独具匠心，闪烁着人性的光芒，还有对爱情的渴望和对未来的探索。

他在科幻杂志上发表了十多万字的科幻小说，但这里只选了一篇《梦的迷宫》。《梦的迷宫》谈孤独，谈迷宫一样的生活，还谈到信仰。小说刊于《科学 24 小时》杂志，作品还成为 2010 年首届全球华语科幻星云奖最佳科幻短篇奖入围作品。这本应该是一个好的开始，他信心满满地想在文学之路上走得更远，但是，在长篇小说出版失败和深爱的前妻患绝症的双重打击下，春辉兄得了抑郁症，被迫停笔七年。

七年的抑郁症，重创了他的文学写作，也让一个冉冉升起的文学之星暗淡下来。我很想问病人，此时回看那七年的抑郁，又该是怎样的心境？想来，他的内心也是恍然，如今，却在血液病打击下新增了更多困惑和不甘，人生与命运，从不有迹可循，人走上一条路，只能跌跌撞撞地前行。

大多的理想总会被偶然因素撞击得支离破碎。春辉兄太爱好文学了，先后两次辞职专事写作，累计达八年。他是抱着理想而生，为此孜孜以求，七年之后，他以顽强的毅力重新提起笔，用文学重新为自己点燃了一盏明灯，笔耕不辍，几年间他又写下几十万字，一篇篇刊发在报刊上，其中一些还刊登在名刊上。春辉兄对文学无比痴情，他的献身精神令我深深敬佩，他能为文学舍弃家庭、公职和健康，这种执着的精神是十分罕见的。

只是，他是否实现了梦想？他觉得还不够，没有出书，这是缺憾。卡夫卡晚年曾说过一句悲伤的话："没有什么能证明我曾是一名作家。"所以，近现代的作家们均重视个人作品的出版，这是一种证明，也是一种寄托。他经常会提起他那两部不曾出版的长篇小说。我安慰他，你那么多小说和随笔通过自由投稿方式发表，你才是真正的作家。他释然了，也珍惜摆脱抑郁症后的时光，每日都在勤奋写作，就连春节都不曾休息。

这一次，他整理自己的小说集，发给我看。我很慎重，再次审视他的作品，而心间也在酝酿伤感的情绪。这些作品里面，有个永远的男主角，那个在多篇小说中出现的韩之光，应该就是李春辉自己。他一次次浓墨重彩，用不同的场景，用不同的女主角来阐释灵魂的孤独。

春辉兄化身的韩之光出现在《众妙之门》，出现在《梦的迷宫》，出现在《量子女友》和《寻呼机时代的往事》里。抑或初恋，抑或前妻，抑或是英俊少年，抑或是油腻大叔，抑或是过去，抑或是未来，时空转换着，而韩之光依然孤零零地出现，又孤零零地被抛下。浮光掠影中，韩之光承受着一个个分别和悲伤。

这或许，就是命运。科幻小说《众妙之门》发表在《作品》杂志，科幻小说《量子女友》发表在《都市》杂志，都是知名纯文学杂志，表明他的科幻已经被主流文学接受。在《众妙之门》里，他不落俗套去展现未来世界的景象，另辟蹊径，在未来世界重看曾经的爱情，无论科技如何发达，人终究摆脱不了情感的束缚。

《众妙之门》在小说结构上进行了有益探索，前一章是幻想的科幻小说，后一章是现实的真实记录，幻想与现实之间交替进行，结尾的时候幻想与现实的界限被打破了，使人有种穿越之感，让人感觉亦幻亦真，不知道这个世界究竟是虚幻的还是真实的。这篇小说的叙事技巧十分高超，我曾在玛格丽特·阿特伍德的长篇小说《盲刺客》中见过这种俄罗斯套娃式叙事结构。

2017年冬季号至2018年秋季号的《独山文苑》，以四期的篇幅，历时一年连载了他的小说《珠海之恋》与《寻呼机时代的往事》，这两部小说累计达12万字，合起来是一部完整的长篇小说：《海底的火焰》。这是一本自传体长篇小说，本书编选了其中的前半部分，属于校园文学作品。整部小说是一首激情澎湃的青春长诗。作者创作这部小说可谓呕心沥血，这部篇幅不长的小说他足足写了三年，正是在艺术上精益求精，才使这部小说有了不凡的艺术品质。

我看过长篇小说的全部文字，前面写的是作者大学时的爱情。我虽然比他年轻几岁，但大学时的情景历历在目，此时看着他作品里一个个鲜活的人物，还有情窦初开时的爱情憧憬，还有年轻男女争吵、背叛，感同身受，我的往事也如画卷一般浮现眼前。

李娜娜是小说的女主角，出现在整部长篇小说中，是以作者的前妻娜娜为原型塑造的，因而作者写得异常动情。出于对离世的前妻的尊重，作者并未对小说中娜娜的信件进行艺术加工，作者力求真实，在真实与艺术性之间，作者选择了前者。故而，作者杜鹃泣血的真诚感动了读者。女主角李娜娜的悲剧形象因她的离世而更加让人扼腕惋惜，李娜娜的纯洁与为爱献身精神，都是可贵又可叹的。

春辉兄笔下的男主人公都是他自己，彼此相似；他笔下的女主角却是如此不同，一个个具有鲜明的个性。精灵古怪的张雪、高贵傲娇的鱼玄机、忧郁美丽的李娜娜，都是他笔下动人的形象，代表着他小说艺术的最高成就。他最推崇的小说家是善于描写女性的曹雪芹、列夫·托尔斯泰和屠格涅夫，不是偶然的。

简单谈了几句他的小说，更多的内涵需要读者自己去发现。春辉兄本质上是一个思想者，他的哲学隐藏在小说的字里行间。

掩卷沉思，我的目光放远，从自己家的窗户顺着珠江逐向远方。默默祈祷，春辉兄早日恢复健康。他那么热爱文学，就让他把他的故事写圆满，写出一曲荡气回肠的人生豪迈。

（朱瑞国，作家，公职律师，现居广州）

目 录

塑料模特的爱情 1
南方爱情 5
众妙之门 27
长翅膀的男人 47
量子女友 73
曾是惊鸿照影来 85
梦的迷宫 99
龙 107
寻呼机时代的往事 117
后记 200

塑料模特的爱情

在百货大楼的仓库里，摆着两个略有残缺的硬塑模特，他俩像《红楼梦》中那块五彩补天的顽石一样，被弃置不用。当初一批进库的模特都站到了金碧辉煌的服装大厅，只剩下他俩被岁月蒙上了层层灰尘。巧得很，他俩一个为男模特，一个为女模特。为了叙事方便，暂且把男模特称作阿团，女模特称作阿囡。一对受环境囚困的男女。粗看几眼，就能知道他俩被弃置不用的原因：阿团碰断了脚踝，阿囡折断了手腕，伤处均用透明胶带缠着，而这两个部位是时装遮盖不了的。

阿团阿囡全身赤裸，像伊甸园中蒙昧的亚当和夏娃。

夕阳西下，一束光斜射进仓库中，光束中灰尘静静飞舞，人们可以看清楚男女主人公的外貌：阿团鼻直口方，一副倒三角的健美体型。阿囡身材娇小，头顶刚及阿团的眉毛，她面容娇媚，小鼻子调皮地上翘，胸前一对小巧而饱满的乳房骄傲地耸立着。

阿囡正对着带栅栏的小窗户，可以看到外面的世界。看！一个含着着奶嘴的婴儿踉踉跄跄地奔跑，哎呀，他摔倒了，吐出了奶嘴，哇哇大哭……小伙子从后面搂住姑娘柔软的腰肢，轻捷地在视线内一闪而过……一位圆胖的中年妇女刚刚购物归来，喘着粗气，左右手各拎一个沉重的塑料袋……大千世界多么美好啊，她羡慕人类有双灵活的脚，可以自由地走来走去（其实手脚灵活的人类，并不像阿囡想象的那么自由，大多数人一生所走的路不过是在家与单位之间徘徊而已）。

阿团站在阿囡的对面，他看不到外面的世界，只能听到一片喧嚣，他不理解阿囡为什么那么喜欢外面，阿团没日没夜目不转睛（真正意义上的目不转睛）地望着阿囡。阿囡早就觉察到阿团火辣辣的目光了，女孩子在这方面向来是无师自通的，但她目不斜视，骄傲地眺望窗外。只不过每当夕阳把温馨的余晖投到仓库时，谁也不知道为什么，阿囡的脸上总是泛起淡淡的红晕，那红晕使飞舞的灰尘也变成了亿万欢快的精灵。

  就这样一个向外看，一个看对方，他们看了几百个日日夜夜，窗外的那棵老杨树绿了又黄，黄了又绿，已经两次了，他们的身上积满了灰尘，他们的内心激荡着莫名的渴望。朝夕相处才能产生感情，古人常讲的所谓缘分仅仅是环境和机会罢了，只有环境和机会才能造就爱情。我们无法想象一对男女，一个在南极，一个在北极，他们能萌发出爱情。"两情若是久长时，又岂在朝朝暮暮"，纯粹是诗人不负责任的风凉话。以人类的经验来看，另一个空间，另一段时间，就能产生另一桩爱情，爱从来不是必然的产物，它包含太多的偶然因素。不知从何时起，阿囡的目光不再眺望窗外，同样深情地望着阿囝。他们通过目光倾诉了什么，我们是无法猜到的。我们只看到阿囡的目光时而娇羞，时而忸怩，时而奔放，时而泼辣，时而嗔怪，时而宁静……

  那天仓库保管员上货，嫌两个模特碍事，把他们塞到了墙角。保管员走后我们才发现，不知是有心还是无意，保管员把阿囡放到了下面，把阿囝放在了上面。阿囝和阿囡感到新奇、刺激、着迷，他们不分昼夜地凝望，疯狂地表达爱情。阿囡深深爱上了阿囝，觉得自己的躯体已经不再属于自己，而是属于阿囝的了。她抛弃了所有少女的骄傲，全心全意地爱着阿囝，脸上带有新娘子的那种幸福又陶醉的表情。

  那是一场长达100天的蜜月。

  有人说，困境中产生的爱情不能长久。唉，谁都说不准，这一对儿亲热过后会不会互相淡忘。

  三个多月后，仓库保管员按照经理的意思，把一批长期积压的商品拿出去减价处理，其中包括阿囝和阿囡。一位个体服装店的小老板发现了他们，以低廉的价格买了去。

  他们平生第一次洗了澡，换了新衣服。服装店不大，只有七十多平方米，他们一左一右站在店门口，阿囝穿上笔挺的深蓝西服套装，显得英俊潇洒。阿囡竟然穿了一袭白色的拖尾婚纱！小老板的老婆还在她脖子上戴了串玻璃项链，阿囡手腕伤处的胶带也被半透明的白手套遮住，她的身后还拖着长长的白纱呢。婚纱贴在肌肤上，阿囡非常喜欢这种痒痒的、凉凉的感觉。那一天，她焕发出生命中最大的美丽。阿囡认为上帝给他们举行了婚礼，她感到无比幸福。是啊，女人最大的幸福不就在婚礼这一天吗？

接下来是他们最快乐的一段时光。

为庆祝重见天日，为庆祝没有分离，阿囝阿囡日日夜夜互相深情凝望。他们随着季节更替着服装，他们的虚荣心得到极大满足。他们可以接触各式各样的人，美的、丑的、富的、穷的、高的、矮的、聪明的、呆傻的，林林总总，这一切都是在地下仓库时闻所未闻的。他们没有什么伟大抱负，只愿快乐的生活尽量长久。阿囝阿囡真想呼喊："看看我们吧，我们是世上最完美的一对！我们拥有世上最纯洁的爱情！"

幸福时光只持续了半年。政府扩宽道路，小老板的服装店作为临时建筑必须拆除，已经来人在墙上用红油漆写了大大的"拆"字，字外面还画了个大大的圆圈。小老板夫妇忙着最后的大甩卖。以前他们搞过几次"拆迁大甩卖"，不过这次是动真格的了。阿囝阿囡惊恐地关注着他们的命运。

甩卖两周后，老婆问小老板："这对模特怎么处理？"

"我早联系妥了，都有去处。"

"你咋没跟我说过呢？"

"最近多忙啊，哪有闲工夫。那个女模特送给小马，男模特卖给'快活林'。"

"小马为啥不要男模特呢？"

"小马开的不是女装专卖店吗？你咋忘了？"

"'快活林'要模特干啥？"

"他们正收购呢，过两天万圣节，他们要搭个棚子，脸上画上獠牙啊什么的，还弄了些石膏头骨，胳膊腿儿锯下来也有用，当断臂断腿挂起来。"

"真能瞎折腾！咱们日后不用模特了吗？"

"现今流行抽象模特，这两个破玩意儿早过时了。换新的。"

阿囝阿囡了解到这一毁灭性的变故，他们用痛苦得冒火的眼睛死死地互相凝望。他们在最后一晚到底用目光交流了什么，我们已无从猜度了。

第二天清晨，小老板把他们身上的衣服扒下来，阿团阿囡又恢复一丝不挂了。过了会儿，小马到了门口，他从三轮车上跳下来，大声嚷嚷："模特呢？我还有事儿，得赶紧走。"小老板用手往门边一指。

在生离死别的时刻，阿团与阿囡意味深长地最后对视了一眼。看来命运要把他们生生拆散了。然而，就在小马的手即将碰到阿囡的一瞬间，阿团阿囡同时化为了碎片。两堆碎片散落在一起，谁也无法再让他们分开。

短篇小说《塑料模特的爱情》刊于《百花园》2006年3期。

南方爱情

我叫关阳，亲戚朋友叫我小阳，外人大多叫我小关。

我没有参加2009年高考，以我平时的成绩，考个本科是不成问题的。放弃高考的原因很简单，父亲七年前因病去世，妈妈没有正式工作，靠打零工供我上大学非常困难。我已经大了，应当自己养活自己，让妈妈少受一些罪。

九月底，我说服了妈妈，踏上了南下的火车，从黑龙江来到了广东。望着窗外飞驰而逝的景物，我梦想着几年内能够赚到钱，把妈妈接到南方，让她也享享福。经过这漫长的旅途，我才知道祖国的疆域有多么辽阔。

到了珠海，本来住在有钱的叔叔家，偏巧叔叔是个妻管严，我三天后识相地搬了出去。我在一家小旅店住了下来，开始在网络上四处投简历，也去了珠海的几家人才市场应聘，很快就有了回音，珠海雷霆演艺公司让我去面试。

上午见了市场部胡总监，胡总监胖得像一头猪，两只狡猾的小眼睛表示这头猪并不蠢。胡总监把架子端得十足，摇头晃脑地问了一些问题，我都谨慎地回答了。胡总监又自吹自擂了一通，才放过我。整个面试过程胡总监没有露出一丝笑容，仿佛我刚刚挖了胡家祖坟似的。

中午我随便吃了碗面条，在公司等了两个多小时，终于见到了公司老板黎总，黎总三十来岁的年纪，下巴上蓄了半寸长的胡须，左手戴了一串大大的红玛瑙念珠，上身穿了件砖红色衬衫，衬衫右面绣了一条二尺多长的金龙，看上去很有艺术家的派头。

黎总同我聊了一会儿，突然问："关阳，你刚刚从学校出来，怎么能保证一定能做好市场营销呢？"此时年轻老板一双盛气凌人的高傲眼睛，透着自以为是的光芒，仿佛雇员只是他手中任意摆弄的一枚棋子。

我毫不迟疑地回答："我在学校里学习成绩一直名列前茅，只是因为家里穷才没有去读大学，在多年的学习过程中我培养了顽强的意志，我相信这是做好任何工作的前提条件。再者，我这个人有闯劲，口才好，善于与人沟通，相信能做好这份工作。"

黎总似乎非常满意，他的脸露出了假笑，极力表明对下属的关爱。他情绪高昂地说："要有成功的渴望，成功只属于有准备的头脑！我们公司有你足够的发展空间。"

我高兴地说："希望能在公司尽快成长起来。"

黎总仿佛说累了，低声说："明天八点半来上班，底薪一千，每拉来一单业务有5％提成，中午供应免费午餐，公司有宿舍。"

我没有想到工资这么低，跟黎总道了个别，就默默离开了。

经过一番思想斗争，我第二天还是去上班了。我来得太早了，公司门紧锁着，我望了望窗外，公司在七楼，楼下是熙熙攘攘的人群，一个个缩小的人影都在匆匆忙忙地走动。

上班后，我认识了市场部的同事：小石、小叶、小沈、小刘，还有一位三十多岁的李经理，李经理负责策划和文案。

昨天面试过度紧张，我没有仔细观察公司的内部格局，上班的时候我仔细看了一下，一进门是前台，坐着两名文员，右侧是市场部的两排办公桌椅，左侧是一个空场，墙上装饰着镜子，是排练用的。再往里是三个分隔出来的小单间，最里面的两个单间是老板和胡总监的办公室。经常有一些年轻女孩被领到三个小单间里面去，来来去去的，不知道他们在忙些什么。

上午市场部开了个短会，胡总监让李经理带我一段时间。会后李经理给了我一张公司的宣传单，让我背下来，说下午带我去跑业务。宣传单上面有很多照片，文字也不少，我紧张地背诵着，初步了解了公司的业务范围：礼仪庆典、商务会议、活动策划承办、媒体投放代理、艺员经纪、广告创意、影像拍摄制作、大型文艺汇演、形象设计、企业策划、灯光音响舞台、产品促销推广。

下午李经理带我去跑了几家车行，找车行的市场部经理，询问近期有没有新车发布会之类的事情，跑了几家都是徒劳无功。我们坐公共汽车去的，一下车就靠步行一家家拜访客户。

回来时在拱北华润万家站下车，路过一家蝶恋花咖啡厅，我说："李经理，我请您喝杯咖啡。"

李经理说："你刚走上社会不容易，还是我请你吧。"

我执意请客，李经理带我去麦当劳喝咖啡，他说这里的咖啡要便宜很多。我们找了个临街的位置坐了下来，开始享受店内的空调。李经理心情不错，一点没有受到业务没跑成的影响。坐定了，我才端详起李经理的相貌，他长方脸，浓眉大眼，身高与我相仿，大概有一米八三。

李经理问："宣传单背得怎么样？"

"背诵下来了，就是有点拗口。"

李经理给了我一张他的名片，说："学点专业术语，宣传单叫DM单，你这样一说，人家客户就觉得你专业。其实你把名片后面的文字背诵下来就可以了，DM单上的东西融会贯通即可，搞营销要随机应变。"

"李经理，能多谈谈公司的事情吗？我刚来，有点一头雾水。"

"我们是东北老乡，我今天跟你说的话，你千万别跟其他人提起。咱们公司的主体是一家骗子公司。市场部不是骗子，市场部主要做名片后面写的那些事情。骗子主要是那些在小屋内的所谓的演艺部经理，由楼下的几个星探把受骗女孩子带上来，交给演艺部经理洗脑，演艺部经理忽悠女孩子们，许诺培养她们做T台模特、车模、平面模特、影视演员、礼仪小姐、歌手，把她们称作签约艺人，每人交880元，交费后只给所谓的艺人照一套明星照，此外就再也不管她们死活了；有一种顶级签约艺人，要交两三千元，是被骗得最惨的一类女孩；没有任何特长的女孩子就让她们做前台文员，押金400元，干不了几天就找个借口开除她们，押金不退。他们没有收你的押金吧？"

"没有。我叔叔说，收押金的公司都是坑人公司，让我一听到收押金就走人。对了，那些受骗的女孩子没有上告吗？"

"受骗女孩通常自认倒霉，很少使用法律武器。"

"哦。"我听到了雷霆公司的真实情况，感觉很失望。

李经理语重心长地说："咱们公司不签合同，员工连社保和医保都没有，老了怎么办？小关，找到了好的公司，你就马上跳槽。暂时先在这里干着，骑马找马，也积累点社会经验。"

"您说得在理。"

我们喝完了咖啡，走出麦当劳。去公司途中路过了两座异常高大的烂尾楼，李经理仰头说："这就是处于黄金地段的珠海第一高楼——时代·国际公寓，五十多层，近二百米高，1994年开建的，至今没有完工，此楼属于珠海标志性建筑，业内人士称二十年也不一定完工的大楼。"

我仰望着这座混凝土已经封顶的建筑，风在空荡荡的楼层间穿梭，绿色安全网波浪般随风舞动，二百米高的吊车忧郁地站在烂尾楼右侧，吊车的铁臂指向虚无的天空，仿佛冥冥中指引着方向。

建筑四周的围栏上写着"一个时代只有一个地标"，李经理指着围栏说："时代·国际公寓不愧为地标性建筑，几里外就能看到这座楼鹤立鸡群于楼宇之间。"

我笑了笑："李经理真幽默。"

我住进了公司的集体宿舍，那是个大房子，隔成了五个小房间，我住在其中一间，每月交一百元房租。我每天中午在公司吃午餐，做饭的阿姨经常抱怨钱少，经常嚷嚷不做了。阿姨每天中午把饭盒拎来，我们每个人吃过饭洗刷自己的饭盒。

接下来的日子，我主要是四处跑业务，车行、影楼、商场、医院，哪里都去。大多时候是李经理带我去的，我渐渐学会了如何与客户打交道。

刚到珠海，我主要对珠海街上的行人感兴趣，那些高楼大厦我以前在电视中早已司空见惯了。我感兴趣的是那些美丽的摩登女郎，也在意时髦小伙子的穿衣打扮，力争赶上时代潮流。我没有多余的钱买衣服，就买了一个崭新的挎包。

在珠海最不适应的是此地的湿热，东北人一时适应不过来。最新奇的是那些随处可见的热带植物——椰子树、凤凰木、榕树、芭蕉树。热带由于雨量丰沛，植物尽情生长，植物之间竞争得很厉害。我注意到大榕树裸露在地面上的根，那些树根像一条条蟒蛇，保持向四周尽力游动的姿态，一条条树根宛如伸向大地的魔爪。

我隔几天就给母亲打一个电话报平安，我心中涌起了浓浓的乡愁，而乡愁主要就是思念母亲。

李经理是一名业余作家，他家中有很多藏书，他送给我一些小说，我最喜欢其中的《弃儿汤姆·琼斯的历史》，书中讲一个像我这样的漂亮小伙子在情场上不断胜利的故事。我在高中没有谈过恋爱，如今走上社会了，爱情似乎变得更加遥远了，与前台文员谈情说爱是不明智的，她们过不了几天就会被开除。文员们来去匆匆，似乎都没有留意我长得很帅，倒是演艺部杜经理看出来这一点。杜经理二十四五岁，脸庞很漂亮，身材丰满，她从来不穿职业装，常常化浓妆，眉眼很风骚，头发染成酒红色，穿戴得像一个舞厅小姐，有很浓郁的风尘气息。

那天公司来了个教舞蹈的老师，几名签约艺人跟着老师练舞蹈。我在旁边看热闹，杜经理偏巧也在那儿。

在吵闹的音乐声中，杜经理大声问我："小帅哥，你叫什么名字？是哪儿人？"

"关阳，黑龙江人。"

"哦，那你今年多大了？"

"十八岁。"

"哟，我比你大整整十岁。"

"杜经理看上去没有那么大，你要是不化浓妆，会显得更年轻。"

"小老弟挺会说话嘛，以后别叫我杜经理，叫我薇薇姐好了。我是重庆人，重庆产美女啊！我的工作其实就是指导年轻人选择事业和生活，我指导女孩子，也指导男孩子。"

杜经理笑眯眯地望着我，她拿出一支烟，吸了起来。她吐烟圈的时候红唇卷成一个圈，仿佛在吻着空气。看样子如果我待下去，交谈还会进行。李经理说过，演艺部的经理们都是职业骗子。我感觉浑身不自在，找个借口出去了。

后来杜经理又让我叫她薇薇姐，我就那样称呼她了。我感觉薇薇姐对我很有吸引力，我明明知道不该喜欢这个女人，但仍对她有好感，就像某些人偏爱吃臭豆腐一样。杜经理的声音清脆悦耳，宛如百灵鸟的歌声。她的身上充满了活力，仿佛周身燃烧着一团火。

过了几天，市场部来了个文员，名字叫常娜。常娜是所谓顶级签约艺人，她被骗了两千元，事后多次找黎总要，黎总受不了打扰，就把她派给了市场部。胡总监如获至宝，找常娜谈话足足谈了一上午，派给她的任务是记录我们业务员每天出门和回来的时间，登记名片（业务员每天要上交五张名片，以证明自己跑了上述业务），给客户打打电话沟通业务，她比我们业务员要清闲很多。

常娜是中山人，个子不高，她长着一张瓜子脸，大眼睛，小嘴。广东当地人皮肤一般都不大好，常娜却皮肤非常白，她比前台那些文员都漂亮。常娜长着精致的鼻子，几乎稚气未脱的漂亮脸蛋。我没有一支诗人的生花妙笔，无法形容她的美。

常娜的位置就在我的旁边，过了几天，她开始同我小声聊天。

当初演艺部崔经理骗常娜说她长得美，做不了T台模特，可以做平面模特，就是穿上时装拍摄照片，然后登在时尚杂志上，每次给很多钱，常娜就信了。其实我们公司拉不来平面模特的业务，偶尔拉来T台模特的业务，也是找几个身材高的签约艺人临时训练一下，每人每次只给一百元。

常娜穿着一件淡粉色的上衣，显得她体形很好。常娜只愁苦了几天，就露出了乐观的本色。她的上嘴唇很薄，唇边还有一颗美人痣，小嘴隐约总在微笑。她还佩戴着两个做工精美的金耳环，让笑容更加灵动。我想假如我被骗了，一定是表情严肃，面带怒容，不会像常娜那样傻呵呵地笑，所以背后给她起了个外号叫小白。后来一问才知道，她年龄居然比我还大两岁！

每天我跑完业务回公司，常娜都亲切地问候："回来啦。"她的微笑特别甜。能坐在常娜的旁边，我感到从未有过的幸福，多想坐在她身边一生一世。我一直想加深同她的关系，渴望她成为我的女朋友。她长得娇小，一点看不出年龄比我大，反倒显得比我小似的。

十月底公司聚餐。黎总两口子都是四川人，公司每月在一家川菜馆聚餐，黎总不但是雷霆演艺公司的老板，还是巨星演艺公司的老板，那里全是演艺部经理和星探，也就是说全是骗子。

傍晚时分，两伙骗子聚集在一起，他们交谈得很热烈，人还没有到齐，主要是黎总两口子还没来。

我和常娜在一起站着，望着不远处骗子的聚会，一个烫发的胖女人穿了件连衣裙，突显出腰部全是赘肉，露出一双粗壮的胖腿，正和崔经理聊得正欢。崔经理摇头摆尾，像一条刚刚啃到骨头的狗。

雷霆公司最无耻的家伙就是缺了一颗门牙的崔经理，当初正是他骗了常娜的两千元，他却时常跟常娜调笑，常娜一改温和的脸色，对他冷言冷语，姓崔的还是百般纠缠。

我仰了一下脸，对常娜说："那个姓崔的好像很喜欢你啊。"

"他是个坏人。我不会搭理坏蛋的！"

"是因为他长得丑，还是因为他骗过你钱？"

"他不值一提！老谈他我们能开心吗？"

黎总两口子来了，大家陆陆续续走进饭店。小酒店布置得俗不可耐，屋内供着财神爷。一共摆了两大桌，来了二十多人，骗子们大多和黎总一桌，我们这桌大多是市场部的员工和文员，我坐在常娜的旁边。

我没有注意都吃了些什么，全部心思都放在常娜身上了，只记得菜有水煮鱼和毛血旺，喝的是青岛啤酒和金六福酒。常娜给我夹过几次菜。

我问常娜："广东人不是不能吃辣的吗？"

常娜笑着说："我能吃一点，不像一般的广东人。"

这时候崔经理走了过来，举起啤酒杯要和常娜碰杯，常娜用手挡住了杯口，用力摇了摇头，便不再理睬崔经理。

然而常娜却和我喝了几杯啤酒，黎总给大家敬酒的时候她也喝了，常娜这么不给崔经理面子，我相信这个小人一定气坏了。果然，崔经理中途退席，独自灰溜溜地走了。

黎总那桌喝得热火朝天，喊叫声划拳声此起彼伏。觥筹交错之间，大家其乐融融，这群醉生梦死的人只顾乐在眼前，不问明天。

常娜喝了酒，她的面颊红润了，更加美丽了。她说："我从小就喜欢几个月大的宝宝，梦想着将来能当幼儿园的阿姨，整天陪宝宝们玩。爸爸却让我考了数控中专，学了这个一点用处没有的专业。"

我不懂什么叫数控，却装作很懂的样子连连点头，对她表示同情。

我把话题一转，问道："你最喜欢哪个男星？"

"是演电影的还是唱歌的？"

"都算上，最喜欢哪个？"

常娜有点不好意思地说："刘德华，你同他长得有点像。"

我正要说高中时也有人这么说过，市场部小叶端着一杯啤酒走了过来，他对我俩说："办公室恋情由地下转为地上了，小两口也该照顾一下我们的情绪啊，来，我同你俩喝一杯！"

常娜酒量不大，确实有点喝多了，红着脸说："打死你！"她扬起小手去打小叶，小叶向后一躲，他的酒洒了一半。

我伸手把常娜拉了回来，说："别理他。"

这是我第一次拉常娜的手，内心很激动。她的小手柔软又温暖，握上去很舒服。

我俩又聊了很多，她谈到了她幸福的童年，高中时压力比较大，她爸爸想让她考大学，而她的成绩不怎么好，那段日子过得不太快乐。她说中专毕业后她一直在中山当文员，想出来闯一闯，她说所有城市中她最喜欢中山，结婚后也要定居中山，她说她离不开疼爱她的父母，她的爷爷、奶奶、外公、外婆都在中山。

我说："日后我一定要到中山去看看。"

"好呀，我给你当导游。"

我俩聊到十一点多才走，当时其他人还在拼酒。过马路时，我试着拉常娜的手，她迟疑了一会儿，把手抽出来了。

我打车送常娜回住处，常娜住在她表姐家，她没有把自己的事告诉表姐。为了省钱我走回住处，路并不远，走了四十分钟就到了。

常娜的面部表情富于变化，对着电脑工作时一副专心致志的神情，上班偷偷看电影时一副调皮的神色，对待崔经理一副厌恶的神态，与我交谈时一副娇媚的模样。

常娜举手投足之间都透着轻盈与优雅，我常常偷偷看她袅娜的腰肢，然后浮想联翩，幻想着与她拥抱。

我在想着如何对常娜表白，如何去追求她。毕竟我没有任何追女孩的经验。送礼物吗？送什么呢？她会收吗？想来想去还是吃饭好一点，可以多聊聊。

恰好有个东风悦达起亚新车发布会，我们市场部承办的，在报业大厦广场举行。市场部承制了背景喷绘、刀旗、花篮、气球拱门，其实这些东西也是我们向其他公司买的或租的，我们收取差价。这些东西往那里一摆，喜庆气氛立刻就有了。

我们还从外面雇来小提琴手、主持人、四人舞蹈队、女歌手，我们公司自己的所谓签约艺人是拿不出手的，没有达到演出水平。我公司只出了两名车模和一名礼仪小姐。

可怜的常娜还属于顶级签约艺人，由于身高不够，连礼仪小姐都做不了。

胡总监让市场部全体去忙碌。大家安置好了音响设备，等了半个小时，主持人出场了，节目正式开始。李经理一直兢兢业业地给演出人员拍照。

常娜那天穿了件驼色蝙蝠衫，长长的头发扎了个马尾辫，显得很清纯。我和常娜坐在凉棚里面，一边看着节目一边聊天。

我说："今晚请你吃饭。"

"除了我，还有谁？"

"就你一个。"

"那我不能去。"

"为什么？"

"就是不能去，我们现在这样不是挺好的吗？听我的，好不好？"

我只好谈些别的，那晚公司聚餐后常娜似乎开始疏远我，是因为我拉了她的手，还是因为小叶的话？

后来我俩不再说话，只是并排静静地坐着，认真看艺人们的表演。

舞蹈队的主跳姑娘跳得激烈而性感，另外三个伴舞的姑娘显然只是笨拙地模仿。四名舞蹈队员跳完舞坐在凉棚休息，激烈的舞蹈过后，她们的胸脯不停地起伏，身上有一股香粉和汗水混合的味道。近看四名舞蹈队员都不太漂亮，远远没有常娜美丽。

那名女歌手年龄大概有三十岁，化着浓妆，穿着一袭白色长裙。小提琴手是个女的，有四十来岁的模样，她很高傲的样子，落落寡合地独自坐在一旁。

两名车模一位穿着蓝色连衣裙，另一位穿着黑色连衣裙，两名车模都戴着墨镜，在阳光下举着伞，一直站在黑色轿车的旁边。车模赚这一百块比礼仪小姐辛苦多了。礼仪小姐只是手捧着一个大钥匙，交给一名老总就完事了。

11月16日是我的生日，我打算再次请常娜，这次学乖了，没有只请她一个人。我说还请了薇薇姐，常娜同意了。她说："不能喝酒。上次聚餐我都喝醉了。"

"放心吧，不会有酒的，是在肯德基。"

公司附近那家肯德基在二楼，我买来了汉堡、新奥尔良烤翅、薯条、葡式蛋挞、老北京鸡肉卷、土豆泥、可乐、奶茶，找了个偏僻的地方坐下。

找来薇薇姐做电灯泡，是比较明智的，薇薇姐很会调节气氛。

我说："今天是我十八周岁生日。特意请两位姐姐来，庆贺一下。"

薇薇姐说："我说小老弟，这就是你的不对了，也不事先说一下，我们好准备生日礼物。"

我说："不用了，你们来了就是最好的生日礼物。"

薇薇姐走了出去，不一会儿就回来了。这时候，背景音乐停了，传出一个女子的声音："今天是关阳小朋友的六岁生日，祝他生日快乐！"随后响起了歌声："祝你生日快乐，祝你生日快乐……"我和常娜都被逗笑了。薇薇姐就是聪明，总能出其不意地让人快乐。

我打量着对面的常娜和薇薇姐，她俩都属于娇小玲珑的美女。常娜白皙的脸庞，在灯光映照下微微泛红。她化了淡妆，容颜纯洁又美丽。薇薇姐那天抹了深蓝色的眼影，涂了深红色的口红，她戴了两个鸡蛋大小的圆环耳环，说话时耳环不停地摆动，像两个小钟摆。常娜自然比薇薇姐清纯娇美，然而薇薇姐却有一种说不出来的魅力。

薇薇姐明白我为什么请她来，积极地帮我说好话。

薇薇姐说："你们俩年龄这么小，多好啊，正是谈情说爱的年纪。"

常娜说："年龄小，才应该打下事业基础。我们正处在拼搏的年纪。"她望着我说："你说呢？"

我笑了，点了点头。常娜的模样像个小女孩，"事业基础""拼搏"这些词从她口中说出来，就像小女孩在玩过家家一样。

薇薇姐笑着说："也可以两个人一起干事业呀，男女搭配，干活不累。常娜，告诉你个小秘密。"

我望着薇薇姐，不知她要玩什么花样。

薇薇姐对常娜说："我们家小阳想你想得不行了，穿衣服也没造型了，跟谁也整不出感情了，走到哪儿也不受欢迎了，心脏也偷停了，你快答应他吧！"

常娜笑着捂住了自己的脸，然后喘了一口气，不敢正眼看我。

薇薇姐看暂时没有突破，就扯了些别的，不让大家冷场。吃完了，我要送常娜，她没有答应。

我问李经理，自己该怎么做，才能进一步赢得常娜的芳心。

李经理说他经验也不多，他同妻子是大学同学，当初是自然而然相爱的，没有刻意做过什么。李经理提议请我、常娜还有薇薇姐去唱卡拉OK。我要出钱，李经理说他也想年轻一回，坚持掏钱请我们。他说了句让我感动的话，他说他一直把我当作忘年交，也就是说把我当作朋友。

到了唱歌那天晚上，李经理完全成了陪衬，只唱了一首《明明知道相思苦》，那是首很老的情歌。李经理剩下的时间就是给我们鼓掌了，但他一直很愉快的样子。

昏暗的光线下，常娜呈现出一种朦胧的美。常娜穿了一身牛仔装，显得有种别样的风情。常娜唱的多半是粤语歌，我听不明白歌词，常娜的嗓音里有种悲凉的东西，和她温婉的笑容不大一致。她是广东人，显然很喜欢粤语歌。

我和常娜唱了《花好月圆夜》《今天你要嫁给我》《恋爱达人》等好几首情侣对唱歌曲。在柔情似水的音乐伴奏下，我和常娜并肩举着麦克风：

"就在这花好月圆夜，两心相爱心相悦，

在这花好月圆夜，有情人儿成双对，

我说你呀你，这世上还有谁，

能与你鸳鸯戏水，比翼双双飞……"

受到这些浪漫歌词的感染，我和常娜一起在屏幕上找歌曲时肩膀挨得很近，她也不躲开。唱歌的间隙，我俩喝了几听蓝带啤酒，她总是高兴地同我碰杯。包房提供的酒杯很小，一杯装不了多少酒。昏暗的灯光下，我感觉很幸福，有种飘飘然的感觉。喝酒之后，常娜活泼多了。

音乐声放得很大，我只好贴近常娜的耳朵说话："你以前常来唱歌吗？"

"念中专的时候和同学来过几次。"

"那时候有男生追你吗？"

"有三个男生追，可我在中专的时候没有男朋友。"

"那一定是在小学的时候有男朋友。"

"去你的！"

我握住了她的左手，她用右手轻轻打我的手，假装生气。

常娜贴近我的耳朵说："别胡闹，让人家看到了不好。"

让我感到出乎意料的倒是薇薇姐，原来她唱歌特别好听。薇薇姐唱了好多歌，印象最深的是她唱的《天涯》，高亢奔放的歌声在包房内回荡："谁把月缺变成月圆，我用未来换我的缘，从来风花雪月无常，我却不能笑着遗忘……迎着太阳，看着远方，我只要你的一个承诺，无论你这话是真还是假，我愿陪你走天涯……"

大家唱得很开心，一直唱到午夜，我们才散。我照例打车送常娜去表姐家，然后步行回住处。

唱歌之后，常娜与我的关系更近了，我俩开始用即时通信软件聊天，这样外人只能看到我俩在电脑前忙碌，不知道我俩在闲聊。我的网名是"小阳"，她的网名是"清纯的百合"。

小阳：呵呵，有时间聊天吗？

清纯的百合：有。聊些什么呢？

小阳：做我女朋友好不好？

清纯的百合：不好。

小阳：为什么？

清纯的百合：那叫姐弟恋，你比我小两岁。

小阳：女大三，抱金砖。

清纯的百合：我晕啊……我不跟小男孩玩……

小阳：你以为你很大吗？我个子比你高好多呢。

清纯的百合：那我就更不能跟你在一起了，没有安全感。

小阳：送你一首拜伦的《雅典的少女》——

  想着我吧，当你孤独的时候。

  虽然我向着伊斯坦堡飞奔，

  雅典却抓住我的心和灵魂：

  我能够不爱你吗？不会的！

  你是我的生命，我爱你。

清纯的百合：诗写得不错，你应该送给那些漂亮文员。

小阳：你很美丽，你应该很自信啊。

清纯的百合：不，我一点都不美，我是个嫁不出去的丑丫头。

小阳：你在我心目中永远都是最美的。

清纯的百合：别老注重外表，这不好。我可以答应你一个小要求，比如说——送你一张照片之类的。

小阳：我的要求只有一个，以后给我生个小小阳吧。

她脸红了，踢了我一脚。

这次聊天提醒了我，中午的时候，我用手机给常娜拍照，她一开始不让拍，后来看我拍得挺好，也来了兴致，摆着造型让我拍照，我一连给她照了几十张照片，我俩把头凑在一起看，将拍得差的删除，继续拍照。在跑业务的时候，我经常在公共汽车上翻看常娜的照片，时而惆怅，时而满足，时而忧愁，时而欢乐，心中感受着热恋的难以名状的煎熬。

　　我和常娜是幸福的，然而并不是所有人都愿意看到这一点。
　　那天下午，崔经理对我说："你来一趟，我找你有点事儿。"
　　我走进了他的小办公室，崔经理说："常娜是我女朋友，你小子离她远一点！明白不？"
　　我蔑视地望着他说："常娜根本不承认是你女朋友，你太自作多情了！我愿意怎样就怎样，你管不着！"
　　崔经理恶狠狠地说："那你以后走路可得当心！"
　　我没有搭理他，一摔门走了出去。
　　虽说嘴上不怕，心底还是很担心。此后，崔经理每次出现在我身边，我都有一种压抑感，感受着来自情敌的威胁。

　　晚上八点多钟，常娜突然打来了电话："你快来我这里，我表姐出去了，我肚子好疼……"
　　我飞奔下了楼，打车赶了过去。我让出租车在楼下等我，我快速地按门铃，常娜给我开了门，我看到她脸色异常苍白，几乎站不住了。我拦腰抱起她，按了电梯按钮，一出居民楼，让司机开车送她去最近的大医院。
　　在急诊室，医生问："你哪里不舒服？"
　　常娜说："一开始右下腹胀痛，然后满肚子痛。"
　　医生问："现在哪里痛？"
　　常娜指着肚子的一个部位，医生让护士把常娜推到妇科，护士进去后说："再等一会儿，里面还有一个病人。"
　　常娜疼得满头大汗，一直抓着我的手。苦苦等了半个小时，最终把常娜推到科室里，那名女医生在常娜的肚子上东敲西打一番，说："应该不是妇科的事，可能是阑尾炎。"
　　护士把常娜推到外科，因为是晚上了，没有办法做B超（三维超声），医生说：

"只能打消炎针，明天八点再开始化验。"

我跑去交纳了三千元住院押金，正好我卡中有母亲给的四千元，我就替常娜交上了。

我陪着常娜来到病房，护士给她打了点滴，常娜痛楚地一只手捂着肚子，另一只手握着我的手。

常娜一夜没睡，我也一直坐在旁边陪着她。

第二天早晨，常娜向胡总监请了三天病假，我不知道常娜何时能够痊愈，也请了三天病假。公司里私事请假一律扣工资，胡总监答应得比较干脆。

上午的时候，常娜的表姐赶来了，说了几句就上班去了。

我陪着常娜做了一连串的化验，听医生说，可以确诊是急性阑尾炎，需要动手术。手术被安排在下午三点。常娜说："不那么痛了，好一些了。"

医生让常娜禁食，连口水都不可以喝。常娜一直在打点滴，望着憔悴不堪受尽折磨的常娜，我几乎落下泪来。

常娜被推到手术室，我在外面焦躁地走来走去——像一头铁笼内的猎豹。后来常娜告诉我，医生在她手上打了点滴，又在她脊椎打了麻醉剂，后来她就什么都不知道了。

我坐在常娜床边，焦急万分地等她醒来。后半夜两点的时候，常娜醒来了。她第一句就问："小阳，手术做完了吗？"

"现在都凌晨两点了，手术早就做完了。"

"奇怪，刀口怎么不疼？"

来换点滴药瓶的护士说："麻醉剂还没有过劲。"

常娜说："我想看看割掉的那段肠子。"

护士说："医生要做标本，不方便拿来。"

常娜没有再坚持。医生说手术后要禁食几天，五六天后改为半流质饮食，吃些小米粥、大米粥、牛奶之类的食物。

术后第二天，医生让我搀扶着常娜下床走路，常娜说刀口很痛，但医生说这样肠道能迅速恢复，伤口也好得快，不然肠子要是粘在一起就麻烦了，再疼也要坚持走。

我陪了常娜三天，常娜每天要点六瓶药，我都守护在她身边，每天搀扶她走路，陪她聊天。

常娜躺在床上点滴的时候，我问："你脖子上戴的是什吗？"

"是玉佛。"她把润泽的玉佛拿出来让我瞧，那是一个胖胖的弥勒佛。

常娜的脸色缓和了一些，不再苍白如纸了。

她身体好了些，能够坐在床上，同我闲聊："我从小就想长高点，结果还是个子矮，你不嫌弃我的身高吗？"

"我就爱你现在的样子。"

"人会老的呀，连现在的样子也保持不住，你会爱我一辈子吗？"

"会的，我日后要娶你做妻子。"

"如果我这次死了，你日后会记得我吗？"

"我会一辈子记得你！你要是离开了，找到天涯海角我也要找到你！"

常娜突然哭了，没有出声，只是无声地哭泣，仿佛受了很大的委屈。时至今日，我回忆起这一幕，心中还是溢满了幸福。

李经理来医院看望常娜，留下水果就匆匆离开了。

术后第五天，常娜出院了。我的钱几乎用尽了，常娜的表姐交了剩余的部分，办了出院手续。常娜要还我三千元，我没有答应。

经过这一次的磨难，常娜同意做我的女朋友了。

十二月中旬，李经理跳槽了，他去了一家高端养生会所做策划经理。我和常娜为他送行。我和李经理都是东北人，所以选了家东北菜馆，我们点了东北大拉皮、京酱肉丝、猪肉炖粉条、小鸡炖蘑菇、酱骨架，还点了两盘羊肉馅饺子，喝的是百年糊涂酒。

李经理说："百年糊涂酒，好啊，人生不过百年，最佳状态是难得糊涂，这酒名起得好。"

我举起酒杯说："祝李经理前程似锦！我干了这杯白酒，娜娜就不喝酒了，她前些天刚动了手术。"

我同李经理干了白酒，各自夹了一口菜。

我说:"能交到李经理这样的朋友我感到很荣幸,我经常把您当作自己的老师。"

李经理说:"老师不敢当啊,很多事情我也看不明白。有些事情如果我恰好经历过,就会指点一下年轻人。"

我说:"那不就是老师的作用嘛。"

李经理语重心长地说:"小阳啊,有件事临走前我得说一说。以你现在的年龄来看,谈对象似乎早了点,但你要是以结婚为目的,就不算早。两个人在一起,凡事要商量着办,互相体谅,互相宽容。"

我笑着说:"等到法定结婚年龄,我一定会娶娜娜的。"

常娜害羞地说:"我没有说过一定会嫁给你。"

常娜身体刚刚复原,吃得很少。李经理同我滔滔不绝地谈文学,时而热情洋溢,时而慷慨激昂,时而娓娓道来,把我引入了一个神奇的世界。一个个文学家的名字次第出现,仿佛黑夜里一串醒目的灯笼。

同李经理分开后,我和常娜来到了一个石头长椅旁边,我说:"坐吧。"

"我来例假了,不能坐凉石头。"

"那就坐我腿上。"

"让人家看到了多不好意思。"

夜幕降临,华灯初上,我俩在低声聊着。

我问:"你什么时候爱上我的?"

"从见到你第一眼就喜欢你了。因为有你,我才在这个骗子公司干了这么久。你总为了钱的事情着急,别担心,我家比较富裕,我又是独生女,我们以后的日子不会受苦的……一直没有答应你,因为我担心漂亮男孩会花心。"

黑龙江省一到冬天,树木光秃秃的,下雪后大地一片洁白。珠海的冬天仍然是一片绿色,植物多数没有落叶子,到处春意盎然。初到南方的我感觉很不习惯,仿佛不是冬天似的。我每周都给妈妈打电话,报平安。妈妈对我总是牵肠挂肚,怕我累了,怕我受苦。我没有跟妈妈提常娜的事情,怕妈妈想到我有了媳妇会忘了娘。

十二月底，公司照例聚餐，仍是二十多人聚在一起喝酒。这次薇薇姐坐在我左边，常娜坐在我右边。薇薇姐兴奋地同一位演艺部经理划拳。聚餐期间，薇薇姐响亮的声音飘荡着："人在江湖飘啊，哪能不喝高啊……一杯一杯又一杯，喝得脸上红霞飞……说啥子哟，干！"

我和常娜边喝边聊，十分开心，喝到十点多的时候，我俩一起离开了，常娜刚刚开了自行车锁，我俩就忘情地拥抱在一起。真是冤家路窄，崔经理也走出了饭店，喝得满脸通红的崔经理吼道："你们这对狗男女！当街搂搂抱抱，真不知羞耻！"

有女友在身边，我不能示弱，我借着酒劲骂道："你管得太宽了！你这个小矬子，要动手，我打残你！"

崔经理气得浑身发抖，他从挎包里掏出一把水果刀，骂道："奸夫淫妇，我废了你们！"

我情急之下把常娜的自行车当作武器，倾尽全力砸在他身上，崔经理摔倒在地，手里还挥舞着刀，我用自行车压住他的手，拎起自行车U形车锁用力在他的头上砸了两下。

崔经理发出惨叫，手中的水果刀也掉在地上，我迅速把刀扔到了远处。崔经理似乎清醒一些了，爬起来抓住我的腰带，死不松手。此刻崔经理头上的血流淌下来，把他的白衬衫和西服都染得斑斑点点。崔经理翻找口袋，"我的手机呢？我的手机呢？我要报警！"

常娜喊来了老板黎总等人，在黎总劝说下，我们先打车去了拱北医院。

在医院，要交住院押金，我卡里钱不够，常娜卡里钱也不多，只好给李经理打电话，李经理打车匆匆赶来，垫付了费用。

在急诊室，医生开始给崔经理缝伤口，我没有在里面，李经理告诉我，一共缝了三十针。

我生平第一次打伤了人，我的头都是晕的。我感觉浑浑噩噩，失去了平时的灵活劲儿。

常娜安慰我说："爸爸给了我一笔钱，我存了定期，现在银行关门了，取不出。我明天就把钱取出来，先把李经理的钱还上。"

我说："谢谢你。"

"谢啥，你把崔经理打伤，还不是为了保护我。"

李经理走了过来，让我暂时不要出现在崔经理面前，崔经理正在气头上，他负责协调此事。

李经理在医院陪崔经理，他让我和常娜回去睡觉。

回到宿舍，我怎么也睡不着。天快亮的时候，才睡去。我做了一个梦，我梦见我和小学同学李小心谈恋爱，我亲了她，她调皮可爱，她说我的头发很长，有红色的、白色的、黑色的、绿色的、棕色的，她说看看这象征着什吗？我吻了李小心之后，她就去上学了，我也要去上学，我走得有些晚了，一路奔跑，这时候一个大浪打来，我身上都是肮脏的泡沫。我路过一座桥，桥头立着一只巨大的鹰，我很害怕。有两个男人跑过来各自抓住了鹰的一个翅膀，我抱住了鹰的双脚，那两个男人跑了，鹰飞起来，把我吊在半空，我眼看没有力气了，要从半空掉下去……我惊醒了。

第二天，我和常娜都请了假。李经理去上班了，崔经理仍然嚷嚷着要报警，偏巧老板黎总赶来了，他意外地帮了忙，他劝崔经理，说他们平时干的是犯法的事情，不让崔经理报警，以免引火烧身。崔经理就不折腾了。

上午崔经理做了一系列检查，他的大脑没有受伤，仅仅是皮外伤。我感觉这是不幸中的万幸。

中午的时候，常娜买来水果和午餐给崔经理，崔经理又放话："不给我二十万，我不出院！要不然就让那小子坐牢！"

我呆坐在医院走廊，坐了一整天。常娜送去了晚饭，陪我走到医院的院落，暮色中，我看到夕阳一点一点沉落下去。

常娜拉着我的手问："小傻子，你后悔打人吗？"

"不后悔。如果让他伤害了你，我才会后悔下半辈子。"

"亲爱的，经历了这件事，我才知道你有多爱我，也知道你是个值得托付终身的人。"

"娜娜，我只是心里发堵，希望这件事快些过去。"

"我会一直陪着你的。"

"其实当时我把崔经理的刀夺下就可以了,没有必要在他头上砸两下。我也是有点喝多了,下手不知轻重。"

"别自责了,事情已经发生了。不是有那句话吗,天无绝人之路。"

晚上李经理赶来了,我下午已经电话告诉他崔经理要二十万的事了。

李经理说:"我帮你咨询了律师朋友,律师说头上缝了三十针属于轻伤,如果涉嫌故意伤害罪,处三年以下有期徒刑、拘役或者管制。如果崔经理狮子大开口的话,你可以让他报案,通过司法鉴定,会给出一个合理的赔偿金额。如果对方得到赔偿后谅解了,也不会判刑。"

我听了,心底依然压着一块大石头。常娜把李经理垫付的钱还给他了。

薇薇姐请来了一位在珠海混社会的四川人豪哥,豪哥与崔经理是老乡,豪哥劝崔经理不要为难我,似乎起到了一定作用。常娜每天给崔经理买三餐,还经常买水果和鲜花,劝说他放过我。在很多人的帮助下,崔经理三天后开口只要四万元赔偿。我感觉这日子太慢,太难熬,每分钟的日子都格外沉重。我从未感到日子过得如此缓慢。

我知道妈妈没有钱,硬着头皮向有钱的叔叔借了一万元,我说要创业用钱,叔叔装模作样地指点了我一番,借了钱。常娜把三万元钱都打在我的卡上。

我感觉自己在一周内衰老了许多,日子过于漫长,有种前途未卜的感觉,经常失眠,胃口不好,即使常娜陪着我,也吃不下几口东西。

李经理还在继续做崔经理的工作。常娜告诉我,李经理对崔经理说:"你们打架的附近有监控录像,我去查了录像,是你先拔刀的,关阳算自卫过当,你就是报警,也不会得到更多的钱。有录像作为证据,你还是得饶人处且饶人吧,崔经理,赔偿两万元就不少了。"

崔经理出院了,我感觉松了一口气。

在李经理的斡旋下,我和崔经理签了调解协议,协议上写有我和崔经理的身份证号码,并签字按手印。我首次知道了崔经理的真名:崔勇。除了支付医疗费,我一次性赔偿崔勇两万元,此后他不得就此事提出任何诉讼或追究法律责任。

我心情一直忧郁，这些天吃不好睡不好，常娜说我明显瘦了。我去称体重，短短9天，我瘦了11斤！

我和常娜双双辞职。我打伤了人，老板黎总借故不给我开工资。常娜因为请假太久，工资也只给了三百元。我俩已经顾不上这点小钱了。

李经理这次帮了大忙，我要请他吃饭。李经理说："不用了，咱俩是朋友嘛。你最近破财，朋友之间来日方长。常娜是你女朋友，她作证未必有用。其实你们打架的地方虽然有摄像头，但那个角度根本没有拍到崔经理拔刀。说有录像证据，是吓唬姓崔的，这家伙还真信了。人在社会就是这样，必须沉着应战。"

我感动得说不出话来，紧紧握住了李经理的手。李经理事后才告诉我这一重要信息，否则我的体重会掉得更多。

打人事件平息以后，我去了中山打工，常娜在她父亲的小公司当文员。我和常娜一直如胶似漆，她不让我归还那三万元，她说："我都是你的了，还在乎那点钱吗？"我22岁那年，我俩结婚了。婚后我们夫妻开了一家小旅店，小旅店附近有许多工厂，我们的生意还算不错。在李经理的热情指导下，我业余时间开始写网络小说，通过顽强码字，这几年也能带来一些收入了，常娜以我为骄傲。婚后不久，我把妈妈接来了，妈妈整日忙这忙那，还帮常娜带小孩。现在我的儿子已经三岁了，聪明可爱，他会说一口流利的粤语和东北话。养育了儿子我才理解了母亲养育我的艰辛，子女对父母的养育之恩是一辈子也报答不完的。我们一家人幸福地生活在一起。我现在虽然仍算年轻人，然而我已经是一名丈夫和父亲了，肩上有沉甸甸的责任，我已经不是原来的我了。

我的网络小说的读者大多是青少年，我知道自己的文字可以影响一些人，我在小说中鼓励年轻人勇敢地去拥抱生活，勇于承担责任，争取光明的未来。弘扬人间的爱与真情，这不正是每个写作者的职责吗？

短篇小说《南方爱情》刊于2018年第3期《乌蒙山》杂志。

众妙之门

一

2066年8月，韩之光乘民航班机来到巴西的马瑙斯，准备转乘直升机飞往"众妙之门度假村"，马瑙斯和度假村之间没有公路，仅有一片热带雨林。巴西热带雨林生产出地球三分之一的氧气，被称为"地球之肺"。那里有上万种未曾被命名的动植物，堪称探险者的天堂。

在度假村接送游客的直升机上，韩之光意外遇到了前女友佟亦姝，他俩都十分惊喜。韩之光和佟亦姝当初就读同一所大学，她学计算机，韩之光读的是金融，韩之光曾追求过她，她最终选择了另外一个人，毕业后他们没有再见过面。韩之光在大学同学录网站上一直关注着佟亦姝，知道她几年前取得了计算机博士学位，如今在英国一家大学任教。佟亦姝和韩之光一样，均经历了一次失败的婚姻，目前都是单身一族。

佟亦姝说："没想到遇到了你！你现在太胖了，第一眼差点没认出你。听说你成了职业作家？"

"靠写小说勉强糊口而已，码字匠一个，称不上作家。"

直升机上的另外三名游客是一家人，中年父母领着七八岁的小女儿，一家人均是金发碧眼。他们说着流利的外语，韩之光一句也听不懂。佟亦姝说，他们讲的是德语。

从直升机上俯瞰，下方是一望无际的热带雨林，宛如绿色的海洋。壮阔的亚马孙河让人震惊。韩之光举着望远镜观看，森林充满了勃勃生机，无数鲜花将亚马孙流域装饰成了一块硕大无比的地毯。

韩之光把望远镜递给了佟亦姝，她欣赏景色的时候，韩之光偷偷地欣赏她。佟亦姝当年就是大学的校花，毕业十年了，她依旧婀娜多姿，线条优美，容颜一如安格尔名画《泉》中的那位美貌女郎。她穿了一身驼色连衣裙，蓝宝石项链幽幽地闪着光芒。她的秀发乌黑发亮，头发中分线宛如数学运算般精确。

韩之光伤感地想到了自己：大学毕业后，他每天动口不动手，吃得白白胖胖，颇有些像《西游记》中的唐僧。

看到韩之光的手指上戴着金戒指，佟亦姝问道："你自称离婚了，戒指为何仍戴在无名指上？"

"为了纪念前妻娜娜……这枚戒指是她在北京王府井给我买的。"

佟亦姝似乎并不讨厌他。韩之光和她亲切地叙旧，往事一幕幕在眼前重现，时光仿佛在倒流。不知不觉，直升机来到了度假村，停在主楼的顶层平台上。几名机器人侍者迎接了他们，它们外表酷似人类，但嗓音、举止和皮肤，跟人还是有很大的差距。

他们一行五人坐电梯到了大厅。大厅屏幕上出现了一个和蔼可亲的卡通人，卡通人用电脑合成的声音问候：众妙之门度假村欢迎你们！祝你们度过一个梦幻般的假期！

一名机器人侍者带领韩之光和佟亦姝参观客房。每一间房子的室内设计都不相同，韩之光选的那间客房天花板镶满了蓝色玻璃，显得光怪陆离。佟亦姝选的房间充满了科幻色彩，圆形的金属门宛如太空舱的入口，屋内布满了各种奇异的管道和仪器，金属制成的床和椅子均熠熠生辉。

选好了房间，他俩走到户外，先看看度假村的景色。他们乘坐直升机降落在楼顶，没有看到主体建筑的全貌。

度假村建筑群及人工花园占地面积广大，主体建筑和附属建筑的布局，呈爆裂般分布，仿佛星际间漂流物在挣脱地心引力。建筑群宛如瞬间动作的凝结，表现出随时可以爆发的力量。建筑风格体现出大无畏的精神，富有梦幻色彩。

三角形建筑的屋顶有一排巨大的太阳能发电机，韩之光指着那里说道："与建筑连为一体的光电发生器，晴天时可以发电。看到那条横穿度假村的小河了吗？小河潺潺流淌，带动了水力发电机。"

佟亦姝笑道："士别三日，当刮目相看。你的目光还算犀利。"

花园中矗立着一座 80 米高的塔，顶端装有弯月状的风向标，塔身覆盖着半透明的帐篷，宛如巨型的船帆。最有趣的是，风一吹，塔身还能滴溜溜地旋转。韩之光恍然大悟：这是一台风能发电机！

韩之光说道："一台风力发电机，一排太阳能发电机，一台水力发电机，构成了度假村的发电系统，度假村的电能可以自给自足。按照设计常规，度假村地下肯定埋有输入电能的电缆。我猜地下室还有一台老式的柴油发电机。度假村的主人是个极端谨慎的人，他最怕停电啊！然而，设置如此多的发电机，有些不合乎常理……"

"我们很幸运，度假村一共才三四十位游客。"

"度假村豪华壮美，耗资巨大。偌大的度假村，如此少的游客，一百年也无法收回成本。一句话，度假村的主人没有任何经济头脑！"

夕阳西下，他俩回到主体建筑吃饭。

二

　　落地电扇徒劳地旋转着,我在小屋内挥汗如雨地创作科幻小说《众妙之门》,韩之光是我的一个替身,凡是以我自己为原型的小说主人公,我大多命名为"韩之光"。于是,韩之光的身影出现在我多部小说里。有时是个作家,有时是个画家,我画画获得过几次奖,朋友们都认为那个画家就是我。

　　我以初恋女友佟亦姝为原型写了5篇小说,是我爱过的女子中篇数最多的。但篇数说明不了问题,我以前妻娜娜为原型写了两部长篇小说,加起来有70万字。而写佟亦姝的小说,累计不过5万字。写佟亦姝的小说通常女主角名字为姝,这次写科幻用了她的真名。

　　十多年来,我曾经一次又一次地写佟亦姝,这个女子是如此让我难以忘怀。以往写她的故事大多真实发生过,这次我要杜撰一个科幻故事,发生在虚无缥缈的远方。

　　人生充满了巧合。我创作这篇科幻小说的时候,从未想过有一天能与姝重新联系上。因为大家天各一方,彼此不知道流落到哪里去了。

　　我早已与初中同学失去联系了,这么多年一直漂泊在南方,十八年没有回东北了。作为无名的职业写手,我日子异常贫困,也就失去了与家乡朋友们联系的动力。2018年5月22日去某文学网站更新小说,突然收到站内短信:"老同学,我是郑印。记得我吗?如果你能看到此消息,记得联系我。"下面附有他的手机号和微信号。我慌忙打了电话,接电话的声音我已经听不出来是谁了。加了郑印的微信,头像上的照片也胖得惊人,不是我熟悉的那个帅小伙了。郑印把我拉入了初中同学群,班级一个个熟悉的名字让我莫名激动。接着就是同学们纷纷为我发红包,与同学们一个个单独微信聊天。

三天以后，群主问："你认识姝吗？她在找你。"听到姝的名字，我几乎不相信自己的耳朵。姝是我重读初二时的同学。我向群主要来了姝的微信号，加她微信的时候我的手微微颤抖。

傍晚时分，我和姝开始微信聊天，她已经定居美国了，我没日没夜地同她聊了几天，我俩都十分激动。此刻，微信又来了——

姝：我在看你写的《危险青春》，看得心潮澎湃啊！别要我近照了，还是把青春时的美好形象多留会儿吧。

我：没有关系的，你就是老了，在我心目中都是最美的。

姝：嗯……你的是儿子，还是女儿？

我：我离婚十多年了，前妻娜娜离异后，又患绝症去世了，我也就不找了。这是我和前妻的结婚照。

姝：你太太好漂亮！幸好当时没和你好，否则你看到她肯定把我甩了，其实这是我一早就担心的。

我：对了，你把你年轻时的照片发给我吧。我没有你的照片，我就不要你近照了，你不用为难了。

姝：那可以，不怕发年轻时的照片，就怕发现在的。我当年真的只是觉得配不上你，你是那种风花雪月的人，和你比，觉得自己像张白纸。

我：流泪。

姝：去流会儿吧，有利于创作，我去做我的报表。我在假想，如果我们两个在一起，是不是也很快就离婚啊！

我：我们在一起也可能离婚的，因为我搞文学，没有哪个女人会支持丈夫搞文学的。

姝：那你说我是不是很有先见之明啊！

我：我以为你会把我完全忘记，完全记不住我这个人了呢。

姝：怎么可能记不住你啊。我也喜欢你过，也感动过。尤其是我妈很喜欢你，我知道你去我家找过我，我故意躲你。我觉得搞艺术的人都是比较细腻的，然后我就是比较粗犷，在你们面前我所有的缺点都会暴露无遗。我一直觉得咱俩不是一种人，你太文艺了，我是傻傻的理工女，和你在一起很自卑的。

我：我记得有一次看到你跟另外两个女生一起走，那时候都上高中了，你没看到我，我看到你了，当时看到你们三个人的背影的时候，我的眼泪一下就流下来了，当时自卑的是我。

姝：我也是担心搞艺术的人太花心，我觉得你们可能会今天喜欢这个，明天喜欢那个。

我：要是找一个妻子不像我前妻那么任性的话，我能过上幸福的生活，也就不写作了。我的成绩都不值一提，靠写作收入也不多，表面看着很风光，实际上是一个无名写手。在我追求过的女性中，你现在是最有出息的。

姝：美国没有你想象得那么好啊，其实很辛苦。工作、孩子全靠自己来搞，挺辛苦，挺累的，所以我迅速地变成大妈了呀！

我：你变成什么样子，我也觉得你是最漂亮的。

姝：谢谢你这么说，大妈已经感激涕零了。我知道你喜欢我，但是，不确定。

我：那些小说是很多年前写的和最近写的，说明这么多年一直没忘记你啊！

姝：谢谢你没忘了我，现在想想心里还是挺甜蜜的。我也没忘了你呀，我跟剑鑫要你的联系方式，告诉她，你是我心中的男神。

我：我的小说，你读完就知道了，上面没有一句埋怨你的话。没有追成你，主要是觉得自己不够好。

姝：你真的很好，当时很多女生都喜欢你，记得李彬吗？初三的时候和我们一个班，她就特别特别喜欢你。

我：那时候你也不告诉我一声。

姝：青春年少哪敢说那么多呀。

我：你想，这个男生有好多人喜欢，而他只喜欢我。

姝：初中的时候我不知道，是高中的时候，你找到我，给了我写满诗歌的日记本和一把刀，那时候我才知道。不聊了，我要工作了。

夜已经深了，美国的上午正好是珠海的夜晚，我也该睡觉了。我对着手机上姝的旧照片，开始描绘这位梦幻般的美人：

她的脸，从前是白得像瓷，现在由瓷变为玉——半透明的青玉。下颌起初是圆的，近年来渐渐尖了，显得那小小的脸，愈发可爱。脸庞原是相当的窄，可是眉心很宽。

啊！我的笔下终于有文采了！我突然发现，这一段人物肖像描写以前就有过——来自张爱玲的《倾城之恋》。

三

　　旭日初升,阳光让雾气蒸腾起来。

　　度假村花园用碎石和水泥铺设了一条条小径,韩之光和佟亦姝身穿防护服,在小径上悠闲地散步。这里蚊子太多,到户外必须穿纳米防护服。

　　花园内树木繁茂,满是香蕉、椰子、波罗蜜、木瓜等热带水果,硕大的树木上悬垂着粗壮的藤蔓,艳丽的花朵夹杂在树叶中间,主干生出来的气根,支撑着树干,树下生长着一些羊齿植物。繁盛的植物处于自生自灭的野生状态,腐烂的水果散发出美酒的气息,让人沉醉。几片柳絮样子的浮云懒洋洋地飘在空中。

　　小河上建有一座现代主义的小桥,桥上有铝制的遮阳棚,远远望去像一个纸折的仙鹤。他们并肩向小桥走去。度假村位于亚马孙河中游,接近赤道,气候炎热,多雨潮湿,加之日照时间长,植物异常繁茂。到处是悬垂着的藤蔓植物,水花泛着白光,水鸟在水面上轻快地飞翔。

　　桥墩由花岗岩砌成,桥体采用了钢结构,栏杆采用了不锈钢。他们在桥头看到了一尊三米多高的青铜雕像。这尊雕像真不该立在热带雨林,雕像上方有遮阳棚,雨水固然不能直接冲刷雕像,但在充沛的湿气的侵蚀下,雕像生满了绿色的铜锈。雕像有一张令人望而生畏的脸,面部表情冷峻,带着威严和轻蔑,仿佛要把人胖揍一顿的神情。

　　雕像底座上刻的姓名已经模糊,看不清楚。韩之光提议:"咱俩来猜一猜,这位老先生是谁?"

　　佟亦姝皱眉说道:"奇怪,众妙之门度假村怎么会立弗兰克的雕像?"

　　"弗兰克是谁?"

"弗兰克是已故的著名计算机专家，他是个怪人，终身未娶。弗兰克博士曾提出过一个荒谬的观点，他认为从工程学的观点来看，人类躯体的缺陷太多。他说，工程师会使用石灰和果冻来制造机器吗？构成人体的骨头和细胞都是极差的结构材料。如果人类摆脱了血肉之躯，代之以更坚固、寿命更长的材料，根本算不上什么损失。弗兰克试图把人变为超级计算机，要把人脑输入量子计算机，获得长生不死。"

韩之光说："可是，人的思想隐藏在大脑深处，计算机专家难道可以实现记忆的移植？"

"弗兰克在论文中详尽阐述了把人脑转化为超级计算机的过程。手术通过智能机器人医生来完成，在一个人临终的时候，机器人医生打开他的头盖骨，把机械手伸进大脑表层，把第一层脑细胞中的信息提取出来。弗兰克事先编制出一份模仿脑细胞功能的程序，把程序输入到量子计算机，使该程序进入工作状态。机器人医生将转换的程序与生物大脑中的原始形象相比较，确保其完全一致。一旦转换程序产生出正确的形象，原有的脑细胞将被永远地清除掉。机器人医生将逐层深入，重复上面的程序。机器人医生还将捕捉脑细胞之间的电波运动，把这一信息输入量子计算机程序中去。当人脑被掏空后，人的思维、记忆、个性、人格便储存进量子计算机了。这样一来，量子计算机代替了生物大脑。"

韩之光愤愤不平："一个神经错乱的科学家！血腥的思想！我不能接受，人类进化来进化去，最终进化成一台计算机！人变成了计算机怎么吃饭？怎么睡觉？如何相爱？我喜欢自己原始的大脑，原始的胳膊，原始的腿。它们不完美，但我热爱它们！这就像一个人爱家乡一样，无论家乡多么贫瘠落后，我仍无条件地深爱着她。"

佟亦姝笑道："我也不喜欢弗兰克的这套理论……时候不早了，我们该为河上探险做准备了。"

佟亦姝清楚地知道，何时是终止谈话的最佳时机。

四

我：2004年我上网搜索，搜索到有一个人找你：姝，北安人，在建筑公司工作，处理农民工事故问题，等等。我当时读错了，以为你去世了，哭得一塌糊涂，告诉朋友，朋友上网一看，说我看错了，居然出现这么大的失误！作家首先要认识字啊！

姝：你真的哭了？我有点不信。

我：我当晚写了一篇文章，你看不看？

姝：都那么多年了，你还会为我哭？要看！

我：《姝，你在天堂还好吗？》

在网上随手输入你的名字：姝。找过很多次了，都没有你的消息。我想你那么出色，网上不会没有你的名字。我知道我配不上你，但总有这个习惯，这次却找到了，是你的死讯，2000年你离去了！

我哭了。我曾经爱过你五年，1989年至1994年，肯定不止这么多年，即使在今天2004年11月15日，我仍然爱着你。你是我的初恋啊。尽管在你短暂的一生中我是个可有可无的人，但在我的一生中你却无比重要，因为你的去世你更加重要。我哭了，我很少哭的，你一定知道。

你死的时候才25岁吧，那么你在世人的心目中永远都是年轻的，美丽的，你在我心目永远是最美的，你知道的。

你知道我是因为你才成为诗人的，当然我是个蹩脚的诗人，在那五年中我为你写了一本子诗集，你还记得吧，我工工整整地抄在一个小本子上送给了你。那个小本子的封面和插页有许多小丑，我跟你说："这个小丑就是我自己。"我是那么愚蠢的人，几乎一无是处，当然不会赢得你的心的，我知道。

然而在世界上的所有男子中我是最爱你的，你现在确信了吗？

我不知道你是哪一天去世的，2000年我在北京啊，我不知道我当时有没有感应。此刻，我的心在刺痛，没有真爱过的人不会理解这种撕心裂肺的感觉。

我在好几篇小说中都写到了你，都是用真名发表的，我暗暗希望你会无意中看到小说，会想起我，甚至多多少少有一点感动……我忘记了，你不喜欢文学，你是学理工的。

我太无能，不能用文字使你留名青史，使你短促的一生得到不朽。我真是个笨蛋！如果不能让后人记住你，知道我曾经多么无助地爱过你，你是多么圣洁与美丽，我从事文学还有什么用呢？

在诗中把你唤作了许许多多的名字，回想现实中我们彼此一直是直呼姓名的，我从没叫过你"妹"，因为你从来都不是我的女朋友。我们仅仅是同学。我连你生日是哪一天都不知道。

回想当初爱上你，完全是自作多情，你是班级上最美的女生，爱上你的肯定不止我一个，你是那么的美丽啊，你的绰号就叫"大美人"。我爱上你的时候我们都在读初二，我15岁，你14岁。你那时就是个成熟的女孩了，美丽、聪明、矜持，我的心很乱，写不成完整的句子。我一直在想：是何时何地爱上你的呢？很模糊，我不敢确定，是你跑800米测试的时候，还是你上课回头冲我一笑的时候，是你同王晶说笑的时候，还是你同李彬一起走出教室不敢面对我的眼光低下头的时候。我不知道。就那样爱上你了，听到你的名字心就会战栗，在你的面前我就手足无措，笨手笨脚。你那么聪明，一定早看出来了。你没有说破。

我的眼泪又流淌下来，你为什么死得那样早呢？

今生最爱我的人是母亲，今生我最爱的人是你，今生最对不起的人是前妻。如今你离世了，你我阴阳相隔，我从没觉得你离我如此遥远。我又觉得你从没有离我如此之近。从此，你永远只属于我。我是不是太自私了？

如今，我只剩下母亲和文学了。

以你高远的志向和坚定的性格，你一定会有所成就的。可惜……

自从1994年6月最后一次见到你，我再没有去过你家，你一定以为我变心了吧？所有的诗句不过是美丽的谎言而已。不是的，我是自卑，我应届没考上大学，而你考上了北京的一所大学，我更加觉得配不上你。

我认识的你就是你14岁到19岁吧，这是你一生最美丽的年华。此前，我不认识你，不知道你的种种优秀品质从何而来，此后，你又活了6年。此后，我们永别了。我本来没有宗教信仰，现在真心希望有一个天堂，你就永久地住在那里。我想上帝不会对你那么残忍。

记得你在高中给我的信中说：

不要再到我家去了，大家在传我们的事，很不好。你再见到我妈也别跟她打招呼。我们都应该把精力放在学习上。在我的心目中，你很有才华，甚至对你有一点喜欢，可惜占的比例太少……

2000年你25岁，你不大可能结婚，你是事业心很强的女子啊。你更不可能有孩子，那么你的美丽谁来继承呢？

中国有13亿人，姝啊，我和你也算有缘分的。你在北安生活了19年，我在北安生活了21年。你1994至1998年在北京读书，我1999年至2003年在北京工作，在你25年的生命历程中，这些年头都不算短了。还有，你学的土建工程，我工作时候做的是建筑文化，都和建筑有关。我们曾做过一年半的同学，我们是同乡。

跟你聊了这么多，都是语无伦次，别怪我。日后我会写更好的文章献给你。

姝，你在天堂还好吗？

有句话，这十多年我一直没勇气当面对你说：姝，我爱你！

李春辉于深圳

2004/11/15 午夜

姝：我在读。

我：看完了吗？有点像是在诅咒你啊！我当时真的哭了，这回你信了？

姝：信了，好感动啊！可你是作家啊，咋能看错呢？

我：主要看到你死亡，我就哭了，没有仔细看。我不配当作家啊！你看这篇文章感动了？

姝：特别特别感动。

我：有点不吉利，所以不想给你看的。

姝：最让我感动的一篇！瞬间觉得好幸福，还有人这么牵挂我，从来都没有奢望过的。

我：我新写的科幻小说《众妙之门》是以你为女主角的，没有想到联系上了你，真是奇迹！

姝：把悼念我的这篇文章发我邮箱吧。

我：不，不吉利！

姝：那么迷信干吗？

我：老了，有点迷信。

姝：我一点都不介意。

我：你是美国人，我是中国人。

姝：和你联系上很开心，觉得半死不活的灵魂有点儿苏醒过来了。

我：我现在更配不上你了，一个穷作家，无名、肥胖、丑陋、愚蠢。你是美国的博士，我更自卑了。

姝：是你把我想象得太好了，我从来没有觉得自己那么美好过，小时候一直很自卑的，他们喊我"大美人"的时候，我真心觉得他们是在戏弄我，真的没觉得自己美。我也是这次联系到你以后，才知道你曾经那么深的喜欢过我，之前虽然知道一点，但你表达得很含蓄，我不确定你有多大程度喜欢我，或许当时知道你那么喜欢我的话，我当时会动摇。对了，写完了《众妙之门》发给我看看。

五

　　吃过早餐，韩之光在电梯地毯上发现了点东西，随手用手机拍摄了下来。回到住处放大一看，吓得倒吸了一口冷气，原来是一截带血的断指！

　　韩之光的大脑一片空白，腿部肌肉立时僵硬了，寸步难行。他对自己颇为失望：笔下塑造了那么多英雄，危急时刻，自己竟然是个狗熊！

　　韩之光暗自告诫自己：镇定！镇定！

　　韩之光步履蹒跚地来到了佟亦姝的房间，给她看了手机屏幕上的照片，低声说道："电梯内有一根手指头！我怀疑有人被谋杀了！我们得马上逃离是非之地！"

　　韩之光和佟亦姝刚跑出房门，自动防火卷帘门降下，将他俩困住了。他俩退回她的房间，房门自动关闭，他们遭到了软禁！韩之光不敢同她讲话，担心被看不见的敌人察觉。

　　韩之光用手机给她发了一条微信——不要讲话！屋内有窃听器和摄像机，我们用微信联系，一起想办法。

　　佟亦姝回了微信——好的，我们同心协力！众妙之门度假村一定有一台操控全局的主电脑，它藏身之处我们很难找到。我们必须使度假村的主电脑瘫痪，丧失对整个度假村的控制，我们才能死里逃生。否则无论乘坐直升机还是游艇，都无法逃离度假村。

　　佟亦姝用手机登录了度假村的局域网，试图侵入主计算机，可惜短期内无法冲破防护，一再失败。

　　韩之光焦急地想：门是钢铁的，牢不可摧。此刻砸碎玻璃逃走，将引发报警系统，机器人将赶来，他们仍无法脱身。

这时候房门自动开启，进来了两名机器人，机器人冷冷地说道："韩先生，佟小姐，请跟我们去总控制室！说话完毕。"

韩之光和佟亦姝下意识地带上了旅行包。两名机器人押解他俩上了电梯，来到了八楼一间不起眼的小房间，那里居然是真正的总控制室。

韩之光惊魂未定，房间内突然出现了弗兰克的全息三维影像，同桥上的弗兰克雕像一模一样。全息三维影像宛如一个有血有肉的真人。

弗兰克的三维影像说道："你们随身携带的房间电子钥匙，正是监听器。你们所有的对话，我都听得清清楚楚。"

韩之光的心跳次数超过了鸟类，双腿一阵阵哆嗦，上牙有节奏地敲打着下牙。屋内很凉爽，韩之光的后背还是被汗湿透了。他语无伦次地对三维影像献媚道："您老人家……就是光芒万丈的弗兰克博士吧？幸会，见到您真是三生有幸！"

弗兰克的三维影像用汉语冷冷说道："迟迟没有杀死你们，是因为韩先生的话诙谐风趣，让我很开心。佟小姐居然知道我的理论，也算难得的知音。但你们发现了秘密，我不得不处死你们！"

佟亦姝镇静地询问："弗兰克博士，你最终是如何将大脑成功转换成计算机的呢？"

弗兰克的三维影像回答："我采用了另外一种更科学的方法，通过胼胝体实现大脑向计算机的转换。胼胝体位于大脑两半球之间，是一束联合大脑两半球的神经纤维组织。我编好程序，让机器人医生切断了我大脑的胼胝体，并把与量子计算机连接的导线接到切断处。首先，按照设计的程序，量子计算机可负责两个脑半球之间的联系，并监视两个脑半球之间的往来脉冲。量子计算机可以根据监视到的信息，建立起我的大脑的数学模型，这个数学模型运算量天文数字般庞大，只有量子计算机才能胜任。当我的生物大脑最终死去，我的思维可以在量子计算机里全部找到。"

趁他们对话的时机，韩之光给佟亦姝发了微信——尽量同他多谈话，暂时拖住他！

佟亦姝看了一眼手机，问道："你控制了整个度假村？"

弗兰克的三维影像说："没错！智能化建筑群便是永生的弗兰克！量子计算机是我的大脑，智能化建筑群是我的躯体。度假村到处安装了摄像机和监听器，随处都有我的眼睛和耳朵，本人无所不知！电梯、自动门窗，以及所有的电器都受我的控制，它们是我的手臂。几十个机器人，是我忠实的卫队。为了防止供电系统发生异常，我还设计了几套备用的发电机。"

为了拖延时间，佟亦姝仍在发问："任何一个正常人都会提出这样的问题：把自己输入计算机，丢弃从前的身体，除了永生以外，还有别的什么好处？"

弗兰克的三维影像得意地说道："我变为计算机后，我将自己同网络连接，破译了多家网络银行的密码，现在我的财富富可敌国。我还天才地想到，可以把自己输入太空船的计算机，随太空船去到一个遥远的星球，一万年也不要紧，我要统治那个新星球！哈哈哈，我成功地侵入了其他国家航天局的专用网络，把自己的大脑拷贝到一架航天飞机里，那是另一个我，有无限广阔的未来！佟小姐，你的问题太多了，你们还奢望逃跑吗？"

佟亦姝不卑不亢地说道："度假村的游客并没有伤害你，你怎么能以杀人为儿戏！最后一个问题，你如此富裕，为何要把别墅开发成度假村？"

弗兰克的三维影像说："我在网络上获得了无穷无尽的信息，我掌握了无限的知识，会说几百种语言。我对虚拟世界感到了厌倦，同时感到了寂寞，想看一看新鲜的人与事，才把此处开发为度假村。后来，活生生的人让我嫉妒，我才接二连三地杀人，在杀人中体验一丝快乐。你们知道了全部真相，必须死！"

佟亦姝和弗兰克交谈的时候，韩之光把旅行包内的插座转换器进行了简单的改装。韩之光四处察看，注意到墙壁下方有一个电源插座，他高声喊道："等一等！我俩都是好人，饶了我俩吧！"

弗兰克的三维影像断然拒绝："不可以！"

韩之光怒吼一声，敏捷地向前一倒，飞快地将转换器插入了插座，电火花一闪，四周一片黑暗。

两名机器人呆呆地站立在原地，没有采取任何行动。

房门全是钢铁的，无法破坏。韩之光飞奔到窗前，费了九牛二虎之力，砸碎了窗玻璃。韩之光拉着佟亦姝的手，从窗子逃跑，他俩从窗户爬到外面，跳到一米远的露天消防梯，沿着消防梯一路狂奔，跑上了楼顶。他俩顾不得碎玻璃划伤的身体，快速进入了停在顶层平台的直升机。

佟亦姝驾驶直升机升空，她切断了所有的卫星导航设备和对外联络设备，完全采用人工驾驶，靠手机导航。防止控制室恢复电力后，弗兰克再次控制直升机。

以韩之光这样肥胖的身材，居然担任动作片男主角，后果可想而知。他像个哮喘病人那样喘成一团，半天说不出话。

佟亦姝问道："那个神奇的插座是怎么一回事？"

韩之光故意卖关子："釜底抽薪为三十六计之一。我想，计算机无论多么强大，一旦断了电，它就是一堆废物！"

"事发突然，你从哪里弄来的插座呢？"

"我经常到世界各地旅游，不同国家的电源插座的插孔制式并不相同，微型电脑和电动剃须刀需要充电，我旅行包内常年备有插座转换器。我手指上恰巧有这枚金戒指，金子很柔软，我轻易地将金戒指展开，连接了插座转换器输出端的正负极。金子是电的良好导体，转换器一插入插座，零线和火线连接到了一起，便发生了短路。总控制室发生了罕见的停电，弗兰克暂时对度假村失去了控制。"

佟亦姝夸奖道："你真聪明！"

"我是个给点儿阳光就灿烂的小人物，知道的都是些常识。生活是一门深奥的学问，要在生活中学会生活。"

佟亦姝说："我们先去报警。我们要解救那些还被困在度假村的人！"

韩之光说："好的……刚才我构思了一篇童话，结尾悬而未决。从前啊，有一个渺小的胖卫兵，他不自量力地爱上了美丽的公主。这位胖卫兵缺点多多：贪吃、饶舌、胆小。唯一的优点是，为了保护心爱的公主，他会变得勇敢，不怕任何困难与牺牲。要是这个可怜的胖卫兵向公主求婚，你觉得，公主会用什么方式来拒绝他呢？"

佟亦姝的眼睛湿润了，两行泪水无声无息地滑落。她沉默了好久，轻轻说：

"你忘了，所有的童话，都有一个美好的结局。公主会对胖卫兵说，真爱会打动女子的心。你终将获得你所期望的幸福。"

韩之光用双手掩住脸，哭了。

六

姝：科幻小说写得不错！还挺幽默的，不过小说结尾太乐观了，不现实。

我：真想了解你嫁给的男人，介绍一下吧。

姝：我一直想找一个和我在一个世界里的男人，能轻易地互相读懂，然后，我经过一番选择后，找到了一个来自火星的他。

我：我们这些地球男人很羡慕他啊，能够娶你为妻。

姝：后悔又不后悔，我曾经对他说：下辈子最好别让我们再见面！

我：你离婚了？

姝：我特别理解你当时抛弃了威儿，我也是选择了物质，放弃了爱情。

我：哎呀呀！难道我的小说写对了，你真离婚了？

姝：去年离婚了，带着儿子生活。不过我也没有太后悔，今天的一切，除了自己的努力，也是前夫给的。

我：虽然你也离婚了，只有我写作成功了，才会娶你。没有成功前，我配不上你啊。我会更加努力，也许我和朋友说的五十岁结婚的话能实现呢。

姝：我想过，和谁结婚的结果可能都差不多，生活中的一地鸡毛会把所有的美好都变得不美好。

我：嫁给我，会更糟糕。尽管我比他更爱你。

姝：嗯，你给了我信心，特别感动。

我：加油啊，我的女神！从此人生有奔头了……我读萨克雷《名利场》，读到小说男主人公都宾等了女主人公爱米丽亚十多年，终于和饱经沧桑的她结婚的时候，我眼泪就流下来了。那是一种漫长的等待，不计回报的等待，我愿意做这样一个男人。

姝：很想把你写我的那些东西给别人看，可是觉得太嘚瑟啦。

我：现在靠写作不能养家糊口，我的新长篇小说出版就好了。

姝：我吃点米和菜就够了。

我：我在物质上太穷了。2017年我才开始第二次专职写作，以前有七年没有写作。上帝派你来了，我的女神，我从此有奋斗的强大动力了。

姝：支持你！

我：如果我真的爱你，就是五十岁娶你为妻也是人生最大的幸福啊！

姝：五十岁嫁给爱情也很美好啊！

我：我不想要小孩了，所以即使五十岁结婚也没有关系啦！

姝：我年轻时异常冷静，五十岁可以放肆一下啊！

我：我把初中、高中写给你的诗歌到发朋友圈，你去点赞。好不好？

姝：好！

我：我发了，这可是爱的表白啊，别的女人都无法接受了——多亏我没有别的女人。

姝：快去睡吧，作家也要正常休息啊。有一首歌很好听：《lost on you》，我这几天一直在听，其实歌词是说：你迷路了吗？我自己把它翻译成：我把你弄丢了。听到这首歌，会遐想是我把你弄丢了。庆幸你仍然单身，否则我不敢这么打扰你。你去睡吧！

我：好，晚安！

我放下手机，打开电脑，准备把科幻小说电子版投稿，电脑音箱突然播放了一段诡异而恐怖的音乐，我感受到了来自内心的恐惧，此刻电脑屏幕上出现了弗兰克的脸，他狞笑着说："我是无所不能的！你以为你们真能逃得掉吗？"

《众妙之门》刊于2018年第8期《作品》杂志。

长翅膀的男人

一

一双双焦躁的眼睛，一双双急于递简历的手，汇成了焦虑的海洋。韩亦城瘦小的身躯被B市春季招聘会的人潮推来搡去，宛如一条游泳水平欠佳的鱼。

他在三个招聘大厅挤来挤去，边挤边仰头看一排排展位上的单位名称。大厅内空气污浊，气味混杂，空气密度似乎在某种压力下变大了。一下午他共递出了6份简历。他昏头昏脑地随着人潮挪出了大厅，一到户外赶紧呼吸了几口新鲜空气，并掏出手绢擦了擦脖子和额头的汗。此刻，病恹恹的夕阳在两座大厦间沉了下去。

拥挤不堪的公共汽车上他居然找到了一个座位，他赶紧坐下，趁机放松放松麻木的双腿。一个秃顶老头别有深意地看了他一眼，他犹豫了一下，把脸转向了车窗外。又堵车了，灰头土脸的街道与行人慢吞吞地映入眼帘。失业半年多，他总是觉得累，很少给别人让座。或许，他已经让出了更重要的位置。

他在西四环附近下了车。从汽车站走到他租的房子必须经过一条狭窄的小街，小街两旁的平房全是商铺，发廊、米店、菜铺、熟食店、肉店、水果店、小饭店、小百货店、烧烤摊儿……一家挨着一家，一家挤着一家，人口1000多万的B市人与房子都长年处于拥挤状态。公厕味、排水沟味、烟味、炒菜味、洗发水味、烧焦的肉味……种种气味搅拌在一起组成了贫穷的气味。

小街两旁发廊数量最多，不到二百米长的路段见缝插针开了十多家。一入夜，发廊七彩的旋转灯柱便开始装饰平民们的生活。曾经，韩亦城每月光顾一两次发廊。如今他头发长得像个艺术家，却不再去发廊了。

傍晚时分，他走进一条小巷。小巷两旁一年四季站着十来个色衰的女人，她们三三两两站着等生意，她们彼此都很相像，每张脸都幽暗粗糙，都把嘴唇涂得血红，都试图用廉价脂粉遮盖住满脸的辛酸和皱纹。

他从未照顾过她们的生意。

今天，一个黑胖女人莫名其妙地喊道："咱们的美男子回来啦！"引得其余的女人肆无忌惮地哄笑。

他低头跨进了四合院。

他习惯裸睡，脱光后身体像一袋掉落的沙包重重栽倒在床上。他入睡前才想起：忘吃晚饭了。他胡乱吃了几块饼干，睡下了。

二

这一夜，韩亦城如同置身炼狱。

半夜他就渴醒了，内脏如同在燃烧。他迅速喝光了一壶凉开水，没用，还是火烧火燎地渴。他想起了神话中夸父渴死的故事。

他用电水壶烧了一壶水，不行，他居然等不到水开！他满脸通红地跑向附近的食杂店，拍开售货窗口，跟睡眼惺忪的小老板买了几瓶纯净水。回屋后很快都喝光了，水还没烧开，他口里仿佛要喷出火来！他只好又跑出去买几大桶矿泉水和可乐，小老板忍不住问："我说，大半夜的，你怎么买这么多水？"他没回答。他已经顾不上回答问题啦。

电水壶呜呜作响，水开了。他拔了电源，一瓶接一瓶地喝矿泉水。肚子几乎要胀破。事后，他多次回忆这一奇异的夜晚，觉得一切细节是那么的不合逻辑，要不是满地的空塑料瓶作证，他疑心一切不过都是梦而已。也许长长的噩梦从那一夜便已开始。

恍惚间，他觉得自己在发高烧，浑身一遍一遍地出汗，想喊却喊不出来。他在黑暗中摸索手机，想打120求救，可手机却怎么也找不到。他眼前金星乱冒，浑身痉挛，终于昏倒在床上。

不知过了多久，在类似局部麻醉的情况下，他意识到后背剧痛难忍，似乎有一把电锯戳进了后背，他感到所有的血液涌向了背部，一跳一跳的疼痛钻心刺骨。他抽搐着口中发出呻吟，疼痛如同毒蛇在他周身游走。后背有什么东西硌得他难受，他凭借本能翻了个身，脸朝下趴在枕头上。他疼得死去活来，汹涌的汗水使他肢体又湿又黏。他再次丧失了知觉。

他还活着。

后来，他进入了半梦半醒的状态。

　　耳聋的外公很疼他，常领他出去玩。外公用粗壮的大手轻轻拧他的小脸蛋，领着5岁的他上路了，他用小手紧紧攥住外公的一根手指。他告诉自己：这一定是梦，外公十年前就死了……

　　妈妈下班了，她把菜放在了地上。妈妈很年轻，很漂亮，笑盈盈地弯腰问正在玩泥巴的他："乖宝，一个人在家没淘气吧？"守寡多年的妈妈不是老了吗？妈妈给了他一块水果糖，糖纸却怎么也剥不开，他急哭了……

　　高考发榜了，用毛笔写在红榜上，他和许多穿古代衣服的学子一起用力往前挤，哪儿都需要挤啊！他着急：我录取了吗？猛然，他惊讶地发现，峨冠博带的学子们每人都拿着一份打印的简历！

　　那是小蕊啊，好久没梦见她了……

三

　　黄嘉明被手机的铃声吵醒，"哪个神经病，星期天也不让人睡个懒觉！"他嘟囔着，努力睁开眼睛，女友小莉睡在他右胳膊上，他用左手艰难地摸到了叮咚作响的手机。

　　"喂，哪位？"他不耐烦问。

　　"老黄，是我。"一个古怪而陌生的声音喊道。

　　"你是谁呀？听不出来！"

　　"老黄，是我，韩亦城！"

　　"你小子咋变这动静了？第二次变声？"

　　"老黄！快来救我！快来！"韩亦城带着哭腔喊。

　　"怎么啦？"黄嘉明先把小莉放在枕头上，他坐了起来，随手拧亮台灯。"出什么事了？你让车给撞啦？还是遭绑架啦？用不用报警？"

　　"不用！快来救救我！老黄，快来吧！我遇到的事说也说不清楚……我就在住处。"

　　"好，我马上到。"

　　小莉早被吵醒了，眯着眼不满地问匆忙穿衣服的黄嘉明："亲爱的，谁呀？"

　　"是亦城那小子，这小子不知道今天抽什么风，非让我马上去一趟。可能真出什么事了，认识他这么多年没见他这样神神叨叨过。"

　　"早点回来，你昨晚说好下午陪我买裙子的……"

　　黄嘉明随口答应着。他飞奔下楼，拦住一辆出租车直奔韩亦城的住处。他在车上一连打了几个哈欠，昨晚同小莉太尽兴了，三点才睡……

　　黄嘉明身高一米九开外，体重一百多公斤，像一头强悍的棕熊。从美术学院毕业后，他就辗转多家广告公司做平面设计。瘦小伶仃的韩亦城在他面前简直像个孩子。他俩是好朋友，二人恰巧是同年同月同日生，二人都是独生子，便有了一份近乎兄弟的感情。不过，韩亦城看上去绝不像30岁的男人，陌生人还有猜他是在校大学生呢。

黄嘉明在出租车上眉头紧锁，看着车外迅速后退的景物，大脑不自觉地思考：亦城这小子究竟碰上什么倒霉事了？这小子性格太内向，不善于处关系，没本事，没靠山当然要第一批失业。失业后没找到固定工作，晚上到酒吧唱歌也赚不到几个钱。他性格太懦弱，认识他这五六年净看他失恋了，又被女孩甩了？

下了出租车，他跑进韩亦城租的四合院，用力推门，没打开，门被从里面插住。他飞起一脚，"嘭"门开了。

马上传来女房东警惕的尖叫："谁呀？！"

"是我，修门呢。"他后退几步，同打窗口朝外观望的女房东笑了笑。女房东认识他，不再言语。

他匆匆走进屋子，望了一眼坐在床上的韩亦城，立刻目瞪口呆，脱口喊道："天啊，你这是怎么啦？"他咽了口唾沫，机械地关上房门。

韩亦城背后长出了一对巨大的翅膀！

这对翅膀过于巨大，每个都有三米多长，尽管没展开也把小屋狭小的空间占满。黄嘉明惊骇地望着这对半张开的通体洁白的翅膀，翅膀根部长有一些蓬松的绒毛，翅膀上覆盖着一排排那种大型羽毛，每根羽毛要比天鹅的长许多。韩亦城正对着他绝望地哭泣，看不见翅膀是如何长在背上的。

黄嘉明平时颇具胆量，当下也六神无主。他小心地走近韩亦城，迟疑地问："别哭啦，到底是怎么回事？你要参加化装舞会？"

韩亦城抬起头，他双眼通红，目光散乱空洞，头发被汗水打湿，一绺绺贴在前额，脸上全是鼻涕和泪水。往日的娃娃脸一夜之间塌了腮，破坏了昔日的英俊。他用一种尖利的嗓音断断续续地讲述了昨天的一切。

黄嘉明蹲在地上仔细听着，没听出个所以然来，一再怀疑自己在做梦。他下意识地把两根手指塞进嘴里用力咬了一下，疼得不停甩手。

韩亦城讲完之后，呆坐在床上流泪。

"别哭，你是个大老爷们啊！"黄嘉明劝道。他低头看着手指上清晰的牙印，喃喃自语："我还是觉得在做梦。这是什么事啊？"

韩亦城歪倒在床上，把头埋在被里，双肩一耸一耸地哭泣。

黄嘉明平时以智多星自居，这会儿方寸大乱，各种思想的小火花乱蹦：活见鬼了，肯定是梦，太邪门……他把手指举到嘴边，想了想，放下了。这小子瘦多了，胳膊、腿都细了，翅膀原来是直接长在后背上的，哎呀，翅膀里好像还有骨头，可前胸后背却变得像健美先生……这小子念中专学的是机械制造，偏偏想当歌星，这下子恐怕什么都当不成了……他思索得太阳穴突突乱跳，颓丧地坐在一把破藤椅上。

对门住的几个人用家乡话唧唧呱呱地争吵，比外语还难懂。这一切都显得颇为荒谬。

黄嘉明感到肚子饿了，他打了声招呼就到小饭店买盒饭，在小饭店他同小莉通了电话，说下午实在走不开，从他的表情上不难猜出小莉的大致态度。

他拎回盒饭，硬逼着韩亦城吃了几口。他狼吞虎咽吃完盒饭，站起来说："我上医院替你问问医生，你待这儿别动。"

"我如今这样子，想走也不敢走啊。"

"有事打我手机！"

他出门叫了辆出租车。

四

黄嘉明身体强壮，很少上医院，故而跑进医院门诊楼时有些摸不着头脑，不知该挂哪个科。幸好墙上有一个蓝底白字的大塑料牌，详细标着各科的分布：呼吸内科、心血管内科、肾内科、内分泌科、消化内科、神经内科、血液肿瘤科、皮肤科、普外科、骨科、泌尿外科、脑外科、肛肠科、妇产科、疼痛科、耳鼻喉科、检验科……

他更加茫然，几经踌躇，挂了骨科的号。

他大步流星往骨科诊室里走，却被一个矮他两头语速较快的小护士拦住："同志，请排队！"

"护士，我情况比较特殊，我急啊……"

"每一位患者都很急。请把病历放在这儿，等待叫您的名字，谢谢！"

坐着排队的人不是挂拐就是胳膊上打着石膏，从外观上判断每个人都比他情况严重，有几位排队者流露出谴责的神色。

他庞大的身躯坐下后，整排塑料椅都发出吱吱嘎嘎的声响。他右侧一名胳膊受伤的妇女微微欠身，往旁边挪了一个位置。

时间像一名跑岔气的马拉松运动员，艰难地挪动脚步。

他等得满头大汗，后背湿透了。他讨厌医院特有的气味。他小学时在一名男生的带领下参观过泡在福尔马林中的一具女尸，那刺鼻的气味和尸身的种种细节令他终生难忘……

走得匆忙，忘带烟了。瞥见墙上的禁烟标志，他顿觉并非那么遗憾。等得实在乏味，他用手机给小莉和韩亦城各发了几条短信。

两个小时后，终于喊他的名字了。

医生坐在桌子旁，是个五十来岁的白胖男人，保养良好的脸上带着习惯性的笑容。他问:"您哪儿不大舒服?"

"医生,我是替朋友来的。"

"那我恐怕有点儿难办。"

"他情况特殊,我跟您描述一下就行了,他是我的好朋友,昨天睡了一宿后背就长出了一对大大的翅膀,每一个得有三米多长吧,翅膀里还有骨骼,这事儿我活了30年都没听说过,您说现在他该怎么办好?用不用来医院一趟?"

医生扶了扶眼镜,上下看了他几眼,抿嘴沉默了几秒钟,尽量用最温和的语调说:"先生,您挂错号了,您该挂神经内科。"随后把病历本客气地还给了他。

在回来的出租车上,他忍不住暗暗埋怨好友:这是哪跟哪啊,人家把我当神经病了。他想起了英语课本中拿破仑同新兵开的笑话。

——不是你疯了,就是我疯了。

——两个都疯了。

他没把坏消息告诉韩亦城,只说医生也没什么好办法。韩亦城失望至极,脸朝下趴在床上。他的翅膀还不大受他支配,时不时东撞一下,西撞一下,把好多小东西都撞掉在地上,每撞一下墙他都疼得直咧嘴。

黄嘉明伟岸的身躯在狭小的屋里徘徊,他高声说:"别上火,老子说过'祸兮福之所倚,福兮祸之所伏'。灾祸和幸福可以互相转化。你以前笑话我没事反复看《道德经》,其实这是一本聪明人写的教人变聪明的书。我明天打电话请几天假,咱俩好好商量一下对策。"

韩亦城来了点儿精神,问:"马经理能准假吗?那家伙不是特事儿吗?"

"我就说爷爷病故,我是长孙必须回老家奔丧。"

"咒老人不好吧?"

"没事。你忘了,他老人家前年就成了'地下工作者'。"

"你怎么跟小莉说?"

"先瞒她两天,我回家拿行军床去,这周陪你。"

"叫我怎么谢你……"

"谁跟谁,说这个!"

五

B市著名的×××广场一年四季游客不断。

七天以后,一辆搬家公司的封闭货车悄悄停在广场南侧。黄嘉明从副驾驶室跳了下来,与司机约好接到电话就来接他们。司机打开了货车后门,里面走出来长着翅膀的韩亦城。黄嘉明事先对司机说是拍神话电视剧,司机才不再好奇。

韩亦城的翅膀仍不太受控制,一路上不由自主地轻微开合。

星期天的广场人格外多,大部分是外地游客,也有相当数量的本地人在放风筝。广场上各式风筝竞相飞舞,蜈蚣、蝴蝶、凤凰、燕子、孙悟空,色彩绚烂地飞在空中。今天是个大晴天,阳光充足,孩子们欢呼雀跃,夸张地跳着跑着。

突然,人潮开始朝一个方向涌去。

韩亦城如同宇宙中的黑洞,吞噬着人们的目光。

警察们警觉起来,急匆匆朝人潮中心跑,用吃奶的劲儿挤到中心,瞧见了韩亦城之后,连警察都傻眼了——

在人群围成的圈内站着一个赤裸上身的男人,他背后赫然长了一对巨大的翅膀!

四周的男女老少都张大了嘴巴,眼球突出地盯着他。光天化日之下,×××广场出了一个长翅膀的男人!

有个回过神儿的游客开始给韩亦城拍照,这下旁边带相机的游客都把镜头对准了韩亦城,顿时按快门声响成一片。

一个小男孩壮着胆子问:"叔叔,您的翅膀是真的吗?您会飞吗?"

韩亦城回过头来朝他笑了笑,猛地展开翅膀,在空中振动了几下。B市一向干燥，春季时常闹沙尘暴，他扇得尘土飞扬，细沙粒儿迷了几位围观者瞪得大大的眼睛。

后面的人急于看热闹拼命往前挤，前面的人被动地不断往前移动脚步，人群围成的圈子不断缩小。几位警察开始阻止人群，但群众的力量实在太大了，黄嘉明只好求警察把他俩带走。几名警察和人高马大的黄嘉明好不容易挤出一条道路，周围还是快门声不断。

整个过程中，黄嘉明不失时机地散发了许多张名片，上面印着他俩的名字和电话。

他们一行人徒步走到了附近的派出所，审来审去韩黄二人似乎没有违反社会治安，他们很快被释放了。

当晚，×××广场出现了一个长翅膀男人的惊人消息一传十，十传百，在B市大街小巷迅速传播着。

六

  第二天上午,《B市晚报》记者对韩亦城进行了专访,当日晚报的头版有一条耸人听闻的报道《B市发现一位长翅膀的男子》,报道附有大量翅膀的特写照片。报纸、刊物、网络等媒体纷纷予以转载。社会舆论众说纷纭,怀疑者不在少数。

  韩黄二人商量后,决定开一个新闻发布会。在文化公司上班的小莉帮着出谋划策,她先联系了几家五星级宾馆,预定了一个会议室。她找出各大媒体的电话,一一给他们打电话,邀请他们参加。从电话中就能听出媒体对韩亦城极感兴趣。

  两人凑了两万多块钱,小莉担心不够,她拿了几千块钱。韩亦城惊讶地发现,仅仅租那个会议室一下午就得花5000元。会前黄嘉明和小莉给每个信封中装现金,那是给记者们的车马费。三人费力地写出4000多字的新闻通稿,开会时每位记者一份,有些图省事的记者发稿时就拿着它大抄特抄。

  隔行如隔山,韩亦城对这一套一点都不熟,全由黄嘉明和小莉去奔忙。

  新闻发布会是以某大学生物系的名义举办的,某大学素来喜欢赶时髦抢风头,这种事他们驾轻就熟。他们还免费为韩亦城做了各项化验。

  十天后,新闻发布会隆重举行。发布会由某大学生物系贾副主任主持,怕冷场,贾副主任特意从系里调来两个班的学生到会场当义工,害得几位姗姗来迟的记者只能站着。他先谈了一通国际国内生物学领域的最新成就,接着讲了韩亦城对生物学界的意义。他在投影仪上展示了一系列的化验单,但没有公布结论。最后他倡议世界各国专家组成鉴定团,对翅膀的真伪做进一步鉴定。

  贾副主任说话有个毛病,一激动头就左右摇晃,仿佛服了摇头丸。

记者们纷纷追问:"您对此事最终的结论呢?"

贾副主任自信地做了一个让大家安静的手势,对着麦克风清晰地说道:"经初步鉴定,我们相信韩亦城先生是世界上首位长翅膀的人!"

在贾副主任和黄嘉明的大力奔走下,世界各国的著名生物学家、人类学家、医学家、神学家组成了联合鉴定团。一个月后,鉴定团做出了鉴定报告,其结论震惊了全世界:

中国B市发现人类首位长翅膀的男子!

诺贝尔医学与生理学奖获得者莫须有博士是鉴定团的负责人,他在接受采访时总结道:"韩亦城先生不但长出了一对翅膀,而且他的身体发生了一系列根本性变化,他的骨骼、肌肉、呼吸系统、血液供应系统及免疫系统都变得适合飞翔。人类靠生物科学想要达到这一步,需要动用几千个基因来控制翅膀和其他组织的发育,这不是当代生物技术所能及的,100年内肯定无法掌握这一技术。世界各民族的神话都有长翅膀的神灵。无论你持有何种信仰,都不得不承认韩亦城先生是一个伟大的奇迹!"

全世界各大媒体纷纷不惜余力地报道:

《中国的蝙蝠侠》

《长翅膀的超人》

《人间天使》

《上帝的杰作》

……

韩亦城一举成名。

那位五十来岁的骨科医生因错失搭车成名的机会痛心疾首,一个月内瘦了十斤。

这一个多月,韩亦城身体发生了一系列变化:嗓音变得又细又尖。本来就羸弱的胳膊如今几乎接近儿童,胸大肌变得极端发达,背部肌肉变得超级发达,双腿却细多了。体重由原来的100多斤变为现在的80多斤。新陈代谢极为迅速,一天要吃七八顿饭,每天大便十来次,小便次数就更多了。他的两翼展开足有七米,翅膀过长,外出时需要人托着,否则翅膀将成为两个拖地的大扫帚。

比常人多了一对翅膀，他的所有服装都得特制，例如西装背后得开两个大口子以便伸出翅膀，穿这种衣服冬天冷，夏天热，苦不堪言。还有无论他走到哪里，都被好奇的人们围观，那眼神令他感到别扭。

七

经黄嘉明的联系，韩亦城与某唱片公司签订了合约，公司负责包装他的一切费用。

为了让他学会飞行，唱片公司租了一个废弃的厂房作为场地，聘用了胡教授、崔教授等体育专家进行科学训练。经集体研究，先进行体能训练：举重、跳伞、长跑、爬山，这类体能训练进行了几个月。

崔教授在接受电视台采访时说："飞行前必须侧重提高神经系统的灵活性，器官平衡机能的稳定性，心肌力量和伸缩机能，等等。一句话，体能是飞翔的基础。与此同时给他补充大剂量的钙，强化骨骼。还要在心理学家的协助下，使他克服对飞翔的心理障碍。当他具备生理素质和心理素质后，我们还要攻克飞行的空气动力学问题……"

全世界都在期待这个30岁的男人能够飞起来。

几个月后，韩亦城仅仅学会了滑翔。他需要站在高处，迎风张开巨大的翅膀，借助上升的气流在空中滑翔一二百米。训练时地上摆满了防护网和充气气垫，每次训练都有惊无险。

又过了一个多月，在摆满了防护网和充气气垫的训练场内，他后背拴着一根保险绳练习飞翔。他振动巨大的翅膀，每拍动一下就获得巨大的反作用力，他终于飞了起来！现场的专家和工作人员不禁齐声发出欢呼。

韩亦城学会飞翔后第一次亮相是在某彩票首发仪式上。地点还是使他扬名的×××广场。有些人注意到了，广场上空横了一根钢丝绳，广场四处也安装了防护网和充气气垫。

那天天空碧蓝，悠闲的白云下飘着几十个火红的氢气球，彩棚上堆满了花篮，鼓乐声震耳欲聋，女主持人扯着嗓子大喊："下面掌声有请特邀嘉宾——韩亦城先生！"

随着人群的一阵惊呼，背后拴着保险绳的韩亦城在广场上空出现了。他从容地振动翅膀，每次拍翼之后都有长距离的滑翔，这样飞节省能量。他在半空中飞了两圈，然后右手拿着高音喇叭冲下面高呼：

"喜从天降！花两块钱，中五百万！"

"当铁杆彩民，享幸福人生！"

"从天而降的幸运——五百万大奖专等你！"

这些口号本就振奋人心，他的出现更吸引了无数爱看热闹的人。一时间×××广场四周的道路同时出现了堵车现象。韩亦城本人就是确凿的奇迹，人们忽然都相信起自己的运气来，到场的人疯狂地抢购彩票，连遭遇堵车的司机也跑下去抢购彩票，彩票销售形势如火如荼，每个销售点都涌起了人潮，当日的销售额即突破2000万元大关。算下来，平均全市人民每人买了一张彩票。

韩亦城大汗淋漓，却极度兴奋，这一天他似乎已等待了很久。他觉得自己简直成了一尊神，平生第一次体验到了骄傲的感觉。

他全天飞了6次，每次飞十几分钟。他获得了20万元的出场费。

此后，许多大公司不惜出天价让他到现场进行产品宣传，或做商品的形象代言人。他的身价随着人气暴涨。偶像就像面包，新鲜出炉的好卖。经过讨价还价，韩亦城成为天使牌系列乳制品的品牌代言人（全球公认他长得最像天使），还担任某航空公司的形象大使。

黄嘉明辞了职，作为韩亦城的经纪人，处理各种协议和业务。忙不过来，让小莉也辞了职，他俩成为韩亦城的得力助手。

第二年，黄嘉明和小莉举行了婚礼。

八

韩亦城圆了多年的歌星梦,他为了这一天进行过多年的练习,只不过当初没有机遇罢了。他沙哑尖利的嗓音偏巧与国际潮流合拍。由他自己作词作曲的歌曲《我要飞翔》荣登国内各大排行榜冠军,他用英文演唱的这首歌在英美排行榜上高居榜首达13周,同名专辑全球销量超过8000万张。全球各种肤色的青年都会唱这首歌:

不愿滞留在平庸的大地上

我要去飞翔

不愿生命成为长长的沉默

我要去歌唱……

他举办了全球巡回演唱会。每到一个城市,一下飞机,总有成千上万追星族来迎接他,他面前是鲜花、旗帜、标语、尖叫,雷鸣般的掌声。在保安人员的簇拥下,他艰难地挪动着脚步,两边照相机的咔嚓声响成一片。他有时被保安人员架着才能离开。

他率领着庞大的舞蹈队和乐队,远征全球。

他演出时边飞翔边唱歌的台风,绝对是前无古人,后无来者,音乐史上空前绝后的创举。追星族们对他崇拜得五体投地,每当他系着保险绳飞到演出现场的半空时,几道探照灯交叉晃动,在空中勾勒出他飞行的雄姿。无数镁光灯闪亮,如烟花一般在黑压压的人潮中闪烁。狂热的歌迷齐声尖叫、跺脚、流泪、吹口哨,用力往上跳,激动之下一个个也要飞起来了。

电影公司为他量身定做了电影《雷神传说》,他主演长有一对翅膀的雷震子,该片在全球创下了有史以来最高的票房纪录,疯狂的人气,使他迅速成为国际影坛的超级巨星。

他皮包骨的体形正符合当下减肥时尚,他以遥遥领先的优势被网络评为"全球最性感男人"。

韩亦城是 21 世纪诞生的超级巨星。他红得发紫:签名、拍摄 MTV、拍写真集、演电影、灌制唱片、巡回演唱会、演讲、拍广告、做电视节目嘉宾……忙得喘不过气。他经常一天只睡三四个小时。

他在世界各种颁奖典礼上领回了成堆的奖杯和证书,成为大众娱乐的新热点,娱乐圈的新神话。全球的追星族们咀嚼着他的生活琐事,他如龙卷风席卷了娱乐界,一时间风头无人可及,他成为娱乐圈的代言人。他已经与娱乐界、新闻界、广告界发生了千丝万缕的联系,他成为网络时代的一种品牌产业。他出现在任何地方都会引起轰动,他可以戴上墨镜,但无论如何掩藏不了那对巨大的翅膀。

他的银行账户的数额每日都在狂增。

他购置了特意为他设计制造的豪华别墅,别墅内所有房门都加宽了,卫生间和床大得出奇。他还购置了特制的大面包车,这辆大面包车几乎是他唯一的交通工具。他雇了保姆、厨师和保镖,过上了奢华的生活。无论他走到哪里,总能见到黄嘉明高大魁伟的身影。

全球数不清的电视、网络、报纸、广播等媒体,纷纷对他赞美一番。看标题就能知道大概内容:

《E 时代英雄》

《网络时代无所不能的象征》

《唤起想象力的一代天骄》

《新新人类的超级偶像》

《韩亦城 —— 我爱你!》

《真正的叛逆!真正的个性!真正的奇迹!》

《韩亦城,一个神话》

……

九

追星族的喜好是瞬息万变的，比天上的浮云更容易改变。网络时代喜新厌旧的特征使追星族渐渐厌倦了韩亦城，由初期的惊喜渐渐变为习以为常，本来嘛，全球有60多亿人，冒出一个长翅膀的人实属正常。他痛苦地感受到过气明星的失落。

短短三年，他就明显老了，33岁的人看上去至少有40岁。这几年繁忙的生活方式和过快的新陈代谢使他迅速衰老。他发福了，他已经没有成名前的意志每天进行超负荷的体能训练。他现在飞上5分钟就会气喘吁吁，心脏隐隐疼痛。

他常常孤独，他常常感到疲倦。

韩亦城呆呆地坐在沙发上，好半天才想起把接收器摔碎在地上。

他想：太平洋那些孤岛上的鸟儿，由于没任何天敌，在进化过程中翅膀慢慢退化，最终放弃了飞翔。我为什么要长出一对翅膀？我是谁？我算什么……翅膀，翅膀，翅膀，该死的翅膀！

吃晚饭的时候，黄嘉明对韩亦城说："你最近越来越像哲学家，总是沉思。"

"是我孤独的时候太多了，哲学肯定是一门孤独的学问。"

"还有什么不开心的，如今多少人羡慕你。"

"没什么值得羡慕的。我是个异类，没有当凡人的福气。"

时隔不久，他的丑闻被曝光了。丑闻闹得满城风雨，世界一片嘘声。几家以他为产品代言人的厂商落井下石，向司法机构提出解除合同的要求，宁愿赔偿违约损失，他到了事业黑暗的低谷。对他唱功平平、演技三流的指责泛滥于各大媒体。他与唱片公司的合约到期了，对方都没有续约的意思。没一家公司来找他演出或拍片，别墅前门可罗雀，他处于实际上的退休状态。

十

韩亦城开始封闭自己，拒绝一切采访，身边只留有母亲、黄嘉明夫妇、三位保镖和保姆。他重新体验到了挥之不去的孤独，这种孤独感自打幼年时他父亲因车祸去世便开始了。

某一天，韩亦城与母亲聊了一会儿，回到自己的房间。他想起少年时就树立的歌星梦，如今梦想实现了——是以一种苦涩的方式实现的。

十多年来他在人后练习各种乐器，揣摩一些歌星的演唱技巧，他还报名参加过很多业余歌手大赛，可多年的努力当初只赢来了嘲笑。

他回忆起在厂办图书室当图书管理员的岁月，那时，他是多么幸福啊——图书室只有主任和他。办图书证、借书、还书、打扫卫生这些活儿基本上是他一个人干，他每天早来晚走，像照顾孩子一样照料图书室的几万册书，他一看到书籍破损就及时修补好，还细心地为每一本书编制卡片。漫步于一排排书架之间，他常感到某种近乎神圣的感情。工作稍有空闲他便捧起本书看，他最喜欢读音乐和文学方面的书。后来厂子效益不好，他这类合同工第一批下了岗。

他翻起自己的旧影集，重新看到过世的亲人们。影集中还有三岁时的他：一脸苦相，两眼充满了惊恐与迷茫。他看到了早已云散四处的朋友、同学、同事。他的目光停在一张高中毕业照上，他没看一脸沮丧的自己，全身心盯着一位大眼睛的女孩，她在照片上笑得阳光灿烂。她叫夏蕊，文静美丽，有一副好嗓子，是班上的文艺委员。高中三年他一直暗恋她，直到毕业前夕才鼓足勇气去找她。夏蕊是他迷恋上唱歌的直接原因。

她家住在城郊，出门不远有一条铁道线，他约她在铁道边的松林里见面。夏日的阳光不规则地投射到布满松针的林间小径上，脚踏上去十分柔软。一些不知名的鸟儿啾啾鸣叫,空气中飘散着懒洋洋的松脂芳香。望着自己朝思暮想的女孩,他觉得那一刻是他一生中最难忘的时刻。由于紧张,他的手心不禁出了好多汗,他用颤抖的手递过已被攥湿的写了一周的情书。她草草看了一遍,把厚厚的信还给他,对他说现在不是谈恋爱的时候,况且,他不是她喜欢的那种男孩,对这份感情,她只能说抱歉了。大概就是这些。他独自走到林外,坐在铁轨上撕碎了信,随后,一辆火车隆隆驶过,滚滚风尘把碎纸屑不知带到了哪里。

后来他考上中专,毕业后来B市打工。她考上一所师范大学,毕业后她被分配到一座海滨城市,他们再没联系过。

小蕊!韩亦城心头一喜,将影集往纯皮沙发上一扔,找到黄嘉明:"老黄,帮帮忙!麻烦你找个私人侦探,去打听我高中同学夏蕊现在的情况,要快!"

几天后,一份传真告诉了他想知道的一切。几年前,夏蕊与一位工程师结了婚,婚后生下一个女儿。他们婚后夫妻关系一直紧张,近日刚办完离婚手续,传真末尾附有她的电话。好啊!他拿着传真兴奋地在地板上走来走去。

十一

韩亦城乘大面包车来到北方某海边旅游胜地。他生长的小城和 B 市均属内陆，没机会看到海，成名之后几次在海边拍 MTV，他都忙得无暇欣赏大海。他要补上所有的遗憾。

十月属于旅游淡季，宾馆内冷冷清清。

韩亦城先与夏蕊通过电话，说专程来到此地，希望与她见上一面。然后用大面包车把她们母女接到了宾馆。

夏蕊上身穿着一件火红的毛衣，她化了淡妆，大眼睛依旧动人。在她微笑的时候，眼角隐约有了细细的皱纹，不过，她在韩亦城的眼中却是美丽的。小莉哄小女孩到另一个房间去玩，黄嘉明借故走开，临走前冲他挤了挤眼睛。沉默了一会儿，夏蕊问："你怎么可能来看我呢？你不是成了大名人吗？"

"别取笑我了，我还是从前那个韩亦城，只不过更悲惨些罢了。"

"别那么悲观，人生还是有许多快乐的事情的。"

"……那些世俗的客套和铺陈都毫无意义……有一句话多年以来我一直想对你说：小蕊，嫁给我吧！"

"实在对不起……"

"为什么呢，告诉我好吗？"

"我也说不清，真的说不清。你能向我求婚，我还是好感动……"

"我希望你们母女过上幸福的生活……"

"幸福是一种感觉，我已经错过了一次，不想错过第二次。"

"这几年我走过世界很多地方，但，我总忘不了你。我现在有钱了，如果……"

"我们都在社会打拼这么多年了，人活着没钱绝对不行……我的心很乱，不知道该怎么跟你说……我嫁给你舆论压力太大，人们都会说我是为了钱嫁给你的，走到哪儿都会被人指指点点，我受不了……"

"给我一次机会，好吗？"

"我知道你真心喜欢我，十多年前就知道，唉……"

"不嫁给我也无所谓……只要你肯陪着我，我会给你一大笔钱，足够你们母女后半辈子用。"

"别这样，你何苦呢？跟着你意味着过与世隔绝的生活，你了解我外向的个性，我有我的交际圈子。再说，女儿大了会怎样看我呢？"

"你没法接受我的翅膀？对吗？"

"我不知道，别难为我了，"夏蕊掏出手绢擦眼泪，"我不会做你情妇的，那算什么？！"

"你……肯定不会嫁给我吗？"

"是吧，对不起。"

"我有思想准备，你走吧。你把这张卡拿去，里面我存了三百万，密码是你的生日。多保重！"

夏蕊接过银行卡，蹲在地上哭了起来，像一个受了委屈的孩子。

"好吧……我嫁给你！好好待我，我也会好好照顾你的……"

韩亦城喜极而泣……

十二

那天恰逢风暴天气,海边一个人也没有。

韩亦城说:"感情不是自来水管,一拧开水龙头就能流出爱情。人一生拥有的爱情量是固定的,用一点儿就少一点儿。"

天很冷,在空气中能哈出白气。

"你像个诗人……"

"老实告诉我,当初爱过我吗?"

"有一点儿喜欢,你那时是班上最漂亮的男生。你可别生气啊,我当时嫌你学习不好,怕你日后没出息。"

"哪会生气呢,至今我也是一个庸人啊……"

"别瞎说!去年我跟老同学打电话的时候还议论,你如今是超级巨星了,我们这帮老同学想见你一面都难……"

"一个中年男人没有女人是不行的。有了你,我才有信心去拼事业,我要让人们明白,我以往的成功不全是偶然获得的,它包含着我多年的艰辛努力。"韩亦城目光炯炯地说。

韩亦城拉着夏蕊跑到海边。

啊!韩亦城从未见识过如此粗犷强悍的天空,无尽的乌云一簇挤着一簇,痛苦地翻卷着,挣扎着,天色阴沉得如同傍晚,天与大海呈少见的黑灰色,一点儿没有往日的碧蓝。大海暴露出凶残的一面,巨浪咆哮,发出震天轰响,一排巨浪拥着一排巨浪凶狠地扑向岸边,在尖锐的黑色岩石上撞得粉身碎骨。海天之间是一望无际的昏暗,几条拴在岸边的小木船像可怜的小水虫一般颠簸于浪尖,吵闹且笨拙的海鸥盘旋在他身侧与头顶。

他展开翅膀飞上了一座他不认识的海上建筑,这座水泥建筑物伸入海中近30米,宽不到2米,下面由两排混凝土柱子撑住。他迎着寒气入骨的秋风张开双翼,冲着博大有力的大海发出狂欢的嘶喊:"啊哈——哈——哈——"

夏蕊战战兢兢地走上建筑物,抱住了他的胳膊。他兴冲冲地指着近处的一座小岛说:"我要飞上那小岛,为你摘一束花。"

"太危险,别去!"

韩亦城处在极度喜悦之中,哪里听得进去!他助跑了几步,展翅飞向小岛。

"快回来!快回来!危险!"夏蕊在背后尖叫。

他顺风飞翔了十几分钟,感到异样的疲惫。长期没训练,飞得前所未有的吃力,他感到嗓子发咸。他惊恐地想起每次飞翔都有防护网、充气气垫、保险绳,这一回在大海上飞翔却什么防护措施都没有!

小岛的距离还是那么远,丝毫看不出近了一些。

他不得不掉转身体,往回飞。现在是逆风,每扇一下翅膀都格外吃力。他浑身大汗淋淋,呼吸困难,他飞不动了。

夏蕊站在海滩上,是一个红色的小点儿。

茫茫的大海上,一艘航行的船都没有。旅游淡季,海边没有一个救生员。

他眼冒金星,莫名地联想起长出翅膀那个夜晚的痛苦感觉。刹那间,他的手脚剧烈抽筋,不由自主地下坠,他在半空中发出一声凄厉的惨叫。

被冰冷刺骨的海水吞没之前,他脑中闪现的最后一个念头是:我不会游泳!

一个小时后,两名潜水员打捞上来一具长翅膀的尸体。

《长翅膀的男人》发表于2006年第2期《牡丹》杂志。

量子女友

一

2063年的夏天，韩之光在纽约公共图书馆主阅览室埋头写小说。纽约公共图书馆是世界五大图书馆之一，正门有壮阔的大理石阶梯和两尊巨型石狮，似乎隔绝了纽约常见的喧嚣。主阅览室装饰有豪华的吊灯和富丽堂皇的天花板，雄伟的阅览室如大教堂般庄严肃穆。韩之光想起了博尔赫斯的那句名诗：天堂是一座图书馆。

韩之光习惯在图书馆写作，各地的图书馆都有一种利于写作的严肃氛围。韩之光不慌不忙地打开微型手提电脑，准备敲入文字。以往写作通常很快进入状态，这次却无论如何也无法集中精神。

原因是对面的那位陌生美女。

第一眼就能看出她相貌酷似费雯·丽，而费雯·丽正是韩之光心目中最美的女神。她有一头瀑布般的深栗色长发，鹅蛋形面庞上长有一双碧绿的眼睛，深邃的目光闪耀着绿宝石的光芒。她似乎心神不定，眼神如波涛般动荡不安。

长期从事写作，可以使一个人的观察力变得敏锐。韩之光注意到她看书的速度惊人，每页书都仅仅用两秒，她是以一目三十行的速度在阅读！韩之光去取资料的时候看了一眼她读的书：竟然是一本关于电脑和物理学方面的书籍！韩之光坐下后头脑一片混乱，愈加写不下去了。韩之光注意到她有一种极美的姿势，起身取书时习惯性地向后甩一下长发，这种姿势带有公主的矜持与骄傲。

正在偷偷观察对面的女郎，她突然现出痛苦的表情，用右手捂住胸口，趴在橡木桌子上，书也被她碰掉在地上。韩之光想："难道她有心脏病？"韩之光宛如被催眠一般向她奔去，俯身在她身边焦急地问："小姐，您怎么了？用不用帮您叫急救车？"

她坐了起来，脸色变得苍白，小声说道："先生，谢谢您。我接收到了强烈的干扰信号，神经系统出了点问题，现在自我调整好了。"韩之光觉得她说话怪怪的。本来想表演好莱坞式的英雄救美，可风波迅速结束，韩之光怅然地坐在她身旁。在图书馆交谈是极不礼貌的，韩之光递给她一张电子名片，电子名片上有他详细的个人资料，韩之光低声说道："我是个自由职业者，随时都有时间。您方便把您的联系方式告诉我吗？"

她歉意地笑了笑，说道："我没有私人联系方式，还是我跟您联系吧。"

韩之光愣了一秒钟，不失礼貌地追问道："至少可以告诉我名字吧。"

她说道："他们叫我斯芬蒂娜。对不起，我还有事情，改日见。"说罢，起身离去。她一走，韩之光的心仿佛也给带走了，心中患得患失，暗暗埋怨自己笨拙，为何不趁机邀请她去喝杯咖啡？韩之光追了出去，只看到图书馆门前台阶上坐着一些闲散的游客，纽约人海茫茫，哪里能寻觅到斯芬蒂娜迷人的倩影？

此后一连半个月，韩之光每日都在纽约公共图书馆四处转悠，那部长篇小说早被丢在一边了。可惜斯芬蒂娜杳如黄鹤，再也没有露面。

二

2006年夏天，我在南山图书馆的三楼旅游阅览室写科幻小说，我的小说都卖给《科学24小时》《科学画报》等杂志，发表率还好，每年能发表几篇小说。我在手提电脑上写着新小说《量子女友》，陷入了瓶颈，写不下去了。

小说主人公韩之光遇到了一位美丽的女郎斯芬蒂娜，可是斯芬蒂娜不见了。接着该如何写呢？如何增加戏剧性？添加人物？增加意外？对于一个短篇小说来说，这都不是好办法。

我的小说主人公都有我的影子，好的小说不就是一种自传吗？

我正在写一部长篇仙侠小说，在写长篇的间隙，我每月写一篇科幻小说，或长或短，不仅仅是为了稿费，也是为了不断有发表的好消息，来鼓励自己。三楼的旅游阅览室有大量的旅游资料，可以直接用于小说中，我写的是硬科幻，二楼的科技书籍可以使小说"硬"起来。我没有把长篇小说发到网络上，因此我的写作是异常孤寂的，无人喝彩，也无人批评。为了写作，我辞职了，过着朝不保夕的日子。

我长叹一声，收起手提电脑走出图书馆，我由于读书写作过度，患有较重的颈椎病，每写一段时间都要出来活动一下脖子。我寄食在父母家，父母家只有37平方米，只有一个房间，外加一个小厨房和一个小厕所，我写作只好到图书馆，这里是一个僻静之所，又有免费的空调。在炎热的深圳，这不是一个小问题。

我走到图书馆东面的小树林，在芭蕉树和榕树的遮掩下做了一会儿颈部保健操，脖子发出轻微的声响。我感到有些头晕，背着电脑包走到了图书馆南面的一个小卖部，小卖部里坐着一个美丽的少女，她叫温秋佳，比我小十二岁，性格活泼可爱，我经常来买一瓶可乐，顺便与温秋佳聊聊天。

"作家来啦。"温秋佳热情地打招呼。二十来岁的少女，总是有一种独有的魅力。她独自守着这个几平方米的小卖部，也是很寂寞的。小卖部没有空调，只有一个落地扇不知疲倦地旋转着。

"一瓶可口可乐。"我坐在了塑料椅子上。

冰镇的可乐入口十分凉爽，我喜欢在写作的时候喝可乐，有条件时还喜欢喝咖啡，可乐和咖啡能刺激我的写作灵感。

温秋佳是当地人，与四川或浙江人相比，广东很少有肌肤白皙柔嫩的少女，总是感觉有些暗淡和粗糙。温秋佳算是少有的例外，皮肤姣好，容貌清秀。

"你最近在写些什么呢？"温秋佳给自己打开了一瓶雪碧，她可以随便吃喝，因为店是她家的。

"正写一个科幻小说。写一个作家在图书馆遇到一个美女，刚刚有点喜欢上她，美女却不见了。正不知道该如何往下写呢。"

温秋佳喜欢聊写作的话题，每次我发表作品，都给她看。

温秋佳做出沉思的样子，"就写那个美女是外星人，最后把作家给吃了。"

"你小小年纪，这么血腥残暴！"

"我看电影就喜欢看恐怖片，越吓人越喜欢看。"

我无疑是喜欢温秋佳的，但我一个大叔级别的穷光蛋，是没有资格说出自己的感情的。每次能看到她，就心满意足了。每次与她聊天，我都感到十分快乐。

"李大哥，你发表一篇小说能卖多少钱呢？"

"我主要靠昔日的少量存款活着。靠稿费，得饿死。"

一个男人来买烟，温秋佳熟练地递烟和记账。温秋佳的每一笔收入都记账，记在一个破旧的小本子上。

"我希望你日后写一写我，无敌美少女！"温秋佳脸上露出骄傲的神色。

"我保证，一定写。"

"写好了让我看看。"

我带着微笑离开了小卖部，继续构思科幻小说。

三

那天，韩之光的可视手机响了，是斯芬蒂娜！她希望同韩之光见面，韩之光建议去格林尼治村的一家露天咖啡馆。在韩之光看来，世外桃源般的格林尼治村闲散慵懒，是纽约最适合谈情说爱的地方。在林立着个性咖啡馆和爵士酒吧的街头喝咖啡，这份浪漫也许能打动女孩子的芳心。

韩之光提前到了几分钟，凝望路边历尽沧桑的古老台阶，不觉想到格林尼治村曾是一个激进前卫的地方，一些闪耀着叛逆光芒的艺术大师曾居住在这里。如今房租上涨，普通的艺术家住不起这地方了。不一会儿，斯芬蒂娜来了。韩之光点了杯咖啡，请她选一种自己偏爱的咖啡，斯芬蒂娜从手提袋中拿出一瓶饮料，说道："我靠它补充能量。"这一举动多少有点不近人情，初次约会，韩之光只好迁就她的怪癖。

"你上次去图书馆查哪方面的资料？"韩之光首先打破僵局。

"关于量子计算机方面的书籍，它与我的出生有关。"

韩之光不明白这是一个隐喻还是另有所指，总之，听不大懂。韩之光硬着头皮顺她的话题问道："你能讲讲这方面的知识吗？我对量子计算机几乎一无所知。"

"好的，韩先生。量子计算机与量子晶体管不同之处在于它是全量子机械装置，当量子晶体管仍旧使用传统的电线和电路时，量子计算机却代之以量子波。"

韩之光听罢大脑中一片混沌，完全糊涂了。韩之光装作感兴趣的样子，说道："能举个实际例子说明一下吗？"

"举例来说，穿越华盛顿广场东西两端的最短距离是哪条路线？在量子力学中，为了计算从东端到达西端的最短可能性，必须先将广场两端之间所有可能的途径汇总——包括越过银河系再返回地球的道路，当所有这些难以计算的道路累计完毕，我们得到结论：我们应该沿着东西两端间的直线穿越华盛顿广场。从某种意义上说，量子理论存在于人的常识和直觉之外。"

韩之光实在听不下去了，不得不转换了话题："你为什么不在网络上查找资料？"

"网络上的资料毕竟不够系统，要深入研究某个课题，还要去图书馆。"

韩之光对此深表赞同。通过一席谈话韩之光对斯芬蒂娜的印象是：严谨科学的头脑，干巴巴的语言，绝世的美貌，动人的神态，这一系列彼此矛盾的特征居然在她身上同时体现出来。她像一团迷雾，使人看不清她的庐山真面目。

四

关于量子计算机的文字，都是我从科普书籍上抄来的，大段大段输入电脑。写到这里，我的头脑中一片茫然，我不知道这里量子计算机和美女有什么关系。

我继续胡编乱造下去，写韩之光和美女斯芬蒂娜约会，经常聊天。

斯芬蒂娜给韩之光印象始终是神秘莫测。她可能有严重的洁癖，从不与韩之光一起进餐，只喝自备的饮料。作为一名职业作家，韩之光对语言比较敏感，她的语言逻辑性过强，不太像口语。她有时像孩子般天真，有时像科学家一般思维缜密，她在率真的行为下隐藏着讳莫如深的思想。她如同达利的超现实主义油画，把众多矛盾的事物不可思议地组合在一起，产生了梦魇般的奇异效果。

韩之光同斯芬蒂娜常常在一起，彼此几乎无话不谈，但从没有相互表白爱意。韩之光不知道斯芬蒂娜爱不爱他，多少次为了这个问题辗转反侧，口中喃喃自语，宛如在生存和毁灭之间抉择的哈姆雷特王子。好几次韩之光望着斯芬蒂娜美丽的眼睛，想说："我爱你。"韩之光始终没有表白的勇气，斯芬蒂娜似乎也没有那个意思。

为了试探虚实，韩之光邀请斯芬蒂娜逛唐人街。唐人街是纽约最大的华人社区，街头满眼的"华西药房""金帝国珠宝中心"之类的汉字招牌让韩之光感到亲切，丝绸、陶器、玉器等摊位琳琅满目，宫廷菜、沪菜、粤菜、湘菜、川菜等饭馆鳞次栉比……

写到这个地方，我又卡文了，不知道该如何动笔了。我走出南山图书馆，习惯成自然，我又来到了那个小卖部。温秋佳一脸幸福地坐在那里，正在哼歌。

"一瓶可乐，"我坐了下来，"你有什么开心的事儿吗？"

"有啊，我昨天刚刚处了一个男朋友，是个开饭店的，比我大了一点，不多，才七岁，人也挺帅的，知根知底的人介绍的，我父母都很满意。我可能干不了多久了，要去他的饭店帮忙了。"

我感觉心脏有种刺痛的感觉，温秋佳找到了自己的另一半，我该替她高兴啊，为什么心中如此苦涩？

"祝贺你啊！"我干巴巴地说。

"离开这个鬼地方，我唯一舍不得的就是你了，大作家，经常陪我聊天。"

我哪里是什么大作家，我要真是大作家，我不会让温秋佳就这么离开。我把没有喝光的可乐放在凳子上，说："那，就再见了。祝福你们白头偕老！"

我匆匆走进图书馆，我知道这篇小说该如何收尾了。

五

斯芬蒂娜碧绿的眼波依旧大海般变幻莫测,引诱着韩之光。

韩之光郑重地对她用汉语说道:"斯芬蒂娜,我爱你!经历过一些感情上的挫折,这句话我已不敢轻易启齿。或许你认为我们相互了解得还不够深,那么让我们用一生的时间来互相了解吧。婚姻意味着理解、信赖与宽容。我会珍惜你的一切优缺点,宽容你一切可能的过错。斯芬蒂娜,你愿意嫁给我吗?"

斯芬蒂娜莫名其妙地答道:"人类与机器的混合可以创造出具有超级生存能力的物种——电子人。量子理论给电子人提供了比神经细胞还小的微型量子晶体管,计算机革命带给电子人功能超强的量子计算机大脑,生物分子革命赋予电子人使用合成材料取代人类的神经网络、皮肤和骨骼。三大技术革命给予电子人不朽的躯体……"

韩之光忍不住打断她的谈话:"我在向你求婚,你为什么大谈电子人?"

"因为我就是一个在实验室诞生的电子人。我从实验室逃出来想弄明白两件事情:第一是我是什么?第二是爱的意义。"

韩之光惊呆了,结结巴巴地问道:"你都……弄明白……了吗?"

斯芬蒂娜的嗓音中有一种独特的感伤:"第一个问题很快弄懂了。第二个问题则要复杂得多,第一次与你相逢的时候,我忍受不了你饱含爱意的目光,内部功能发生了紊乱。我从没有恋爱过,说不清楚这种危险的感觉是什么……科研人员仅仅把我视为一件完美的机器,只有你把我看作一个人。不知不觉,我爱上了你。你是一个重感情的男人,可我不能跟你生活在一起,我会带给你许多灾难,更让我无法忍受的是,你的寿命太短暂了。从理论上讲电子人的寿命是无限的,而人类的寿命不过区区百年。我不忍心看到你在我面前衰老和死亡……"

　　斯芬蒂娜说完飘然离开了，韩之光目瞪口呆，像一根木桩那样立在地上。等韩之光明白发生了什么的时候，屋内早已经空荡荡了。

　　韩之光又苦苦等了几个月，无限伤感地离开了深秋的纽约。他再也没有见过斯芬蒂娜。

六

2020年的银河奖颁奖典礼上，《量子女友》获得了一个特别奖，电子人温秋佳的这篇科幻小说虽说还十分粗糙幼稚，但这是世界上第一篇由人工智能独立完成的科幻小说，具有非凡的意义。评委经过认真考虑，一致通过单独为此文作者颁发了一个特别奖。这次颁奖也成为人工智能发展史上的一个重大事件。全球媒体纷纷评价：其意义已经超越了挑战人类智商极限的人机大战事件，成为人工智能发展史上的一个里程碑！

《量子女友》刊于2017年7期《都市》杂志。

曾是惊鸿照影来

某天晚上十点钟，我手机微信收到了添加申请，验证文字是——春辉哥哥，我是娜娜。

我感到震惊，慌忙通过了，但那边很久都没有动静，我仔细查看对方微信的详细资料：

昵称：娜娜

地区：美国盖瑟斯堡

个性签名：我认为这世上最珍贵的是生命，最公正的是时间，最难得的是真爱。

我瑟瑟发抖地在手机上输入话语。

我：你是娜娜吗？你在哪里呢？看到是你，我过于激动，手一直在发抖。你是看到百度百科我的简历了吗？怎么想起找我呢？你是怎么找到我的呢？怎么加了我，却一直不说话呢？

娜娜：我也好激动……

我：你在哪里呢？是在美国吗？你方便语音吗？很想听听你的声音变了没有？真的是你吗？

娜娜：终于找到你了。

我：你方便用语音说句话吗？我只想听一听你的声音。美国现在是白天？

娜娜：我如今在美国，我们现在这边是上午。妈妈和我在一个房间，不太方便语音。晚上再聊，现在我只能打字。

我们聊了一会儿，娜娜约定几个小时之后再视频通话。我翻出昔日的日记和信件，无数关于前妻娜娜的回忆汹涌而来——

二十多年前的娜娜是标准的瓜子脸，皮肤白嫩细腻，眼睛像儿童那样黑白分明，眉毛很清晰，嘴唇很性感，娜娜长得酷似电影《追捕》的女主演中野良子，她小时候的绰号就叫"真由美"。

娜娜属于那种第一眼美女，当你第二眼看她时就会迷醉于她的外貌。仿佛上帝在创造她的时候，绞尽脑汁让她的美更加夺目鲜明。娜娜的头发又长又美，光润乌黑。她的大眼睛有一种探究的神色，仿佛对世界充满了好奇。她是从来不化妆的，全凭自然的天生丽质。娜娜当年的美貌真是增一分则太长，减一分则太短；著粉则太白，施朱则太赤；眉如翠羽，肌如白雪，艳丽如夏日花朵。

1995年秋天，枯叶纷纷飘落，把黑大校园的道路铺上了一层金黄。新教学楼还没有完工，我们大一新生经常在主楼上课。课间，同学们发现主楼南门摆了个小书摊，纷纷围上去看。

我发现娜娜也在其中，就想引起她的注意，买了一本法国诗选心不在焉地翻看着。娜娜专心致志地选着书，不时地撩起垂下的长发，却根本没有注意到旁边的我。我不由得心底泛起一丝若有若无的怅然。

深秋的夕阳映照下，娜娜的身影也仿佛染上了秋季的忧伤色调。那天她穿了一件柠檬黄色的上衣，在米黄色的主楼下，她苗条的身影与金黄色的秋景融为了一体，组成了一幅印象派的油画。

我就是在那一刻爱上娜娜的。

1996年的三月并不冷，黑大校园内的积雪开始融化。

娜娜戴了一顶白色的贝雷帽，穿着白色的薄羽绒服，她的脸庞白皙细腻，像一个洁白世界中一尘不染的天使。我趁机打量娜娜秀挺的瑶鼻，如画的眉眼，玉脂般的肌肤，她的身上有一种绝世的空灵与纯净，真是一顾倾人城，再顾倾人国。

我不能理解，人人都长有五官，五官组合在娜娜脸上，居然有如此完美的效果。娜娜注意到我的目光有些放肆，微微低下头说："上大学半年了，我真的哪儿都没有转过呢，对这个大学还很陌生。"

我客串起了热情的导游："一进校门，迎面是高大的主楼，主楼东面是正在修建的新教学楼，新教学楼再往东是运动场和老教学楼，这你都很熟悉了。老教学楼东北方向是图书馆，老教学楼南面是两个食堂，食堂东面是校办的印刷厂和实验楼……图书馆你去过吗？"

"没有。"

"那我们去看看吧，我经常去图书馆。"

我帮娜娜拎起沉重的书包，带着她穿过校园，参观了图书馆的阅览室。一路上我调动了自己所有的幽默细胞，讲了些真真假假的校园趣事，逗得娜娜一会儿睁大眼睛，一会儿"咯咯"直乐。这时的娜娜仿佛是个新入学的新生，处处感到新奇。

那天晚上，我给娜娜写了第一封信：

娜娜，你喜欢月夜吗？月呀，不论圆缺，总给人以温厚的安慰。静静地于月下漫步，或独自坐在长椅一角，总能品出一番滋味来。我爱这半明半暗的朦胧，爱这寂然之境，小我投入大的虚无之中。月光似水，洗去了日间的郁闷与劳顿。月下，你可以慵懒地往长椅上一靠，听凭露水打湿发梢。

娜娜，此时此刻我完完全全地想念着你。夜已经深了，你恐怕早就入梦，我想象着你睡在舒适温暖的床上，呼吸均匀又恬静。而我呀，狂热地想化为一个精灵，飞到你身侧，轻轻地搂着你，亲吻你楚楚可怜的面庞。忘记世界，忘记爱的痛苦，忘记昨天与明天，悄悄地步入你的梦里，而不把你惊醒……

独坐在月下长椅上，你绝美的脸庞，你动人的笑靥，你甜美的嗓音，重新萦绕在周遭。我不敢打破这一清晰的幻觉，不敢发出半点声响，不敢把目光移开，不敢伸出手挽留你。娜娜，你的身影在我的眼前能长久吗？娜娜，你的出现，是神的赐福还是神的过错？

为你写了这首《你和我》：
我们是隔着天河的两颗星
我们是黑夜里互相辉映的灯
我们是天使两翼洁白的翅膀
我们是深情的呼唤和峡谷的回声
我们是灾难降临时紧紧相握的手
我们是沙漠里挣扎的身体和身影
我们是融在一起的两行泪水
我们是绝境中彼此鼓励的眼睛

小城诗人1996年3月12日

娜娜收到这封信之后，成了我的女朋友。

我们一年年的相处，我总是无法忍受娜娜的母亲，娜娜的母亲不但势利，而且异常刻薄，嘴像蝎子的尾巴一般恶毒。《路加福音》说："善人从他心里所存的善，就发出善来；恶人从他心里所存的恶，就发出恶来。"娜娜的母亲是为富不仁的活生生的例子，她坐在豪华轿车内，把步行或骑车的人都称为"臭要饭的"，贫穷且孤傲的我与她发生冲突总是不可避免。

这是我同娜娜母亲吵架后，娜娜写给我的情书。

春辉：

　　看着你我的影集，我蹲在阳台哭了很久。看到咱们初恋时拍的照片，我的心都碎了。那时候我们是多么幸福啊！我多么希望你还能像以前那样把全部精力、感情、时间都投到我身上，像我三年来对待你一样啊！不知怎么的，在咱俩就要分开的时刻，三年多来咱们在一起的一幕幕都浮现在眼前，看看你的日记，再想想近来你的表现，我突然感到你或许并未真正爱过我，或者你对我的感情远没有我想象得深。我一直认为如果你真的爱我如生命，你就肯为我做出任何牺牲，为我做任何改变！

　　扪心自问，从咱俩相恋至今，你是为我付出得多，还是为你的文学付出得多呢？就让一切由时间来证明吧！

　　还有好多话要说却没有说明白，因为我此刻心境极差。我也许会嫁给别人，也许会死去，也许会一直默默地一个人，从此不再有欢笑，谁知道呢？一切听天由命吧！我只知道这么一来，我会天天晚上想你，挂念你，我会短寿的！这就是你三年来带给我的最终结果！你不觉得我现在除了父母亲情以外什么都没有了吗？你不觉得我的下场很可悲吗？你不觉得我不会活很久了吗？我恨你！是你害了我，是你毁了我！

　　我渴望拥有一段完美的爱情，你的激情只持续了一周，却搅乱了我的余生。我的心像被闪电烧焦了的树桩，孤独地立在那里。

　　如果你遇到了真正适合你的女孩，千万别错过机会；如果我遇到了合适的人，我也会再找的，咱俩看来已经无缘了。

娜娜于1999年3月16日下午

2002年，我决定和娜娜结婚了。当我打电话给娜娜报告这一好消息时，娜娜在电话那头喜极而泣。

娜娜说："春辉，你多陪陪我，我有种预感，自己活不过四十岁。"

娜娜的父母均反对这桩婚事，娜娜顶住压力执意结婚。领结婚证之前，娜娜的母亲要做婚前财产公证，娜娜说："不用了，结婚后我都是他的了，还公证什么？"

2003年北京的春天格外寒冷，娜娜穿了一件驼色的呢料大衣，化了淡妆。娜娜平时总是爱哭，这次面临人生中的重大挫折，却表现得很坚强。见到我的时候，她甚至还笑了一笑。

娜娜递过来一张打印文件，上面声明我与娜娜没有共同财产。我仔细读了一遍，在上面签了字，把文件还给了娜娜。

我同娜娜走进了海淀区人民法院，意外的是竟然也要排队。像当初排队结婚一样，他们也排队离婚。

我坐在长椅上，大脑一片空白。娜娜无力地坐在一旁，脸色惨白。旁边一个男人在呜呜咽咽地哭，同要离婚的妻子唠唠叨叨。

等了好久，轮到我和娜娜了，我俩走进了办公室。书记员只是走过场地问了几句，然后还是等待。再次进去的时候，书记员要收回结婚证。娜娜问："可以让我把上面的照片撕下来吗？"

书记员说："不可以。"

最后，我和娜娜每人拿到了一份《北京市海淀区人民法院民事调解书》，一场婚姻终于走到了尽头……

那些悲伤的回忆啊……

我与娜娜视频聊了半个小时，娜娜显得十分年轻美丽，只是略有些憔悴，尤其是娜娜甜美的嗓音，我从一万个人当中也能听出她的声音。离婚15年了，娜娜一直拒绝同我联系，而她的QQ号、手机号都换了，我自然无法同她联系。

视频过后，我俩开始用微信语音聊天。

娜娜：我发给你一张我喜欢的照片。这张亲吻的照片叫《吻别》，在香港影展获得了金奖。这张照片是在重症监护室拍下的。病床上的老人已经被下了病危通知，有那么一刻，昏迷中的他清醒过来，颤抖着说："亲亲，亲亲……"老太太听到后泪如雨下。她俯下身，深情地亲吻了丈夫。

（我看到一幅黑白照片，上面是一个白发苍苍脸上布满皱纹和老年斑的老太太，正在亲吻一个躺在床上的老汉，老汉也是脸上布满老年斑和皱纹，他鼻子上插着呼吸管。）

我：这是一个苍凉的亲吻，的确很感人。看到你比同龄人年轻美貌，感到莫名的忧伤。

娜娜：你永远都不会明白你失去的是什么。

我：最奇怪的是经历了那么多，你还那么年轻啊！"你永远都不会明白你失去的是什么"你很多年前说过这句话。

娜娜：是吗？那还真巧。

我：你不打算结婚了吗？2003年至今，你也没有再婚吗？

娜娜：没有。

我：对不起你，真的对不起你。遇到合适的，你就结婚吧，你是那么在乎家庭的人。

娜娜：命该如此。我的命不好，不管爱情如何定义，你都是个不懂爱的人。

我：与你相恋那7年，是我一生哭泣最多的日子。此前没有，此后也没有。我并不是个喜欢哭泣的男人。

（也许是这段话触动了娜娜的心，娜娜与我视频聊了几句话，我再次震惊：原来娜娜去美国是为了治病，她得了一种罕见的绝症——复发性多软骨炎！语音的时候，我俩都哭了，我甚至哭出声来。）

我：我认识珠海的一位中医，医术高明，擅长治疗疑难杂症，我去找他，看能不能治好你的病。

娜娜：去不去都行。因为我实在没药可吃。就是心理安慰吧，总不能等死啊！

我：对症下药，不能乱吃药，药都是有毒的。

娜娜：哎！有病咋办？

我：你不锻炼身体，身体会越来越虚弱。抵抗力弱。

娜娜：我现在一个月没几天好的。

我：我爱你！哪怕说一句也好，以为这辈子再也没有机会说了呢。

娜娜：你不懂爱，现在也不懂。我感情太丰富，你不了解我。

我：我们虽然不是门当户对，但感情方面我也是很丰富的。我们都容易激动。

娜娜：那是两回事，那是你性格、脾气不好，不是感情丰富。

我：现在老了，脾气好多啦。受过很多很多苦，更珍惜我们共同走过的日子。很想抱抱你！

娜娜：我生日你还记得吗？

我：8月26日。

娜娜：嗯。不知道我还能过几个生日了……

我：我求婚时问："你愿意嫁给我吗？"你说："只要你对我好。"

娜娜：是这么说的。很多人、很多事情一旦错过了，就再也找不回。

我：你那时候总叫我春辉哥哥。

娜娜：以前我们面对面，你总说没有时间陪我，现在隔这么远……

我：是啊，我总是忙，读书、写作，等等。

娜娜：你现在在微信上陪我，多不可思议！

我：我爱你，我觉得对不起你啊！

娜娜：不要对我说这三个字了！

我：听到你病了，我好难过，好担心你，边说边流泪，后来眼泪没有了，现在眼泪突然又出来了，不知道为什么。

娜娜：别这样！谁都会死的，只不过我早些。

我：别说了！我相信你会好起来的。永远不要放弃希望。

娜娜：我不抱什么希望了。

我：不要说这种话。假如时光倒流，你再次在大学遇到我，你也许还会嫁给我。但，我会好好待你。你记不记得，刚办完离婚手续那晚，你在电话中说，下辈子你还会嫁给我。我们都哭了好久。

娜娜：不记得了……我不愿意回忆我俩当初的日子。

我：两个彼此真诚相爱的人，怎么会相处不好呢？我们都有错误，我错误占90%。假如时光能够重来，我还愿意娶你，这次好好过一辈子。

我：向你推荐格林的长篇小说《恋情的终结》，你不妨读一读这部小说，它让我想起我们的故事。

娜娜：《恋情的终结》这部小说去年我刚好读过，写得不错，不过不能想起我们的故事，第一，书中男女主角是情人关系，我们昔日是夫妻；第二，女主角死了，而我目前还活着。

我：这本小说是讲爱与失去的。爱情本身是一种信仰，是一种痛苦，我甚至这样认为，没有痛苦，就不是爱情。

娜娜：爱情是命运一时兴起的恩赐，就像孩子在节日里获得美味的糕点，过了，就不应再贪恋，要懂得回味。多么惊心动魄的爱情，都将转化为亲情、友情。人得知足，否则，爱情将死无葬身之地。

我：这部小说的主题就是爱与死亡。

娜娜：相对于死亡来说，在人的生命历程中，恋情的终结无疑总是要来得更早一些。

我：永远的爱与占有，这是不可能的。虽然这是多数人的理想，也是当初你的理想。

娜娜：我现在知道，所有的情感都会终结，因为生命就是一个走向死亡的过程。哪一个人活着，生命不是倒计时？

午夜时分，娜娜在朋友圈发了一首诗《活着是另一种形式的死去》：

文 | 娜娜

周身像被蚂蚁叮咬一般疼痛
头像被念了紧箍咒

那些未知与已知的黑暗
那些新生或死去的疼痛
就那样，覆盖了我整个头颅。

我常常想
活着是否是另一种形式的死去？
我常常忆起当年，
骨灰盒里住着的亲人们
是否以另一种形态活着？

只有理疗时
才能忘记，那些扼住我咽喉的苦难与疼痛
才能忘记，活着与死去都是件痛苦的事情
才会想起，拥抱今天与明天，雨水与阳光
即便下一秒
它们便会在我梦中死去
像一个小女孩吹的肥皂泡
不断升起，不断破灭

——写于美国盖瑟斯堡

  我留言：娜娜，你当年就总是沉溺于死亡，甚至有一种迷恋死亡的感觉，你曾经说过，你小时候有个老太婆给你号脉，说你体内有股死气，死气涌上头顶，人就死了。你曾经说过你活不过四十岁，而你至今还活着，这就是最好的反驳。娜娜，不要再迷恋死的意象，开朗一些，争取早日康复！
  娜娜没有回复我的留言。

  凌晨两点，娜娜在朋友圈发布了这些语无伦次的话：
  我要顽强活下去，这是我的心愿。如果我死了，就是被害死的。

我还是有被人监控的感觉，还感觉随时随地会被害死，我的手机被监听，我病得好严重……不过幸好我有病……

最近抑郁症有点复发，老幻想别人监控我……嗯，幻觉！

我在下方留言：娜娜，你怎么了？娜娜，速与我联系！

我试图与娜娜微信语音，娜娜一直没有接听，我频频发出微信询问，她一条也不回复。

我没有睡觉，一直守着手机。凌晨四点钟的时候，娜娜在朋友圈发布了这样一些更加凌乱的话：

你的一生，就是对不起我的一生，真替你感到悲哀。

你会写"爱"字儿吗？不会就给我滚远点！话不投机半句多，我们压根不是一种人！

你还是作家呢！鄙视！一个灵魂丑恶的男人，你丑陋的灵魂展示给谁看？！

别以为自己智商高，这个世界，谁都不比谁笨多少。只不过别人都很忙，压根没空搭理你而已。君子之交淡如水，小人之交甘若醴。懂吗？

他们让我24小时无法睡觉，他们控制我的大脑，他们可能也是双子座。我前夫就是双子座。

心里不服，就是不服，你杀了我也没用。剥夺了我的美貌与智慧也没用。哪怕我有一天变成白痴，我也从来没服过你！

我恨你！

娜娜突然发来语音微信：春辉，我感觉撒旦在纠缠我的灵魂，也许是上帝。

我：你得吃治疗抑郁症的药啊！

娜娜：我好像很累，精神状态不稳定。你就当个树洞，听我说吧。

我：好的，你尽管说吧。

娜娜：我做了一个梦，我也说不清这是一个梦，还是我的幻觉，在一个漆黑的夜晚，我被两个又瘦又高的男女架着，他们强迫我来到一个湖边，湖水又黑又暗，湖面无边无际。这时候，突然从湖里冒出一个骷髅头来，骷髅头发出惨白的光，我正恐惧着，骷髅头张嘴说："你的病不会好了！"

我：这是一个恐怖的梦啊！梦都是反梦，不要当真。

娜娜：我说完了，拜拜！

早晨八点的时候，娜娜在朋友圈发出了《遗言》：

睡觉是最美好的事，因为运气好的话可以不再醒来。

我每天跟我的眼睛们、耳朵们、鼻孔们、内脏们说话，它们用沉默来回答我。

我希望我的遗书言简意赅，嗯。

把前夫的碎尸放到大瓶子里泡着，应该会酿出我很喜欢的酒吧？

右边的太阳穴，你莫再疼痛了，该换左边了。

挂着QQ，刷着微博，守着微信，你在哪儿呢，茫茫人海中你怎么还没找到我呢？

提问：螃蟹的两个大钳子是它投降的旗帜吗？

最近自言自语到魔怔了，我把左手的苹果放到右手上，同时嘴里冒了一句"给你"。

这个世界上只有一个我，属于濒危动物，死了就不再有了。

人皆有一死，帝王将相走卒乞丐，在死这方面是平等的。尼采说，上帝也会死。

拖着装有自己尸体的行李箱走在街上，我感到收获满满。

一转眼三天过去了，一转眼三年过去了，一转眼三生三世过去了……

我遗忘的路叫作归途，我踏上的路叫作迷途。

做一只蝴蝶挺好，还没来得及为这世界忧郁就死去了。庄周梦蝶，他便拥有了蝴蝶的阅历。我是谁的蝴蝶？我过的是谁的一生？

我患了绝症，所以就去提前死一回，没什么特别的原因，祝福每一条河流中的小鱼，再见啦！

——娜娜绝笔

我发疯般地不停地试图与娜娜语音通话，然而一连几天，娜娜那边一点消息都没有。我痛苦得彻夜难眠，时常流泪，常常夜里守着微信苦苦等候娜娜的消息，一段时间的日夜颠倒，我出现了黑眼圈，人也消瘦了。

绝望中，我打电话给公安系统的朋友张警官，提供了娜娜的全名和身份证号码，请求他帮忙调查。张警官几天后回复，他查出娜娜六年前患了复发性多软骨炎，一年后又得了抑郁症，因抑郁症而自杀。娜娜生前只去美国做过一周的治疗。

我惊呆了，娜娜果然没有活过四十岁！娜娜的声音和外貌是无法伪造的，最近与我视频通话的人是谁？发朋友圈的人又是谁呢？

对于我提出的一大堆疑问，张警官均无法回答。

确定了娜娜的死讯，我更加迷惑，询问了一些朋友，有位好友推荐了一位靠谱的私家侦探，我加了私家侦探的微信，与他微信通话。他的微信昵称是：天罡咨询公司刘经理。

交了不菲的预付款，刘经理开始调查，一周过后，刘经理开始与我通话：

刘经理：我们调查清楚了，你前妻娜娜六年前患了复发性多软骨炎，一年后又得了精神病，五年前死去，排除他杀。

我：这些我已经知道了，是我告诉你的啊！

刘经理：令人难以置信的是，我公司的计算机高手调查出，娜娜患绝症后去美国治疗，其实是参加了一家美国公司的"时间输送"实验。这项实验费用很高，又执行严格的会员制，所以不为外界所知晓。通俗地讲，当年的娜娜穿越到了今天，与今天的你交流。

我：你这样说，你觉得我能相信吗？

刘经理：我跟你解释一下，"时间输送机"是美国某公司六年前的发明，它能把实验者当时的时间输送到未来，也就是说用这段时间过未来的日子。娜娜输送了一周的时间给未来，其中有二十多个小时分成一个个段落，分配给了今天的你。所以娜娜才能与今天的你交流。当娜娜走出时间输送机，她又回到了当时的时间。

我：娜娜其余的时间都给了谁？

刘经理：娜娜大部分时间都分配给了她的父母。

我：娜娜这次离开我，不代表我们恋情的终结。只要我活着，我们的爱就不会死去。

短篇小说《曾是惊鸿照影来》刊于2019年第1-2期《乌蒙山》杂志。

梦的迷宫

阿拉丁咖啡厅的角落坐着两位年轻人,正在亲密地交谈。阿拉丁咖啡厅还原了神话场景,每一张方桌上放了一个神灯,华丽精美的飞毯挂在墙壁上,香炉散发出异域的幽香。咖啡厅的墙壁是青色石块,使古朴的空间包含着无尽的神秘。

穿黑西装的男子名叫韩之光,他是天体物理学博士;对面的美女名叫孟晓苇,她是文学博士。他俩相恋半年多,已深深坠入爱河。

孟晓苇容颜美丽,白皙的脸庞被壁灯映得微微泛红。她的长睫毛覆盖着一双含愁的眼睛,她的目光迷离。不知怎的,她那不经意的一瞥,便穿透了韩之光的心。

韩之光喝了一口浓咖啡,咖啡口味纯正,跟他记忆中的一模一样。

咖啡厅正播放着《巴黎交响曲》,音乐恬静而完美。

韩之光说:"音乐天才莫扎特揭示了宇宙间永恒的美。他的音乐直抵心灵深处,有时似乎在低声倾诉内心秘密,有时又以宽广的胸怀拥抱全世界。"

孟晓苇说:"是啊,欢乐与哀愁交替贯穿莫扎特的音乐中,如同阳光和阴影的转换,快速而自然。当旋律转为欢乐时,我也倍感欢乐。突然间,是一段出人意料的感伤,那哀婉动人的旋律卷走了宁静的气氛。莫扎特的音乐可以打动每一颗孤独敏感的心。"

"我们昔日都是独孤的……"

"独孤不在于身边有多少人,有时身边有千百人仍感到孤独。自从我跟你在一起，我从未体味过孤独。"

韩之光轻声说："世界上有这么多男人和女人，为什么我们深爱着对方呢？两千年前的诗句'梦中不识路，何以慰相思'正好描述我此时此刻的心境。"

孟晓苇柔声说："一种无以名状的物质，把我们联系在一起。我只知道我们天生要在一起，我们的生命丝丝缕缕交织在一处，连时间都不能分开你我。现在不能，永远不能！"

韩之光与她深情对视，韩之光看到了一双大海般动荡不安的眼睛，碧波荡漾、变幻无常。望着这双眼睛，韩之光觉得他俩彼此十分遥远，甚至难以推测他俩之间的距离。韩之光把这种眩晕归咎于醉酒，他与她相隔着咫尺还是天涯？他俩的相逢是不是真的？现在是不是说出担忧的最佳时机？

韩之光郑重地说道："我最近越来越困惑，我们都是博士，却对专业知识仅有零星的记忆。我们的往昔成为一片空白，都成了失忆症患者。我们每日浑浑然，甚至不知道时间是怎么流逝的，这不正常！"

孟晓苇委婉地反驳道："庄子讲'朝菌不知晦朔'生命只有一个早晨的菌类植物，不可能知道一昼夜的含义。我们就像菌类，不可能知道世界尽头的真义。"

"你觉不觉得，这个世界不够真实，我们仿佛置身于地底迷宫之中。处处都是各种各样的地下建筑，到处都是博物馆、教堂、图书馆、教室，到处是地铁、走廊、大厅、电梯、楼梯……地下城市没有阳光，没有天空，没有大海，全是人工照明。我们一直生活在地下室里，或者说防空洞里面。"

"物理学博士连这点儿常识都不懂：26世纪的臭氧层大面积崩溃，再加上核战污染，城市被迫向地下发展。人到裸露的空间去很危险，紫外线辐射和核辐射都是致命的。"

韩之光不肯服输地说："我估算过，这座地下迷宫里大约有一千名居民！一千人的面孔永远不变，大家整天抬头不见低头见。如此庞大的城市仅有区区一千人，简直匪夷所思！我想知道这一切到底是怎么回事？！"

孟晓苇说："我们每一天都生活在迷宫之中——乘地铁、逛超市、下跳棋、上网、玩电子游戏、研究非欧几何学，都是穿越难度不同的迷宫。我们能怎样？

生活不是意味着忍耐与适应吗？"

韩之光说道："我越来越焦躁不安，也许所有的景色不过是全息三维影像，触觉、嗅觉和味觉也是电脑合成的。我甚至怀疑我们不是人，而是某种复杂的计算机程序……"

孟晓苇的唇边显出了一丝微笑，说道："哦，别胡思乱想！我们怎么会不是人？电脑能够感知爱吗？我相信：存在就能被感知。"

"你陷入贝克莱的主观唯心主义了……你愿意跟我走出迷宫吗？"

"我愿意！我愿意跟着你驾一叶扁舟，遨游于时间的河流上，这漫游美不胜收，如两只昆虫停留在叶片上随波逐流。"

他俩结账后走出咖啡厅，进了扁平的飞碟状汽车，韩之光在键盘上输入指令：城外！26世纪的核脉冲引擎汽车没有方向盘，只有电脑键盘、仪表和按钮。汽车把指令反馈给全球卫星定位系统，由负责全球交通的计算机安排驾驶线路，汽车里的传感器能随时与全球卫星定位系统联系，听从计算机的指挥，避免交通事故。汽车自动驾驶着，风驰电掣地驶向前方。

汽车飞奔了三天三夜，他俩还是无法抵达城外！

韩之光愤愤说道："核脉冲引擎汽车时速900公里，地球上不可能有如此巨大的城市！"

孟晓苇宽慰道："有种文学手法叫作移步换景，让我俩不小心遇到了，我们还往城外去吗？"

"我们得采用步行，以笨办法逃离迷宫。"

他俩将汽车锁好，踏上了征程。

孟晓苇身材袅娜纤细，荷花映水般惹人怜爱。她的步履轻盈似一阵风，行走时黑亮的长发微微飘扬，长及脚踝的白色长裙轻轻飘起，她的姿容仪态公主一般高贵。

进入步行道，他俩面对的是无数条狭窄的长廊。他俩走入了一条下坡路，但里面有无数条道路，千回百转，令人捉摸不定。他俩在兜了一个大圈子之后，发现又回到了原地。他俩经常走进一模一样的房间，仿佛是镜子映出来的一样。道路曲折回环，盘根错节，他俩走不出这个地下迷宫！那些老熟人都不见了！

城内空无一人!

韩之光和孟晓苇徜徉其间,各具特色的建筑令人惊诧:有的房间呈粉红色,一片粉红色调显出女人的妖媚,可谓人面桃花相映红。有的房间布满微弱的小灯,好似银河的繁星一般闪烁。有的房间圆形穹顶和铁艺均是古典欧式风格。

他俩从一个套间走入一个套间,从这个套间行至门口,又从门口步入另外一个套间,各处建筑内部都是豪华无比。他俩从一个地下通道,走入另外一个地下通道。通道纵横交错,似乎永无尽头。他俩不停地前进、后退、兜圈子、折回原路,迷失方向。他俩被困在这个人工的世界里面了!地下迷宫布满错综复杂的歧路,到处是一个接一个的歧路与死巷,出城的路径在哪里呢?

这是一个绵延的地下迷宫,沿途有会议室、饭厅、超市、旅馆、医疗室,等等。他俩再次站在出发点,望着自己的汽车,茫然不知所措。每一个岔路,都有千百种选择,每一个蜿蜒曲折的路径都不知通向何方。看来没有向导,他俩是绝不可能找到出口的。

韩之光和孟晓苇沮丧地走进一间酒吧,里面没有一个人。酒吧的墙壁和天花板全是蓝色,蓝色充斥了整个空间。屋顶吊着七盏磨砂灯,光线宛如垂下来的七根冰柱。他俩筋疲力尽地坐在椅子上。蓝色给人以伤感的感觉,布鲁斯歌手在音箱里忧伤地歌唱,增加了忧郁的气氛。

孟晓苇劝慰道:"世界也许只是一场荒诞剧,充满了喧哗与骚动,根本无从理解。我们迷失在一座无比广袤的迷宫,在地下迷宫盲无目标地游弋,什么时候能够出去?我们回到原来的生活,不好吗?"

"别忘了,正是在迷路之后,哥伦布才发现了美洲大陆。我要带你冲出这个虚伪的牢笼,真实地生活在一起!我这个人最大的弱点是意志过于坚定,对人对己不够宽容。你为何会爱上我呢?"

"爱一个人不需要理由,恨一个人才需要理由。"

孟晓苇清澈的眸子透出来的不仅仅是美丽,还有更复杂玄妙的东西,韩之光说不清。韩之光暗想:或许女人才是男人一生中最大的迷宫。

韩之光正色说道:"当我们茫然无助之际,也许出路已经近在咫尺!上穷碧落下黄泉,一定会柳暗花明!穿越迷宫要靠耐心和智慧,需要借助种种巧合和运气。不要绝望，每个人只要一息尚存，就要满怀希望。"

韩之光灵光一闪：为了维持地下城市的空气流通，一定有大量通往地面的通气管道！

韩之光动手拆卸蓝色天花板，果然有一条暗道！他俩爬过一条黑暗的隧道，面前豁然开朗，出现了两部电梯！电梯弯曲而通体透明，好像科幻电影中的时空隧道。电梯上有文字提示：通往城外的单独电梯。严禁二人共同乘坐！韩之光和孟晓苇面面相觑——世间居然有如此奇怪的电梯！

韩之光和孟晓苇各自进了一部电梯，电梯门徐徐关闭，电梯载着他俩飞速上升。十几分钟后，他俩耳畔反复响起刺耳的提示音："警报！电梯故障！电梯故障！最后机会！请选择生存键！"

韩之光和孟晓苇眼前有两个十厘米大小的按键，红色键上写着"对方生存"黑色键上写着"自己生存"。他俩在各自的电梯里不约而同按下了"对方生存"键，电梯门随即打开了。

韩之光和孟晓苇终于走出了地下城市！他俩看到了壮丽的景象：一排排带有圆形窗子的高楼如蜂巢一般纵横交错，建筑物密密麻麻，重重叠叠，全是摩天大楼！大楼之上，正是他俩渴望的蓝天白云！

报警声陡然响起，报警声几乎把他俩震聋，这种报警声是一种疯狂的噪音，混合着次声波、超声波，使得人耳朵发痛。

转瞬间，韩之光眼前一片光明，他好久才适应了过于明亮的光线。韩之光看到了一个太空船驾驶舱，舱内布置着驾驶员座位、操作仪、总显示器等仪器，旁边还有健身器械和大型屏幕。韩之光无比震惊，他竟然来到了一艘太空船的控制中心！

韩之光身边躺着孟晓苇，她似乎也刚刚醒来，困惑不解地望着四周。他俩都穿着银色宇航服，但没有戴呼吸装置。孟晓苇瞥见了韩之光，她喜悦得眼圈泛红。孟晓苇细细打量着韩之光，仿佛第一天认识他。孟晓苇第一次发现，韩之光的容貌酷似20世纪功夫巨星李小龙。

韩之光终于能够仔细欣赏孟晓苇了，强光下她的美丽一览无余，她灿烂的笑容如同阳光刺破了乌云。

韩之光和孟晓苇无言地凝望了好久好久，身体渐渐能够活动了，他俩艰难地下了床，紧紧相拥，孟晓苇喜极而泣。他俩的靴子异常沉重，他俩互相搀扶着走了几步，眼前蓦然出现了一位老人。

老人有一头棕色的卷发，白皙的前额宽阔饱满，目光炯炯，鹰钩鼻高耸，老人身穿一件肥大的长袍，他的身躯笔直，仿佛有永远不会衰竭的力量。

老人自我介绍："我叫摩西。你们正在'诺亚方舟号'太空船上。在失重的情况下，太空船的人工重力和重力靴使我们不必飘浮在空中。"

韩之光和孟晓苇惊讶地望着屏幕上的太空。与从月球上看没多大不同，只是能用肉眼看到在太阳系里看不见的行星。太空黑漆漆一团，黑暗中布满了无数繁星，星群散乱地分布，中间有一组星群最为庞大，中心呈暗红色。

韩之光问道："电梯竟然通往太空船！是人口大爆炸和资源枯竭，才迫使我们开拓太空殖民地吗？"

摩西回答得有条有理："26 世纪人类的科技高度发达，能够承受可怕的天灾。例如可以使撞击地球的小行星偏离轨道，还可以对地球的旋转进行微小调整避开冰川时代。但人类还是对付不了附近超新星的突然爆发，超新星发出的致命的 X 射线会烤焦地球。人类预测这一危险将在九万年后发生，人类有足够的时间自救，我们是第一批探索者，乘坐诺亚方舟号反物质引擎太空船，在宇宙中寻找人类的新栖息地。"

韩之光对此很感兴趣，他争辩道："这一行为并不明智！如果九万年之内，人类的科技足以穿越宇宙虫洞，在时空中自由穿梭，我们就可以逃避一切危险。"

摩西说："大统一理论缺乏实际应用，人类还得用原始的方式自我拯救。诺亚方舟号载有一千名各学科专家，他们在深度睡眠，确保千百年后醒来依旧年轻。太空船还带有一大批冷冻的卵子、精子和体细胞，利用转基因技术与克隆技术，可以产生出新的一代，避免新行星上人类近亲繁衍的恶果。"

韩之光说道："我明白了，我和孟晓苇均是一千名专家之一，地下城市根本不存在！"

摩西说："完全正确！胼胝体是联合大脑两半球的神经纤维组织。事先将一千名沉睡专家的大脑胼胝体与光纤相连，再把光纤与量子计算机连接。如此一来，大脑从量子计算机直接获取信息，网络图像直接呈现在大脑中。量子计算机把每个人的梦境相连，组成一个前所未有的虚拟世界，每个人的梦境都是生物互联网的组成部分。这些人可以在梦中生活，在虚幻的仿真社会中继续工作和生存。"

孟晓苇感叹："这是梦中之梦！这是梦的迷宫！"

摩西继续侃侃而谈："从一千名专家中要选出九人做领航员，监控太空船的运行。领航员还负责俘获含冰的小行星，部分冰留作饮用水，部分冰分解出供大家呼吸的氧气。太空船上储备的食物、空气和水，不允许醒来过多的人。领航员必须有高尚的品质，要有一颗充满爱的心灵，因为他担负的是整个人类的命运。"

韩之光自信地说："宇宙大约有150亿年的历史。仅银河系中便有2000多亿颗恒星，在可见的宇宙中有几万亿个星系，所以，太空中有可能存在成千上万个适合人类居住的星球！"

摩西说道："我们现有的技术，无法大规模改造新行星，只能寻找一颗适于人类居住的行星。未来有数千年甚至数万年的旅程，终点在遥不可及的远方。也许这一千名专家前仆后继，将全部死在寻找的途中！人类的寿命是150岁左右，目前醒来的领航员，注定死在到达太空伊甸园之前。我是九人领航员小组的负责人，其余则是四对夫妻。按照规定，另外八名领航员从一千名专家中随机抽取，但你俩却主动醒来了，成为第一对领航员。本着自愿的原则，请你俩考虑清楚，现在后悔还来得及！"

韩之光动情地说道："我要做领航员！我不愿再沉睡！我和她共同经历过愉快的日子，超出了我梦中全部的期待。那些日子才是真正的生活！人只有献身于亲人和社会，才能让一次性的生命具备意义。能与孟晓苇结合，又能够为大家做事，我已别无他求。"

孟晓苇含泪说道："爱情就像心中燃烧着火，我要和他相守一生一世！假如有来生，我还要与他白头到老。人总是要死的。能与心爱的男子度过一生，就是我此生最大的幸福。"

摩西朗声说道："我要主持你们的婚礼！祝福你们！欢迎加盟神圣的领航员队伍！"

《梦的迷宫》为作者与徐英浩合著，刊于《科学 24 小时》2009 年 2 期；《梦的迷宫》为 2010 年首届全球华语科幻星云奖最佳科幻短篇奖入围作品。

龙

一

在我国西南部的山区里，一对肩背旅行包的情侣在走着。

走在前面的高个小伙子叫顾四维，在 H 大学读物理。那女孩叫倪娜，是顾四维的女朋友，在 R 大学地质专业读书。他俩在这个暑假组成了二人探险队，来到山区探索未开发的溶洞。

四周青山环抱，崎岖的山路通往一个十几户人家的小村寨，村边几棵高大的古榕树，给山寨平添了几分幽邃、古朴的色彩。站在村口举目眺望，绵亘的山峦一色青黛，山上云雾蒸腾，如同大写意的水墨画。北面山腰上兀自张开一个幽暗的洞口，那便是他俩要去探访的神龙洞。相传一千多年前，有人曾在洞内看到了传说中的龙，神龙洞因此得名。之后当地没人敢再进入此洞，他俩对当地人以讹传讹的迷信付诸一笑。

从山寨沿着一条小溪溯流而上，半个小时后便到达山麓下，小溪不见了，眼前满是茂密的树林和零星的田畦。不知名的鸟雀叽叽喳喳地鸣叫，他俩心情轻松。为了行动方便，他俩都身着运动服，二人穿行在小路上，像两只翩翩飞舞的红蝴蝶和蓝蝴蝶。忽然有水声传来，他俩仰面一看，洞口旁挂着一个小瀑布，飘飘洒洒从天而降，让人想起李白的千古名句"飞流直下三千尺，疑是银河落九天"。

他俩开始艰难地向洞口方向攀登，沿途没有路，一路上顾四维挥舞着苗刀披荆斩棘,费力地通过荆藤覆盖的路,终于来到了洞口。他俩坐下喘气,倪娜体态丰满,一路上出了很多汗,她喝了口纯净水,问:"你怎么偷偷改名叫'四维'了,原来叫'远志'不是挺好听的吗?你就喜欢自作主张,改名这么大的事情不跟我商量就做了。"

"不告诉你是为了给你个惊喜。我前两天才偶然听说,'远志'是中药名,觉得有些别扭,就在放假前改了户籍上的名字。"

"我叫起'四维'来觉得很拗口,像在喊陌生人。"倪娜噘起嘴。

"'四维'具有不同凡响的物理学意义。在爱因斯坦的宇宙观中,空间与时间是分不开的,它们一起形成四维连续区,他称这连续区为时空。由于时间是相对并具有弹性的,所以时空也是相对具有弹性的。这连续区在有限但没有边界的宇宙到处伸展收缩,我们看不见四维的时空,可在高等数学里它完全是可以了解的。近期的弦理论进一步阐明,维有26个之多。想想看,多么激动人心!也许就在此时此地宇宙不止一个,而是无数个……"

"行了,高中时我物理就瘸腿,咱们还是停止物理补课,开始探险吧。"倪娜把眼镜扶正,笑着说道。

顾四维歉意地笑了笑,他实在是个物理迷,谈起物理来就滔滔不绝,不大考虑听众的反应,倪娜对此多次抗议过。这次溶洞探险,顾四维考虑到有些危险,没打算让她跟来,任性的倪娜不依不饶,顾四维只好带上她了。

洞口乱石林立,藤蔓遍地。洞旁边有水流出,发出声响,直泻山脚。

他俩小心地走向洞中。

二

进洞走了十几米远,眼前渐渐变黑,二人先后打开了手电。再走上曲曲折折的一百多米,发现无路可走,脚下出现一个吊井,黑洞洞的深不见底。

除了水滴从洞顶掉落的轻微声音,周遭一片寂静。

他俩很沮丧,探险如此迅速地宣告结束了。

倪娜说道:"别下去了,要是遇到蟒蛇怎么办?"

"我不是从苗族朋友手中买了把腰刀吗?"他拍了一下腰间悬挂的腰刀。

"要是毒蛇呢?"倪娜望着幽暗的深洞犹豫地问。

"你看,我说不带你来吧……要说有蛇,山上肯定比洞里多。我们身上涂了药,蛇不敢靠近的。"

其实顾四维也很害怕,要是他一个人的话,他早扭头回去了。当着女朋友的面,他不得不装出勇敢的样子。他找了块石头,扔了下去,迅速传来了石头砸在地上的声音。看来洞并不太深。

"看我的,"顾四维把手电绑在绳子上,缓缓往洞底放下去。他让倪娜按着他的腿,自己探身往下看。手电的光柱左右摇摆不定,不过看清楚了,只有10米多深。不过坡很陡峭,绝对走不下去。

顾四维把手电拉了上来,把绳子的一头绑在一块柱状的石头上,另外一头绑在自己腰上,他抓牢绳子,边往下吊,边放绳子。

"快来啊,底下很美!"洞底下传来顾四维的声音,洞中回荡起回声。顾四维让倪娜把绳子拉上去,按照自己的方法下来。十几分钟后,倪娜也胜利到了底部。

顾四维在洞底显眼处放下一个小荧光棒。

"这是干什么用的？"倪娜问。

"防止迷路啊，探洞迷路会出人命的。"

"你还挺聪明的。"

"我跟别人探过洞，学了点儿经验。"

他俩弯腰走上一段路后，眼前豁然出现了一个气势磅礴的溶洞大厅。最高处有40多米，宽60多米，在手电昏暗的光线下，洞顶和平地的钟乳石显得阴森可怖。有的石笋如核弹爆炸后的蘑菇云冉冉升腾，有的石笋如同高大的热带棕榈树，有的钟乳石如白雪皑皑的北国风光。一簇簇高大的钟乳石上披挂着苔藓，好似一群穿迷彩服的战士。

倪娜笑着说："现在轮到我给你补课了。我们看到的是典型的喀斯特地貌，以往的国内外洞穴学论著，几乎都认为这类沉积物是富含钙、镁等离子的岩溶水滴成的。再说细一点儿，就是由于洞穴渗水中的二氧化碳气体溢出，使水中的碳酸钙产生沉淀，是洞穴中温度、湿度、压力等物理变化和化学变化形成的。"

"我大概知道一些，是这样的。"

"但我国学者经过长期研究，推翻了以往的观点，他们揭开了岩溶洞穴沉积物形成的奥秘：藻类生物在洞穴的沉积环境中，顽强地寻求生命活动，显示出复杂的生物学特征。每个种属的群落在占领分布区的过程中，表现出摄取营养物质的趋光性、结构上的有序性、生长上的寄生性。因为蓝藻具有分泌钙质的功能和捕捉碳酸钙微粒的作用，沉积的碳酸钙经过石化作用，便形成了形态各异的洞穴沉积物。"

"佩服，佩服！阐述得跟教科书一般准确！"

"哼，期末刚刚考过这道题。"倪娜颇为开心。

洞中低矮的地方倒悬着一排空心钟乳石，有点儿像古乐器编钟。倪娜用铁锤轻轻叩击，钟乳石发出清脆的嗡嗡声，仔细听，每根钟乳石音调各异。倪娜懂音乐，她在钟乳石的不同部位敲出了不同的音阶。敲击之下，有的钟乳石如黄钟大吕般雄浑，有的如笙管般高亢，有的如丝竹般缠绵婉转。

倪娜说："要是多人同时演奏，可以举办溶洞音乐会了。"

他俩每到一个十字洞口，就放下一个小荧光棒。他俩顺着一个高大的洞往前走，走了大约八百米，地形陡然下落，形成一个深不见底的凹槽。黑森森的，像个无底洞，望上去让人胆寒。

他俩身前身后都是沉重的黑暗，二人都有些犹豫。

倪娜问："我们还下去吗？会不会有危险？"

"走吧，我们就是为了探险而来的嘛。"

顾四维突然感觉有一股强大的凉风迎面扑来，他慌忙关了手电，警觉地拉着倪娜趴在地上。等了一会儿，没有发现什么异常。

顾四维打开手电，自言自语地说："这个封闭的凹洞难道有出口？"

他小心地靠近洞沿，感觉空气特别清新。他果断地说："一定有出口！"

他俩的旅行包内带了很多爬山用的绳子。顾四维把绳子一端拴在洞边的钟乳石上，另外一端拴在自己腰上。他抓牢绳子，慢慢往下吊。倪娜紧张地为他用手电照亮。

手电的光照不了多远，顾四维一会儿就从视线中消失了。

过了十多分钟，底下响起顾四维的喊声："底下是个干涸的泥塘。"

洞内响起回声："的泥塘——泥塘——"

空旷的山洞漆黑一团，似乎蕴藏着种种未知的危险，倪娜一个人感到非常害怕。她连忙把绳子拉上来，绑在腰间。她一边下落，一边小心翼翼地寻找蹬脚的地方，慢慢往下挪动。

顾四维在洞底下用手电给她照亮，她用脚试了试，原来经过长年的反复积水和干涸，底部比较硬。龟裂的泥土裂出一道道十多厘米宽的裂缝，表层的硬泥呈鱼鳞状翘起，脚踩上去发出咔嚓声。

大风使洞底下非常寒冷，二人禁不住有些发抖。风从哪里来的呢？二人走了一会儿，隧道似乎又上升了。

"大多数女子的毛病是没来由的任性。事先声明，我不是指你。"

"大多数男子的缺点是没来由的自负。我也不是指你。"

他俩一路上快乐地拌着嘴。

洞穴似乎逐渐向下倾斜，然后变作了隧道的样子。脚下的地面坚硬崎岖，时不时还要踉跄地涉过小水坑。

只有他俩的呼吸声和脚步声打破寂静,除了电筒微弱的光柱,前后左右都是浓得化不开的黑暗。

洞穴仍在向下倾斜。顾四维说:"我们带了许多电池,不过不知道前面有多远,我们还是要节约用电。"

突然,先是响起嗡嗡声,后来声音越来越大,嗡嗡声变作了隆隆巨响。脚下的岩石在颤抖。

"地震!"他俩同时喊道。

他俩几乎同时绝望地想到整个隧道会坍塌,不由得拥抱在一起。

几分钟过后,一切都平静了,闷热的潮气滚滚而来。

倪娜指着前方惊叫道:"看呀,那有光!"

三

顾四维拉着倪娜的手往前走,眼前是一个两米左右高的洞口,二人明明觉得前方光明一片,却视线模糊。顾四维以为自己眼花了,仍旧往前走。他感觉身体像是挤过了密度很大的黏液,极其费力。他俩挤过半透明的洞口以后,二人顿时目瞪口呆:

原来他俩站在半山腰的绝壁上!

巍峨群山围成了一个壮阔的盆地,盆地内宽广的湖泊碧波荡漾,大地上郁郁葱葱,天无比湛蓝,骄阳似火,茂密的森林气象万千,灿烂的阳光透过裸子植物和蕨类植物的缝隙,形成了一束束光柱,给神秘的森林增添了无穷生机。百米高的巨杉和水松挺立在山脚,就连洞口附近也散布着六角木等白垩纪苔类植物。所有的植物发疯了一般地生长,异乎寻常茂盛浓密。

空中,无数的红色翼手龙展开十多米宽的皮翼,在天空纵情滑翔。外貌宛如犀牛的绿色独角龙在低头吃植物。一群群的似鸵龙不但外形酷似鸵鸟,奔跑的姿势也同鸵鸟一模一样。褐色的鸭嘴龙发出嘹亮的鸣叫,好像在山谷内奏响了小号。蓝色的包头龙看上去像一辆装甲车,浑身长满坚硬的骨质硬刺。两头雄性肿头龙的头上都长有厚厚的骨头,使它们的头变成了结实的榔头。这两头雄性肿头龙为了争夺配偶正在用头互相撞击,发出可怕的沉闷声响。

倪娜恐惧得浑身发抖,她下意识地靠在顾四维身上,发现他抖得更加厉害。他俩叫不出这些恐龙的名字,不过这些恐龙都有鲜艳的色彩,简直是个色彩的盛宴。缓过神儿的顾四维打算拍摄恐龙照片,却发现照相机不知何时丢失了。

他俩看到了惊心动魄的一幕——

一头像火车头般强悍厚重的三角龙在湖边悠闲漫步,三角龙头上长着巨大的骨盾，鼻子上有一个小角，头上长有一对 1 米多长的大角。趁三角龙不备，一头无比凶猛的霸王龙从厚叶种子蕨中蹿出，霸王龙一个箭步向三角龙扑了上去，展开了血战。顾四维和倪娜距离霸王龙有 50 多米远，看不太清楚，好在两只恐龙都是大块头，霸王龙体长 15 米，三角龙体长 10 多米，两只恐龙上演了一场惊天动地的大决斗。霸王龙张开血盆大口，想居高临下一口咬断三角龙的脖子。三角龙为了逃生，也发挥了自己的绝招，它迅速趴在地上，保护着最薄弱的腹部，同时用刺刀般的两个角对准霸王龙，使其无从下口。两个强者展开了周旋，霸王龙用巨大的牙齿和锐利的爪子袭击三角龙，后者用锋利的角勇猛还击。不一会儿，双方都遍体鳞伤，精疲力竭，周围的灌木和叉叶松也被弄得东倒西歪。就在此刻，霸王龙终于找到对方的破绽，它重新一个猛扑，把三角龙掀翻在地，以无坚不摧的利齿咬住三角龙的脖子，粗壮的后肢死死踩住三角龙的肚子，三角龙徒劳地挣扎了一番，一命呜呼。

霸王龙直立起来，发出胜利的吼叫，震动山岳，声音传出数里。

残酷血腥的捕猎活动使山腰的顾四维和倪娜无比恐惧，二人的腿已经寸步难移。

霸王龙的吼叫尚未平息，湖面翻腾起巨浪，"哗"的一声，湖水被猛然劈开，从湖中爬出一头超级巨鳄，头像一辆小汽车那样巨大，身长足有 20 米！它就是中生代的水中霸王——恐鳄！

霸王龙试图把猎物拖走，可惜三角龙过于沉重。眼看恐鳄越逼越近，伤痕累累的霸王龙只能放弃到口的食物，无奈地退走。恐鳄张开巨口，咬住三角龙的尸体，倒退着把它拖往湖底。

"我们快离开这里！"顾四维哑着嗓子喊道。

二人互相搀扶着往回返，再次挤过那个半透明的洞口。

身后发出隆隆声响，周遭变为一片黑暗，洞口自动关闭了。

四

他俩把手电换上了新电池，急于找到垂下的绳子。可他俩在一个多小时内，看到交叉放置的荧光棒在眼前出现了三次。他俩意识到迷路了，不觉紧张起来。二人分头走了几步，都感到害怕，互相喊着对方的名字，走回到一起。

他俩找不到来时的绳索了！

为了缓解紧张的情绪，顾四维点燃一支香烟。他在苦苦思索：一共往下面爬了两次，他还在关键的地方做了荧光标记，怎么会找不到向上爬的绳子呢？在洞底下，包内有绳子也毫无用处啊！

顾四维猛然想到了什么，拉起倪娜的手低头寻找绳子附近特有的鱼鳞状硬泥土。走了一会儿，他发现龟裂的泥土被踏碎的痕迹。他激动地喊道："找到绳子了！"

果然，绳子就悬挂在的岩壁上。倪娜也欢呼起来。顾四维先爬了上去，用力拉绳子，倪娜跟了上来。

他俩顺利地找到另外一根绳子，拖着无比沉重的步伐，走上了那条曲曲折折的隧洞。终于，他俩看到了洞口的星星。

坐在洞口，他俩像瘫了一样，顺势躺在地上。饥饿、疲惫、口渴和跌伤带来的感觉一起袭来，他俩几乎连说话的力气都没有。

半小时后，他俩找出纯净水和食物开始吃喝。

倪娜问："好奇怪，我们在洞底下怎么没感到饿呢？"

"极度恐惧下忘记饥寒交迫了。"

"我们看到的是幻觉吗？"

"不可能。你我都看到了，不可能是幻觉。令人匪夷所思的是巨大的盆地飞机一定能勘测得到,却没有在任何地图上标出来。"

"我们见鬼了吗?"倪娜颤声问。

"还记得我进神龙洞前说的话吗?时空的维有 26 个之多,就在此时此地,宇宙不止一个,而是无数个。有两位科学家利用数学方程式和爱因斯坦的理论,发展了一种时间旅行的设想,仅仅通往过去的'宇宙蠕虫洞'。一个宇宙蠕虫洞可以钻过时空由这一维到达另一维。在宇宙蠕虫洞里,一切都听从狭义相对论的。但没有任何物质可以控制宇宙蠕虫洞的开关。神龙洞可能就是一个宇宙蠕虫洞,当地人不是说一千多年前有人曾在洞内看到了传说中的龙吗?我们像先人一样无意中穿越了它。现在,它关闭了。未来的某一天,它可能还会自动打开。"

"我再不想探险了。"

顾四维不自然地笑了一下,低声说:"我也是。"

短篇小说《龙》刊于《科学 24 小时》2006 年 2 期。

寻呼机时代的往事

法国作家普鲁斯特写了洋洋洒洒七大本《追忆似水年华》，成功地挽留住了逝去的时光。普通人哪有时间和精力写出那么多往事呢？普通人的追忆就像在飞驰的火车上看窗外的风景，刚刚有所感动，风景就被抛在了遥远的地方。

不知不觉，韩之光也人到中年了，他想把当年的爱情故事写下来，毕竟美好的青春只有一次。有时候回忆会逐渐变得模糊，他希望借助指尖下跳动的键盘将回忆再现，任何人都能从他的书中了解，这一代人是如何爱过、恨过、祈祷过、幸福过、绝望过、挣扎过的，并惊喜地发现，一千年和一万里都不能形成阻碍，人与人是如此相似。

大千世界，万家灯火，一切都如大河东流般一去不返。岁月中能留下来的是什么？韩之光翻看二十多年前写的日记，在泛黄的笔记本上看到自己的笔迹，心中感慨万千。日记如同记忆的琥珀，往日情怀被生动地封存。

往事如同一块被时间打碎的镜子，关于恋人的回忆是其中最明亮的几块。往事早已残缺，碎镜片因所处角度不同反映出迥异的光与影。

那是1995年的九月，黑大米黄色主楼巍然屹立着，楼顶的圆形"HD"标志闪闪发亮，给人一种高耸入云的雄伟印象。主楼仿佛是一个历经沧桑的老人，俯视着校园内的芸芸众生。

黑大经济学院军训场地选在一个四面竖起高高铁网的网球场。女生们在对面受训，当她们昂首挺胸走过男生面前时，绝大多数男生的视线都被一排排绿色的"小富士山"所吸引。男生都在女生中热切地搜寻漂亮的面孔。从那一刻起，以恋爱为主题的大学生活拉开序幕了。

韩之光也作为黑龙江大学新生参加军训。因为大家都穿着绿军装，相貌的好坏一目了然。韩之光虽然不苟言笑，却英俊得令人咋舌。他的一对剑眉仿佛修整过似的，整齐排列，浓眉下是一双时而冷峻，时而温情的眼睛，那双眼睛蒙着一层忧郁的色彩，尤其让女生着迷。他的鼻梁又高又直，皮肤白皙，非常俊美。韩之光有着模特般的高大、健美的身材，中国古代的那位美男子潘安大概就是长成这个样子的。

这一年，堪称避暑胜地的哈尔滨遇到了多年难遇的酷热，几乎没有风，炽热的阳光下，军训中的新生好似烤炉内一根根体温飙升的香肠。每个学生的后背都被汗水湿透了。下午两点多，正是一天最热的时候。

不知谁在喊："有个女生晕倒了！"

同学们围拢上去，军训教官有急救经验，他按了女生的人中，女生苏醒了过来。教官让男生把晕倒的女生抬往阴凉处。

韩之光看了一眼晕倒的女生的脸，那是一张苍白而娇弱的脸庞，有某种打动人心、惹人怜惜的感觉。韩之光的心莫名震颤了一下，他自告奋勇："我背着她去医院吧！"

教官说："病人现在不能动，你知道她是什么状况吗？大个子，你到学校对面的211医院，让医院出救护车！"

韩之光答应一声，奋力往医院跑，另一名教官在他身后喊："其余的同学继续站军姿！"

韩之光一路狂奔，路两旁高大的白杨树飞速后退，他一口气跑到了黑大对面的211医院，上气不接下气地找到急诊室，医生听说要救一名大学生，马上联系了救护车。车来了，韩之光坐在副驾驶的位置上，为救护车指路。汗水已经打湿了他的军装，整个人仿佛从水里捞出来一样。

救护车呼啸着开进了黑大校园。车刚停稳，从车上跳下一位医生和两名护士，拎着急救箱、氧气瓶等医疗器械。医生一边让教官签了字，一边让一个护士打开急救箱，立即给昏倒的女生吸氧。另一个护士在女生手和脚都卡上圆环，测了一下心率。医生简单地检查了一下，觉得暂时没有生命危险，让学生们帮忙用担架把女生抬上了救护车,回医院做进一步的检查。

救护车呼啸而去,韩之光的心也随着救护车离去了。他心底非常牵挂那个女生,却不得不留下来继续军训。因为他觉得这个晕倒的女生有种令他怦然心动的美,就如巴尔扎克说过的:"天性是百发百中,万无一失的。这种天性叫一见生情。"

吃晚饭的时候,韩之光听到别的女生议论,晕倒的女生叫李娜娜,与他竟然是同班同学。

黑大有个传统,同寝的学生以年龄排序,彼此兄弟相称。韩之光所在的322寝都是投资经济学专业的,排行前三位的是往届生,后三位是应届生。韩之光排行第二。

胖子老三的外貌和行为都和猪十分相似,好吃懒做,邋遢肮脏,吃得多,睡得多,口头禅是"睡个回笼觉",平时喜欢像猪一样哼哼唧唧。老三是个怀疑论者,对一切持怀疑态度,像歌德《浮士德》中的那个否定一切的魔鬼。

老六是哈市人,在高中的绰号是"舞王",跳舞达到了出神入化的程度。舞王老六堪称经济学院数一数二的美男子,五官如雕刻一般,男人味十足。舞王梳着当时流行的中分发式。舞王风趣幽默,热情潇洒,有非常好的女人缘。韩之光十分羡慕舞王的魅力,很快与舞王老六成了好朋友。

寝室内有三张上下铺的铁床,有两张木方桌,没有单独的卫生间,每层楼有一个大水房和一个公共卫生间,无论冬夏,都有不怕冷的男生在水房里洗冷水澡,偶尔有女生上来,场面就有点儿尴尬了——不知是谁设计的,水房都没有门。

晚上熄灯后,室友们开始七嘴八舌谈论李娜娜。

老大说:"听说那个李娜娜的爹是个大老板,家里很有钱!"

"报到那天,我看见李娜娜从一辆黑色丰田车里面走了出来,那辆车得值几十万。"胖子老三补充道,"钱,应该不是从好道来的。要么,凭啥那么有钱!"

舞王老六说:"谁追上她可妥了,一辈子吃喝玩乐全包了!"

"人家能看上咱们吗?"老大说,"肯定跟大款家的公子啊!"

老三说:"那可不一定,主要看个人魅力。"

韩之光没有参与大家的讨论，他觉得讨论一个美丽的少女，有种亵渎她的感觉，这让他对老三的腔调十分厌恶，他低吼了声："都睡吧！明天还是痛苦的一天！"

回答韩之光的是不久之后响彻夜空的呼噜声，在这个疲惫而闷热的夜晚，唯有韩之光失眠了！

第二天，医院开出了诊断，李娜娜得了心肌炎，需要回家静养，不用继续参加军训了。

舞王老六最有办事能力，军训不到两周，他已英勇地只身打入班级的女生阵地——将322寝与同班的315女寝结为"友寝"。友寝有六个女生，322寝有六个男生，这不恰好是六对儿吗？班上最美丽的李娜娜和菁菁都在友寝。成立友寝的消息一宣布，全寝室立刻欢呼雀跃。

为期三周的军训火热又紧张，排队列、站军姿、出早操、唱军歌、排队吃饭、整理内务……经历过了就难以忘怀。

军训的最后一天上午是越野拉练，学生们都背着自己的被子，急行军五公里。舞王老六惨遭同寝老大暗算，被子里被塞了一块方砖，体力强悍的老六却浑然不觉。拉练过程中经常有女生掉队，被随行的军车收容。没有了李娜娜柔弱的身影，韩之光感觉怅然若失，有些心不在焉。

在晚上的军训新生联欢会上，舞王老六表演了独舞。其余演唱者都身穿绿军装，只有舞王老六穿了一身黑色紧身衣，那是他高中时定制的舞蹈服，上面装饰了一些金属片，舞动时晶莹闪烁。舞王老六的舞蹈糅合了迈克尔·杰克逊的舞蹈和美国街舞的特点，激烈的外国舞曲响起后，他整个人恍如恶魔附体，表情狞厉狂暴，浑身宛如通了高压电，四肢快似闪电，每一个动作都大开大合，迅捷有力。在一阵紧张得令人喘不过气的音乐中，他猛然来了个侧翻，用肩、肘等不同部位着地，身子旋转如飞，最后他突然来了个后空翻，站住了。老六叉开两腿，仰头单臂指天，以这个造型结束了舞蹈。他定格之际，舞曲中传来群狼凄厉的号叫。虽说没有伴舞，舞台效果差了些，他精彩绝伦的舞蹈还是让新生们惊讶，全场响起了雷鸣般的掌声和欢呼声。舞王的舞蹈具有一种莫名的魔力，让女生们如醉如痴，舞王在黑大一跳成名。

在后来举办的黑大首届现代舞大赛上，舞王老六带领着两男四女训练了一个来月，一举夺魁。从此，老六每年都自己编排一两支新舞，他创作的舞蹈有的如精灵跳跃，有的如鬼魅夜巡，有的创造性地模拟武术动作。他的舞蹈具有与生俱来的悲壮感，与其他人的校园现代舞有本质的区别。

舞王老六时常接受其他大学的邀请，带着舞蹈队去表演。舞王的表演有惊人的感染力，每次跳舞时台下都掌声雷动，欢呼如潮，口哨声响成一片。观众席上无数只打火机被点燃了，在黑暗中缓缓挥舞。后几年，观众多摇晃荧光棒。一些大型舞厅高价聘请他去捧场，老六考虑到舞蹈队女队员的安全，一概婉言谢绝。

军训最有趣的花絮是步枪百米实弹打靶。每人10发子弹，取环数最高的5枪作为射击成绩。发下成绩来舞王老六不禁窃喜，原来他打了满分——50环！他正揣摩自己何时练就了百步穿杨的枪法，忽见打靶时趴在他右侧的老三胖脸拧成了麻花，那位的成绩是0环。原来老三打错了靶子，二人并肩携手，20发子弹把老六的靶子打成了筛子。

军训结束后，舞王老六被导员任命为班长，韩之光为宣传委员。322寝和友寝频繁往来，十月中旬就有一个现成的好名目：神枪手老六的生日。

庆祝的地点就设在322寝室，舞王主动要求承担一半的花销，平时寝室内聚会都是六人均摊费用。黑大男生宿舍和女生宿舍各自独立，但男生可以拜访女生楼，女生也可以到男生楼来，只要找个借口就行。

那天凉菜和热菜摆了两桌子，凉菜不过是哈肉联红肠、松花蛋、牛蹄筋、炸花生、酱猪耳之类，热菜是从校内饭店订的，六名"战士"一盘盘端回寝室。比脸盆还大的菜盆端上来啦，那就是著名的"得莫利炖鱼"，里面有一条大鲤鱼，还有大豆腐、宽粉条、黑蘑菇、红辣椒、肥肉块，厨师还加入苏子叶、藿香、五味子等炖鱼佐料，让人垂涎。这样大分量的菜在南方是打着灯笼都找不到的，南方的菜讲究精工细作，黑龙江的菜讲究大刀阔斧。

抬来三箱啤酒，没准备饮料，东北女孩多少都能喝点儿酒。友寝带来了生日蛋糕和一篮子水果。老大的开场白是："今天大家都是为老六的生日来的，啥也不说了，说多了都是故事，讲多了都是眼泪。大家开造吧！"

东北话"造"，就是大吃大嚼的意思。

李娜娜作为友寝的大姐，首先举杯向老六表示祝贺，那是一个她自带的粉色水杯，因为她从不用别人的杯子，"祝寿星长命百岁！年年有今日，岁岁有今朝"。李娜娜的声音中蕴含着一种天然的真诚，不是呢喃含混，而是异常清晰。

李娜娜属于那种第一眼美女，当你第二眼看她时就会迷醉于她的外貌。仿佛上帝在创造她的时候，绞尽脑汁让她的美更加夺目鲜明。李娜娜的头发又长又美，光润乌黑。她的大眼睛，仿佛对世界充满了好奇。她是从来不化妆的，全凭天生丽质。

李娜娜那么美貌，那么高贵，像拉斐尔《西斯廷圣母》一般美丽与圣洁。

大家随后轮流以各种理由碰杯，场面其乐融融，好像一入大学，所有的梦想都不难实现。

舞王搞笑的天赋使友寝女生笑作一团。胖子老三则旗帜鲜明地摆出深刻之状。

席间不时有两寝间互相劝酒的场面，舞王老六说："我敬全体女同胞一杯，感谢诸位莅临。我先干为敬！"

"不行，不行，你一个人灌我们六个，"五妹菁菁说，"寿星应该一个个地敬酒。"

"对，"大家纷纷附和，"一人敬一杯！"

一连六杯啤酒下肚，舞王脸红了，目光在菁菁俏丽的脸上逡巡。也许脸红能传染，菁菁的脸也红了，她的相貌酷似电视剧《红楼梦》里面的林黛玉，性格内敛，平时说话不多，连背影都透着端庄。这次不知为什么，见到舞王却活泼起来。

友寝保存实力，最多的人喝了半杯，李娜娜的嘴唇仅仅沾了沾酒杯。

性格耿直的韩之光看不过去了："明显在涮我们老六嘛，这要是男生早该罚酒了。你们倒是多喝一点啊！"

李娜娜眼神凌厉地望了韩之光一眼，平静地说道："我有心肌炎，不能喝酒！"

舞王老六说:"我们二哥没有恶意的。你军训时晕倒了,跑到医院叫救护车的就是二哥。这在电影里可属于英雄救美的桥段。"

李娜娜的目光顿时柔和了许多,对韩之光说:"那天太乱,我没有注意是谁叫的救护车,谢谢你!"

韩之光感激地拍了拍舞王的肩膀。

舞王继续说:"二哥在校办的《军训简报》发表了三首诗,是经济学院发表作品最多的人。女生们注意啦,这是一个人才!"

胖子老三有些不快:"老六就擅长夸张!老二不过发了两三首短诗,大家想发都能发……我还在《军训简报》上发表了一篇入党申请书呢!"

韩之光当即予以回击:"你写的东西没有任何文学价值,不过是投机取巧!"

舞王老六劝解道:"二哥三哥,你俩跑题啦!喝酒!喝酒!"

不知不觉,热烈的聚会进行到了晚上11点,熄灯了,他们点燃一根根蜡烛,聚会升级为更加浪漫的烛光晚宴。受了舞王的艺术熏陶,大家凑钱买了一台收录机,经常播放四大天王、周华健、张信哲、林忆莲等流行歌星的歌。

在舞王的怂恿下,韩之光唱了一首黄安的情歌,虽然没有系统学过音乐,却不妨碍他把黄安的歌唱得惟妙惟肖,深情动人。

李娜娜属于北方才得见的高挑美女,她的长发瀑布般垂下,在温和的烛光下,她的白皙的脸庞上也泛起了淡淡的红晕。李娜娜的美貌真是增之一分则太长,减之一分则太短;著粉则太白,施朱则太赤;眉如翠羽,肌如白雪,艳丽如夏日花朵。韩之光有点喝多了,唱完歌的他不再参与大家热烈的交流,独自躲在烛光后用有些放肆和滚烫的目光,从上到下,细细地尽情欣赏起李娜娜优美的身段和沁人心脾的美丽。李娜娜仿佛觉察到了什么,提议说时间太晚了,应该告别了。

女同学们离去以后,寝室的兄弟们纷纷洗漱,唯有胖子老三点着蜡烛,津津有味地吃着残羹冷炙。

几个月内,322寝与友寝还办过几次活动,或爬山,或溜旱冰,或聚餐,李娜娜没有参加,韩之光后来也不参加这种聚会了。韩之光家境不好,黑大95级实行了并轨制,每年收取三千元的学费,令韩之光家的经济状况捉襟见肘。

韩之光的父亲做农机件生意被骗了，家人把房子卖了还债。韩之光在整个大学期间，家里都十分贫困。

寝室内部谁喜欢谁已一清二楚：韩之光和老三喜欢李娜娜，老大、老四、舞王老六喜欢五妹菁菁（有一段时期他们三人互以情敌相称）。黑大学生男女比例基本上是1∶1，热恋者和失恋者的比例大致维持在1∶2。有首打油诗在几届学生中辗转流传，接头暗号般题在厕所里，刻在书桌上。估计这首诗的作者一定是被丘比特之箭射中后脑，偏偏月下老人又把他红绳的另一端绑在了桌子腿上。

　　黑大自古无娇娘，
　　残花败柳排成行。
　　偶尔鸳鸯一两对，
　　也是野鸡配色狼。

"李娜娜是否喜欢我呢？"每当这个问题困扰心头的时候，韩之光都隐隐感到有些饿了。一看表，时间都接近熄灯时分。此刻，走廊定会传来一个老头凄凉的叫卖声："卷饼——茶蛋——"几个兄弟一跃而起，赤条条地向老头挥舞零钱。那卷饼是薄薄的面饼卷了细细的土豆丝，以香葱、豆油、精盐为作料，味道顶呱呱。一个卷饼下肚，忧思不见了，睡意一阵阵袭来。

韩之光慢慢了解到李娜娜是不住校宿舍的，每天由家里的司机开车接送走读，她每次从一辆白色轿车中出来，昂着头，身子挺得很直，与寝室内其他女同学也渐渐产生了隔膜。她仿佛一颗脱离了轨道的行星，独自飘向了黑暗而冷寂的宇宙之中。

不知从什么时候开始，上课的时候，韩之光不再躲在最后一排看小说，开始默默地坐在离李娜娜一米远的地方。他觉得这是一个若即若离的距离，既表示亲近，又不过于冒犯。课间的时候，胖子老三有事没事总凑过来找李娜娜套话，李娜娜对他们没有表示出反感，一直都是彬彬有礼。

那年秋天，枯叶纷纷飘落，把黑大校园的道路铺上了一层金黄。新教学楼还没有完工，韩之光他们经常在主楼上课。课间，同学们发现主楼南门摆了个小书摊，经常围上去看。

韩之光发现李娜娜也在其中,就想引起她的注意,买了一本法国诗选心不在焉地翻看着。李娜娜专心致志地选着书,不时地撩起垂下的长发,却根本没有注意到旁边的韩之光。韩之光不由得心底泛起一丝若有若无的怅然。

在深秋夕阳的映照下,李娜娜的身影也仿佛染上了秋季的忧伤色调。那天她穿了一件柠檬黄色的上衣,在米黄色的主楼下,她纤细的身影同金黄色的秋景融为一体,组成了一幅印象派的油画。

晚上七点多的时候,寝室外面有人敲门,韩之光喊了声:"请进!"

门开了,进来的居然是威儿!

韩之光慌忙迎了上去,"你怎么找到我的?"

威儿把一小兜苹果放在桌子上,笑着说:"你信中讲了自己的专业,我一打听就找到你了。"

威儿长着一双可爱的大眼睛,小巧的嘴,可爱的瓜子脸,可爱的微微泛黄的头发,整个人像一个娇俏的芭比娃娃。

威儿从来不化妆,甚至连口红都不涂,素颜的威儿显得清纯可人。威儿的皮肤异常白皙,两边的太阳穴有细小的青筋,那是她皮肤太薄了。

威儿穿了条牛仔裤,用背带吊在身上,上身穿了件白衬衫,衬衫上面刺绣着几朵粉色荷花,显得神清气爽。威儿读大二了,相貌比实际年龄小三四岁,看上去还像个高中生。

韩之光有些拘谨,威儿却落落大方,有说有笑的。同寝的男生都假装看书,其实在竖起耳朵听。

威儿高中时坐在韩之光前桌,每当韩之光想找人说话,就在后面喊威儿,威儿自称"招之即来,挥之即去"。她活泼好动,中午常常拉着韩之光热火朝天地打乒乓球,打得小脸红扑扑的。她应届就考上了哈师大中文系,韩之光不得不补习一年,在补习期间威儿给韩之光写了许多封信,信中她总是兴致勃勃地写这写那,鼓励的话说了许许多多。

威儿来看韩之光,韩之光心中充满了喜悦,他俩已经一年多没有见面了。

韩之光身材高大,威儿在韩之光身边显得特别娇小,有种小鸟依人的感觉。

聊了一会儿，威儿起身告辞，韩之光送她到校门外，天已经黑了，路灯都亮了。韩之光问："你吃饭了吗？"

"吃了，现在都几点了！"威儿笑着回答。

韩之光看到路边有烧烤摊子，便请她吃羊肉串。威儿犹豫了一下，还是答应了。他们各自吃了几串羊肉串，威儿坐车离开时留下了宿舍楼的电话，让韩之光去之前打电话。

韩之光兴冲冲地回到寝室，悲哀地发现苹果都被吃光了。

韩之光呼喊："一个都没给我留吗？"

胖子老三恬不知耻地说："嘿嘿，你有美女相伴，还在乎一个苹果？我们正好一人一个。"

韩之光无可奈何地沉默了。其实他并不爱吃苹果，只不过那是威儿送来的东西，格外值得珍惜。

舞王老六说："来的这个女生眼熟，我看过她的照片。"

韩之光问："感觉她怎么样？"

舞王说："本人比照片更漂亮，一个有趣的女孩。"

威儿以前邮给韩之光许多相片，韩之光向舞王炫耀过。韩之光最喜欢的一张是：威儿举起一把手枪在瞄准，她表情专注认真，像一个英姿飒爽的女兵。

大家已经玩起四国大战了，所谓的四国大战，就是两副军棋一起下，四个人玩军棋，外加一个裁判。老大把棋盘刻在书桌上了，让大家玩得更方便。寝室每晚大呼小叫，十分过瘾。男生就是喜欢与战斗有关的事物，四国大战满足了男生经历战争的欲望和展示自己智谋的机会。

星期六下午韩之光坐着摇摇晃晃的无轨电车应约去哈师大找威儿，只有六站地，虽然车速很慢，但是来回却很方便。

哈师大素来以美女如云著称，校园却十分普通。正门朝着和兴路，有一栋教学楼临街，右手边有一个礼堂和一个图书馆，左手边是一些林林总总的低矮小楼。韩之光打听着走到了女生宿舍楼，哈师大的女生宿舍楼比黑大的宿舍楼高，是七层。经过管理宿舍的老女人的呼叫，威儿下楼了。

天凉了一些，威儿穿了一件橘黄色的绒衣，下面配一条紫色的裤子。胸前戴了一个小小的白雪公主玩偶，宛如一幅国画上的印章。

威儿指着校园内的一个黄色长廊说："这个地方叫'鸳鸯亭'，是男女生谈恋爱的胜地。"

韩之光看了看，不过是个二十米长的长廊，私密性并不好。

韩之光笑着问："有这么好的条件，你怎么不谈恋爱啊？"

威儿撇了撇嘴："哈师大女生多，男生少，女生找个好对象比登天还难。像你这样的帅哥在我们这里很抢手呢！"

"经济学告诉我们，资源稀缺会导致商品价格上升，人也一样。"

他俩并肩走在哈师大附近的一条小街，小街内有五六家小书店，还有琴行、花店和几家小饭店。

威儿说："一到晚上这里可热闹了，那些卖小吃的都出来了，什么烧烤、麻辣烫之类的，应有尽有。"

他俩一家一家逛这些小店，小书店人不多，老板也不大热情，一副姜太公钓鱼——愿者上钩的姿态。

威儿翻开一本厚厚的成语词典，"考一考诗人，成语掌握得怎么样。白云苍狗是什么意思？"

"白云苍狗形容世事变幻无常的意思。"

"那么，过屠门而大嚼呢？"威儿做出咀嚼东西的样子，可爱极了。

"自我安慰的意思。"

"挺不错嘛，90分！"

韩之光问："你都喜欢哪些作家呢？"

"我喜欢看中外女作家的小说，还喜欢安徒生的童话，再就是一些中外作家的散文了。你喜欢哪些作家呢？"威儿一副思索的表情。

韩之光滔滔不绝："我爸爸工作的兵工厂的图书馆倒闭了，爸爸买回了几麻袋文学书，我初中时就开始读中外名著。母亲管理一个水泥厂微型图书室，为了读书方便，我就住在了母亲的办公室里，那些美好的夏夜，我疯狂地读书，困了就在沙发上睡觉，第二天清晨在闹钟的召唤下奔向学校。上大学前，我像一个饥饿的乞丐扑向食物那样对待书籍。我读过列夫·托尔斯泰、雨果、司汤达、巴尔扎克、左拉、屠格涅夫、卡夫卡、海明威、三岛由纪夫等人的作品。我自己买了一套《莎士比亚全集》，莎士比亚的大部分戏剧我都读过，我还读过鲁迅的十多本杂文集。中国的古典名著我读过《红楼梦》《西游记》《三言二拍》《聊斋志异》……现在的双休日我更是泡在了图书馆，成了图书馆的囚徒。"

"天哪！"威儿瞪圆了眼睛，"怪不得你高中语文成绩全班第一呢，你读的书比我多多了！"

"我以前放寒暑假都读文学书，跟你一聊我才发现，我读的几乎都是男作家的书，女作家只读过萧红的《呼兰河传》。"

"你这么喜欢文学，为什么不报考中文系呢？"

"哥哥是学会计的，家人觉得学金融能找到好工作。再说学什么都一样，不会影响我喜欢文学。"

后来韩之光才知道自己错了，专业课程极大地限制韩之光搞文学创作，大学四年韩之光不得不与可恶的经济类课程做斗争，金融系要学五门高等数学，更让韩之光的日子苦不堪言。

小街上还有一些旧书摊，韩之光如获至宝，蹲下去仔细翻阅。威儿乖巧地陪在他身边，自得其乐。韩之光和威儿逛了一下午，吃晚饭的时间到了，韩之光要请威儿去附近的小饭店吃饭，威儿说："上我们学校食堂吃，干净些。"善解人意的威儿知道韩之光家境不好，不让韩之光花钱。

威儿带韩之光到哈师大食堂，不时碰上威儿的同学，威儿自然地同他们打招呼。威儿买了酸菜粉、锅包肉和土豆炖茄子，他俩找个角落吃饭。

威儿笑着给韩之光夹菜，"多吃点啊，你那么瘦。"

"你也不胖呀，也要多吃。"

韩之光感觉哈师大的饭菜明显比黑大的可口，不知道是不是自己跑了一下午饿了的关系。威儿吃饭一点不装假，胃口很好。

吃过饭，韩之光同威儿在哈师大礼堂看电影，门票每人三元，观众都是附近大学的学生。那晚播了两个片子，第一部是李小龙主演的《精武门》，韩之光第一次看李小龙的片子，不禁被李小龙凌厉凶猛的功夫所吸引，韩之光对影片有很强的代入感，仿佛屏幕上那个所向无敌的英雄就是自己。第二部是费雯·丽主演的《魂断蓝桥》，看到动情处，韩之光发现威儿在抹眼泪，在光束的映照下，威儿的小脸淌满了泪水。韩之光虽然很感动，但绝对没有到哭的程度，韩之光感觉女生的心就是温柔啊。

电影散场了，韩之光和威儿来到了鸳鸯亭，韩之光说："费雯·丽饰演的角色像一个纯洁的天使，谁也没有权力责备她！悲剧的定义是把美丽的人与事毁灭。为什么只有爱情悲剧才最感人？为什么古典长篇小说往往写到男女主人公结婚便匆匆收笔？在平庸的日常生活中埋葬的是昔日的浪漫幻想，所以我们才要看电影。"

"你好像什么都懂，我感觉自己在你面前像个小学生。"

周日威儿陪韩之光一起去黑大上选修课，韩之光选的是西方文学。授课的张教授是校内名人，各系学生慕名而来，与某些门可罗雀的选修课大不相同。

韩之光与威儿并肩坐在后排，说一些悄悄话。

张教授嘹亮的嗓音直抵耳膜："歌德塑造了一个在人间不断追求的理想人物——浮士德。浮士德经过书斋阶段、爱情阶段、宫廷阶段、美的梦幻阶段，在这些不同的人生阶段里他都永不满足地追求，每一个阶段，他都以悲剧告终，最后，在改造自然的事业中他得到了满足，并在满足的瞬间死去。浮士德在临死前呼喊：'逗留一下吧，你是那样美！'然后倒地死去。"

韩之光来了兴致，把头侧向威儿，低声说："有时候我觉得我就是浮士德，我具备浮士德上下求索的精神。"

威儿笑着说："浮士德是个老头，你是个小伙子啊！"

"高中是书斋阶段，现在是爱情阶段。"

"呸！谁跟你有爱情了！"威儿的脸红了。

第一节课已点过名，他俩没上第二节课，一起去逛了学府书店。韩之光在黑大最热爱的是图书馆，其次就是黑大附近的学府书店，他经常来这里翻找一些图书馆没有的新书，一看就是一下午。

威儿在书架上看到一本书，书太高了，威儿够不到，书一下子掉了下来，韩之光碰巧看到了，他眼疾手快，在空中一把抓住了书。威儿先是愣了一下，随后笑得前仰后合，威儿说："你的速度怎么这么快呀？"

韩之光笑而不答，故作深沉。

威儿欢快地说："来哈市的火车上，我看到一个五个月大的男婴，眼睛大大的，像两颗黑葡萄，可精神了。一车厢的人都昏昏欲睡，就他一个人在咿咿呀呀试着嗓子。小男婴被他的爷爷抱着，我用手摸了一下他的脸蛋儿，他有些生气了，一动不动地看着我，后来又傻傻地笑了。记得一本书上说，某人为了让自己时刻体验'生'的不易，把一个真人的头骨摆在书桌上，何苦呢？弄得那么残酷干什么？还不如摸摸小孩子细嫩的肌肤，听听他们代表人类原初状态的语言，一定能获得向上的动力。我告诉你一个小秘密：趁那位爷爷不注意，我把一只耳塞放到小家伙耳朵里半分钟，耳塞里播放着歌曲，小家伙眼睛睁得大大的，愣愣地看着我。哈，我做了一个恶作剧！"

"你就是调皮！"韩之光无意中问："你视力好吗？"

"不好。"

"怎么没见你戴眼镜呢？"

"我戴的是隐形眼镜。你是不是觉得我有点儿虚荣？"

"怎么能谈到虚荣呢？我只是觉得你戴眼镜会有另一种气质的美。"

"真的吗？我从小就讨厌戴眼镜，觉得难看，心想可得好好保护眼睛，千万不要戴眼镜，结果还是累近视了。人啊，总没法像自己希望的那样去生活。"

"我不过随口说说罢了，我认为戴不戴眼镜是件小事，你为什么这么在乎呢？"

"我总担心别人说我怎样怎样，有时候，我好像觉得自己就是为了别人的评价活着的。"威儿的脸呈现出少有的严肃来。

韩之光感觉威儿非常可爱，忍不住一次次地去找她。

一次，韩之光离开时，威儿在宿舍窗口向韩之光招手告别，韩之光连忙向她挥手，没想到威儿身后相继冒出几张笑脸来。第二天韩之光给她们全寝送去了两袋水果，以博取好感与支持。与女孩子们友善的态度形成强烈反差的是管理宿舍的老女人，每次韩之光让她接通内部电话呼叫威儿，她那干橘子皮般的长脸总拉成一部阶级斗争史。

韩之光经常为威儿写诗，那是韩之光一生中诗歌产销两旺的黄金时代。虽说两校相隔不过几站地，韩之光还是经常把诗给威儿寄去。威儿也给他回信，有时候回信还没有到，人已经碰面了。

初冬的周末韩之光去看威儿，这时的哈尔滨景色萧瑟，松花江畔风很大，没有什么好去处可以玩。在威儿的提议下，韩之光同威儿去了她一直想去的哈尔滨动物园。园内分为猛兽区、灵长类动物区和食草动物区，有东北虎、金丝猴、亚洲象、河马、丹顶鹤、梅花鹿等。动物园内游人如织，到处都是晃动的人影，人们到动物园本来是看野生动物的，看到的最多的居然是人。

威儿小孩心性，童心未泯，来到动物园自然心花怒放，今天她穿了一件短黑皮夹克，一路蹦蹦跳跳，像一只顽皮机灵的黑色小猫。

他俩不知不觉来到了灵长馆，灵长馆内饲养着悬猴、狐猴、松鼠猴、狒狒、黑猩猩等百余只动物，它们的笼舍前都挂着温度计。

威儿很着急："没什么吃的呀！我想喂它们！"她跑到小卖部，买了块面包，兴冲冲地跑回灵长馆，把面包掰成小块，扔给猴子们，看到小猴子捡起来吃。她调皮地把剩下的面包在猴子面前晃来晃去，却不扔给它们。小猴子们急了，试图爬铁丝网，威儿开心地大笑。

韩之光说："记得你说过，你小时候跟外公一起去旅游，还吃过猴脑，你还说好吃呢。"

"那时候小啊，不懂事，现在就不会吃了，小猴多好玩。"威儿忽然想到了什么，"我啥时候对你说过吃猴脑的事儿呀？"

"你高中时说的，你提到旅游时吃到的美味：猴脑、东坡肉、佛跳墙。"

威儿和韩之光离开了灵长馆，边走边看。狼、熊、野猪等动物虽然天生耐寒，动物园也为它们修建了地洞和树洞，供它们遮风挡雪。

威儿说："我这个人啊，可愿意和陌生人说话了，自认一旦和一个不认识的人搭话了，那人不是耶稣就是天使，一定非常善良，我很相信自己的直觉。"

"你不怕被人拐卖了呀？"

"周五看了我们中文系对英语系的一场篮球赛，好不容易盼到最后，结果以41∶44输给了人家，虽不是自己在打，可还是希望中文系赢，你又该笑话我狭隘的集体荣誉感了。我们在旁边又喊又叫。比赛一直都有悬念，每进一个球我都鼓掌，结果把双手给拍红了。在过程中一直抱有希望，所以才牵肠挂肚，很多事都是这样。"威儿抿着小嘴在笑。

"你们不是男生少吗，也能凑成一个队？"

看到动物园内一对对的情侣，威儿有感而发："小时候看到有人处对象，我就和别的小朋友去破坏，我们跑过去大喊大叫，然后扭头逃跑。那男的一般不会丢下女的，来追我们。"

韩之光笑道："现在我们威儿也到了处对象的年龄了。"

威儿脸颊微红，吐了下舌头，没有回答。

傍晚，他们一起回到黑大校园，经济学院的学生正在主楼舞厅举行舞会。那天去了九十多人，算是人数比较多的一次聚会了。穿过门向下走十几级台阶就到了舞池内，舞池北侧有一个小型舞台，小舞台左右各放置一个大音箱。另外三面墙边摆了一些简易木椅，供会跳舞的休息，供不会跳舞的观摩学习。韩之光和威儿像两条不会游泳的鱼，坐在角落里欣赏同学们在忽明忽暗的球形灯下扭动身体。在两支舞曲的间歇，院里的歌星信步走到舞台，以高亢的嗓音唱起了周华健的《花心》。

韩之光贴近威儿的耳朵说："我们在旁边做观众，还不如出去散步。"

韩之光带着威儿离开了喧闹的人群，他俩嫌冬天外面太冷，就在黑大主楼一层一层地漫步。因为主楼里面有暖气，老师都下班了，人很少，这里成为他俩冬季约会的圣地。在主楼能遇到其他的同学，也是一对一对的。

威儿说："上周校庆，我们都坐在规定的地点。听说晚上还要举行舞会，说要烧篝火，真不知他们在哪儿堆那些柴火。每个女生都必须跳舞，我是'舞盲'，真丢人啊。"

"你们学校真烧了一堆篝火？"

"结果没点火，只举办了一个化装舞会。我戴了个孙悟空面具，挺丑的。我们寝室的女生都不会跳舞，我和上铺的小蕊拉着手，戴着面具在人群里混来混去，看别人跳舞，挺自在的。不过美术系的几个男生打扮得有些吓人，太夸张了。你又该笑话他们了，你说过哗众取宠是三流画匠的标志之一。"

韩之光笑着说："我在你眼中就这么特立独行？"

与威儿漫步的时光是如此美妙，韩之光真希望时光可以停止，就让他俩一直美好下去。

11月4日是威儿生日，韩之光给威儿买了盒黄安的磁带，韩之光唱歌的声音酷似黄安，威儿爱不释手，经常拿随身听播放，说听起来仿佛是韩之光在唱歌一般。

韩之光领着威儿在黑大食堂吃晚饭，黑大有两个学生食堂，都高大宽敞，摆放着一排排的塑料桌椅。到处是吃饭的学生，没有人注意韩之光和威儿这一对。韩之光特意到小炒区买了三个菜，平时韩之光自己只吃大锅菜。

威儿吃得津津有味，她边吃边抱怨："我选修了排球，今天手臂全是红印，右手青一块紫一块，我怀疑再打下去，手臂一定肿得跟馒头似的了。"

韩之光看了威儿的手臂和右手，确实很让人心疼。

韩之光说："我愿意听你们学校的事，你们学校女生多啊，比黑大有意思。"

"我们校历史系的一名大四女生最近得病死掉了，我听后有种怅然若失的感觉，有些想哭，我不认识那个女生，但两年来我们一定面对面碰上过，同在一个校园啊！多么可惜呀，一个活生生的人，就要走上社会了，就这么挣扎一周离开了。人的生命多么脆弱啊！"

"那真可惜！"

威儿的思维总是很跳跃："我们英语老师是个老太太，大家对她怨声载道，这学期仍是她教，她上课40%用汉语，60%用英语。不满归不满，没办法，我们这儿的老师是不能自主选择的。"

威儿把韩之光迷住了，她的姿容，她的话语，她的动作，都让韩之光怦然心动。

威儿伸出左脚，说："看我的鞋子怎么样？其实有点小，自己挑的鞋子，含着泪也要穿下去。"

韩之光悄悄拉住威儿柔软的小手，威儿的脸倏地红了，她没有抽回手，就让韩之光这样拉着，韩之光不觉心旌摇曳，轻轻用力把威儿拉进了自己的怀中。威儿脸颊绯红，不再说话，两个人就这么静静地依偎在一起。

韩之光把威儿送到师大女寝楼下，威儿晚上还要同寝室姐妹一起聚会，哈师大管得很严，不让男生进女生寝室，韩之光没法参加威儿的生日聚会，悻悻然地独自返回了学校。

韩之光正陶醉在幸福之中，天有不测风云，威儿突然提出要和他分手，韩之光黯然神伤，决定在小饭店最后请她吃顿饭。韩之光点了三个菜，特意点了威儿爱吃的炸茄盒，要了一小瓶二锅头和四瓶啤酒。韩之光感觉有一头大象踩在他心上。韩之光埋头喝酒，白酒混着啤酒下肚，不知不觉喝得七八分醉了，韩之光动情地背诵了一首诗：

"谁终将声震人间，必长久深自缄默；谁终将点燃闪电，必长久如云漂泊。"

威儿问道："诗很棒，是你写的吗？"

韩之光喝下一大口啤酒，尴尬地笑道："是尼采写的。"

威儿喝下一小口酒说："对于烟酒，我一向是不感兴趣的，尤其痛恨害人害己的烟。对于酒我不那么极力反对，内心似乎还有那么一点点向往，想找机会试一试一醉解千愁的感觉，始终没敢试一下，没体验过沉醉是什么感觉。"

"心情不好就容易醉。"韩之光忧伤地望着威儿，宛如守财奴望着破产的账目。

威儿似乎要回避这个话题，她说："你究竟属于哪个文学流派呢？"

借着啤酒的力量，韩之光霍地站起来，慷慨激昂地喊道："文学流派不过是鼠辈们沿街乞讨的饭碗！站在艺术顶峰的莎士比亚不属于任何流派！"

其他桌子的客人好奇地望着韩之光，人们立刻判断出他喝醉了，故而原谅了一个醉鬼不知所云的呐喊。

威儿不好意思地劝韩之光："快坐下，快坐下！真不能跟诗人谈艺术，你们一谈到艺术总像在吵架。你呀，太霸道了，不能容忍与你不同的艺术态度。上次信中把同寝才女发表的美文《人靠心境活着》复印了一份邮给你，本来没有太深的想法，你回信时却对她破口大骂，骂她是蠢猪，你说应该告诉这个白痴——人是靠吃饭活着的！我赶紧把你的信撕去一条，偷偷丢掉了。"

"我只知道七天不吃饭，你那位才女肯定会饿死。"

"你太骄傲了，骄傲得不能正视自己的弱点，那些弱点正是你的致命所在。除了上帝，谁都有弱点，即使你所推崇的那些伟大作家，他们一定都有各自的弱点。"

韩之光又喝了一些啤酒，他的酒量不大，加上心境恶劣，不知不觉喝得酩酊大醉。韩之光感觉像乘坐一条小船颠簸在大海的风暴之中。走出小饭店，韩之光就吐了。

他俩坐在路边的长椅上，韩之光非要把瑞士表送给威儿。威儿不要，韩之光硬塞在她手里。韩之光开始滔滔不绝地说话，韩之光第二天完全不记得说过什么了，记忆一片空白。韩之光抱住威儿，狂热地吻她的后颈。威儿喊："你醉了！你醉了！"威儿挣扎着逃跑了，韩之光对自己怎么回到的寝室，完全没有印象了。

第二天，韩之光头疼得厉害，像害了一场大病，没有吃早饭，午餐只吃了一点东西。他心中忐忑不安，不知道自己的这次醉酒，是不是永远失去了威儿。中午时威儿找到躺在寝室内的韩之光，他俩走到楼下，威儿把表还给了韩之光，"我要块男表干什么？"

韩之光收起了表，问："我昨晚都说了什么？"

"你说了好多话，你说瑞士表是你父亲送给你的，你说你和父亲关系紧张，你说你父亲是个酒鬼。你还说你喜欢我，你说你不能失去我……我看你昨天伤心得大醉，就原谅你了。"

"你不和我分手了？"

"你那么脆弱，分手再有个好歹的，我可担待不起。"

舞王老六追求菁菁并非一帆风顺，菁菁在家乡有男朋友，已经名花有主了。某个傍晚，菁菁让舞王和韩之光陪她去火车站接人，他俩二话没说就去了，下了公共汽车，在火车站等了一个多小时，一个身穿笔挺西装，披着深蓝色毛料大衣的年轻人出现了，此人头发烫得蜷曲而蓬松，相貌像京剧中的白面书生。这个男人与菁菁在不远处激烈地谈着什么，舞王老六显得焦躁不安，不停地看表，似乎没有力气等下去了。四十分钟以后，菁菁离开那个男人回到了韩之光和舞王身边，菁菁在默默哭泣，舞王打了一辆出租车，菁菁坐在副驾驶位置，哭得梨花带雨。韩之光和舞王坐在后面，也不知道该如何安慰。

菁菁是个敏感的姑娘，学习也是投资班的状元，韩之光对菁菁隐约有好感，只是他心中装着李娜娜和威儿，容不下更多的女生了。读着菁菁在黑大校报上发表的散文，韩之光感觉这些话都是说给他的：

角落里的你，我已凝望了许久，只因你未曾舒展的眉头。舞会上人声、音乐声……而你的思绪似乎在天外漂流，为什么？一串串问号，解不开你眼底眉梢的忧愁。不知什么力量使我走近你，我想用我眼底的真诚将你打动，因为你给了我一个虽不美丽却友善的笑容。

你告诉我，你的心事没有人懂，你有太多的往事不堪回首，你的世界像荒漠没有绿洲。你来这里是为了逃避孤独，而你发现这里的热闹是别人的，你依旧一无所有。

朋友，别再任容颜消瘦，别再把欢乐冷落，抛开黑夜无边的伤感，摒弃雪野孤雁的凄凉。朋友，自信些，重塑一个爽朗的自我，看看蓝蓝的天空。我愿意用微笑融化你心中的冰凌，请握住我也许没有力量但却温暖的双手。

金融班的杨海生似乎也迷恋上了李娜娜，经常找李娜娜借笔记或者直接坐在她身旁。金融班与投资班有很多课程是公共课，只有少数课程单独上。这个杨海生个子不高，瘦瘦的身材，总是穿着一身西装，皮鞋和头发总是油光锃亮的，是个油头粉面、家里富得流油的高干子弟，与李娜娜正是门当户对。他频繁地出现，让韩之光感觉到了莫名的烦躁和压抑。

友寝的女生究竟喜欢谁呢？

有公关先生老六，不愁探听不到谜底。舞王老六对友寝二妹晓之以理，动之以情，请她指点迷津，并先把322寝底细和盘托出。二妹的话让大家十分伤感：李娜娜没有表示过喜欢任何男生。五妹菁菁有男朋友了。友寝的三妹、四妹都喜欢舞王老六，唯有六妹眼光不俗，喜欢韩之光。听舞王转述完，胖子老三立马怀疑舞王在撒谎：胖子老三居然没有任何女生喜欢，怎么可能？！

两个寝室间的聚会证明舞王句句是事实。那次喝酒，李娜娜照例没有来参加。友寝来了五个姐妹，322寝人都齐全。聚会地点是322宿舍，酒菜摆满了两桌子。由于二妹捅破了窗户纸，大家的表情都有几分不自在，彼此显得有些生疏了。与以往的聚会不同的是，这次女生都积极喝酒。

因各怀心事，大家都胃口欠佳，唯独胖子老三胃口大开，吃了很多小鸡炖蘑菇和土豆干。

舞王老六在聚会中对菁菁公开表白了："菁菁，我知道你有喜欢的男生，但是，我不能隐瞒我喜欢你。这不是一时冲动，而是一个男人一辈子的承诺！只要你没有结婚，我都不会放弃！"

舞王表白之后，菁菁的脸涨得通红，颤声说："这些话在酒桌上说合适吗？你喝醉了！我就当你什么也没说。"

舞王那晚至少喝了十瓶啤酒，在舞王的带动下，友寝的三妹、四妹、五妹菁菁都喝醉了。三妹四妹喝醉是因为失去了舞王老六，菁菁喝醉是因为内心矛盾，无法决定最终的取舍。

韩之光没有喝醉，他想安慰喜欢他的六妹，又不知说些什么好，六妹心情黯然，中途离席而去了。

醉酒的菁菁哭了，舞王抱住她说："无论你发生过什么，我都会和你一起面对。"

菁菁哽咽地说："我不是个好女孩……你不知道我的曾经……"

舞王老六大声说："一切我都能包容，因为我喜欢你！我会珍惜你一生一世，我一定会做到的！"

菁菁哭得更厉害了！这次聚会以后，菁菁和男友分手了，正式成为舞王的女友。

这下可刺激了胖子老三的神经，一无所获的胖子老三宣称："没劲，散伙，散伙，跟友寝黄了吧！"

韩之光笑道："你原先对友寝不是挺积极的吗？"

喜欢玩深沉的哲人老三总结道："友寝这种小把戏，太幼稚，太直白，毫无意义！"

这次聚会是 322 寝和友寝间最后的晚餐，从此两个寝室再也没有聚会过。然而两个寝室成员彼此之间有亲切感，四年内从未淡漠过。毕竟这一群人曾携手走过了初到大学的一段峥嵘岁月。

韩之光和威儿约好了晚上在秋林附近的肯德基庆祝圣诞节，这天肯德基人山人海，他俩等了好久才等到了一个空座，威儿买来了汉堡、薯条和可乐，他俩坐定后开始互相交换礼物：韩之光送给威儿一本《安徒生童话选》，威儿送韩之光一个巴掌大小的陶瓷小和尚，小和尚戴了一顶毛线织的小黄帽子，小脸蛋笑容可掬，穿着一身橘黄色的袈裟，双手捧着一个黑色钵盂，真是太有趣了！

吃过饭，他俩没有逛秋林，直接返回哈师大附近闲逛。路灯射下昏黄的光，路边的积雪堆成了一些小雪堆，等待环卫工人清理。路旁的小树落光了叶子，光秃秃地站在寒风中发抖。

威儿欢快地说："知道吗？我昨天献血去了，太好玩了，心情好激动呀！我终于知道自己的血型了：B 型。你说过你是 AB 型的，这种血型的人不多啊。我得翻翻《血型与性格》之类的书了。我献了 200 毫升，特意碰了一下血袋，热热的——这是我身体里的血啊。开始的时候还挺害怕的，怕自己会昏倒，结果没有。我是不是很勇敢啊？"

"威儿真勇敢。"韩之光握住了威儿的手，隔着手套，依然可以感受到威儿小巧的手。

"我们每人得了一个无偿献血证。昨天晚上我的手心脚心就开始出汗，今天跑完 800 米后就嗓子疼，还咳嗽，不过我好高兴，终于及格了。我跑的时候想到你高中时体育那么好，还获得过地区跳远冠军呢。我就咬牙跑下来，不能丢你的脸啊！"

韩之光望着神采奕奕的威儿，轻声说："还记得吗？高中时咱俩合唱过《萍聚》这首歌，当时唐国红说唱得好听。"

"是有这么回事。我发现你对往事记得特别清楚。"

"你高中时还唱过《小和尚》，再给我唱一遍吧。算圣诞节的附加礼物。"

威儿脸微微发红，她没有搭腔。

韩之光温柔地轻声说:"以前你不是唱得挺大方的吗?"

"那是给大家唱的呀,给你一个人唱,有点不好意思。"

"你唱吧,我做梦都想听这个呢!"

威儿娇羞地轻轻唱了起来:"小呀嘛小和尚,头光光,袈裟么披身上,小木鱼敲得笃笃响,念经又呀嘛又烧香……"她的声音清脆甜美,别提多可爱了。

韩之光讨厌几乎所有的大学课程,感觉大学课程只是填鸭式教育,老师照本宣科,鼓励学生死记硬背,强调应试技巧,而不是鼓励学生养成学习的习惯和对知识的热爱,毕业以后大部分学生都把这些无聊的课程忘记了。

韩之光读书异常勤奋,他一本接一本如饥似渴地阅读文学书,每天都泡图书馆。图书馆关门了,韩之光去自习室阅读借来的文学书,在考研自习室读至深夜才返回宿舍。

情场上的胜利者舞王老六一天到晚喜气洋洋。舞王把两只洗过的脚悬在床边,悠闲地晃来晃去,偏巧寝室成员都在,他高声说:"我给大家每人起了一个外号,要不要听?"

韩之光说:"说吧,说吧。"

舞王喊道:"大疯子,二傻子,三呆子,四瞎子,五愣子。"

"那你呢?"大家追问。

舞王得意地喊道:"六帅哥!"

胖子老三说:"真恶心!"

老大总结性地说:"老六,以后就叫你六恶心!"

大家异口同声把舞王命名为六恶心,一叫就是四年。

东北人的热情豪放不仅体现在小品节目中,现实生活中东北人也有一股子泼辣劲儿。

大一上学期开的几门课程中,《会计学原理》《大学英语和计算机基础》都让韩之光头疼。韩之光平时的时间都用在文学上了,此刻不得不临时抱佛脚。考试前自习教室人满为患,大家一下子都成为勤奋的学子。半夜两三点钟,走廊还有临阵磨枪的学生。

复杂的《线性代数》让人萌生写遗嘱的念头，舞王老六严肃地告诉韩之光："我要怒施'美男计'了！"韩之光探问其详细计划。舞王分析了当前形势：高数老师是位四十多岁的老处女，名列全系"四大名捕"之首，以抓补考心黑手狠著称，他万般无奈，只好使出"美男计"。老六考完线性代数就找到高数老师，满脸堆笑，再三恳请开恩。舞王凯旋后把黑皮大衣往床上一摔，兴冲冲地对韩之光宣称："哈哈，妙计成功！高数老师把我的名字记下来了。"

一周后，高数补考通知单发给了两个人：韩之光，还有舞王老六。

放寒假后，韩之光直接来到了凤凰山劳改农场，威儿就生长在这里。威儿家的农场属于劳改系统，韩之光的家属于兵工厂系统，都是那种设施齐备的大院。

韩之光一下汽车，发现威儿和她姐姐在车站等他，威儿冻得小脸通红，眼睛里却透满了期盼。

韩之光于心不忍："威儿，你冻坏了吧？"

威儿跺了跺冻麻的脚，说："没事，怕你找不到我家。"她今天穿着一件崭新的牛仔布料的棉大衣。

韩之光问："衣服很好看，新买的？"

威儿偷笑着说："哈哈，是我姐姐的衣服，我拿来穿了。"

威儿的姐姐长得虽不如威儿漂亮，性格却和她差不多，也活泼热情。

路上都是一排排的平房，模样都大同小异，仿佛是同一批工人建的。道路并不宽阔，路旁都是白桦。白桦树上的图案像一只只眼睛，好奇地注视着韩之光和威儿姐妹。

威儿家是一排平房中的一间，红砖灰瓦，建筑样式十分普通。韩之光进了威儿家，见到了威儿的父母。威儿的父母都比较年轻，热情地招呼韩之光，韩之光感到浓厚的亲情。威儿家都是些寻常的家具，与众不同的是地上摆满了各种家用电器，威儿说："我爸爸会修电器，附近的人都找我爸爸修，爸爸手艺非凡，有时候用手一敲就修好了。"

威儿一家人其乐融融，非常和睦，给人相亲相爱的印象。这与韩之光家的气氛是不同的，韩之光的父母总是吵架。韩之光这下知道威儿的好性格是从哪里来的了——当然是来自于她积极乐观的父母。

威儿家条件不错,每顿都是鸡鸭鱼肉,威儿的母亲烹饪手艺高超,韩之光感觉比家里过年吃得都好。这样好的待遇让韩之光受宠若惊,韩之光觉得自己是被当作准女婿了。

吃过午饭,韩之光和威儿待在北屋,韩之光给威儿画一些可爱的卡通画,威儿让韩之光画米老鼠和孙悟空,威儿在旁边画些幼稚的小东西。

韩之光给她唱黄安的《新鸳鸯蝴蝶梦》,威儿连声说:"你唱得真好。"

威儿给韩之光唱千百惠的《走过咖啡屋》,威儿的歌声非常像儿歌,不像成熟女性的声音,俏皮极了。她的姐姐在南屋大声喊:"太难听了!别唱了!"威儿脸色绯红,唱不下去了。就带着韩之光出门散步,来到了她家附近的一个小旅店,韩之光订了个房间,那是个双人间,当时没什么客人,韩之光就一个人占据了整间屋子。威儿和韩之光在小旅店度过白天的时光。小旅店是为探望犯人的家属们准备的,档次很低,只有两张简陋的铁床,一个歪歪扭扭的床头柜,床头柜上放着两个简陋的保温瓶。屋内有两组暖气片,还算暖和。

威儿脱去了棉衣,露出里面的金黄色毛衣,毛衣质地很普通,但穿在她身上特别合身,勾勒出她娇小玲珑的体态来。她的动作总是很轻灵,语言总是很活泼,仿佛是一个来到成人世界的聪明绝顶的小天使。

威儿说:"我在哈市的时候路过一个地下过街隧道,看到一个年轻人背靠在墙上,旁若无人地边弹吉他边唱歌,他的脚边放着一个倒扣过来的草帽,里面有几张小额钞票。我很佩服他的勇气,要是换成我肯定不行,第一道探寻的目光我就受不了。我的心态是如此放不开,希望自己独特,又怕自己过于与众不同,照此推断,我是从事不了艺术工作的,我很难突破常规的世俗束缚,是不是挺没志气的?"

"艺术家的心灵与正常人是不同的。"韩之光想转移话题,"对了,你们农场有个叫李鹏的女孩子,你认识吗?"

"我认识,农场就这么大,一般人都认识。"

"李鹏当年坐在我前面,总回头看我,看一两眼就扭过头去,她总是不爱说话。李鹏其实长得挺好看的,我印象中你们农场的女孩都很漂亮。"

"看来我得撮合一下你和她,让你们重温旧梦。你现在也可以去找她,我不介意。"威儿的笑容消失了。

"其实你介意死了,我还不了解女孩的小心思?你心里酸吗?"

"有一点酸。可是,李鹏怎么会跟你是同学呢?记得初中她就在我们农场上学了啊。"

"李鹏初三时转到我们庆华四中去了。我们一起上了一整年。"

威儿一副豁然开朗的样子:"哦,这样啊,好像后来她们全家搬走了,不知道搬哪儿去了,原来搬你们那儿去了。"

"我一生遇到两个你们农场的女孩都很美,一个内向,一个活泼,都坐在我前面,都喜欢我。"

"不要脸,谁喜欢你啦。"威儿的脸上满是娇羞。

"我想亲亲你。"韩之光望着威儿的双眸说。

威儿说:"你可以亲亲额头。"

韩之光亲了她的额头。

威儿又说:"你还可以亲亲脸蛋。"

韩之光亲了她的脸蛋。

"别的就不可以了。"威儿脸色绯红地说。

"为什么不让我亲你的嘴唇?"

"那太像成年人了。"

"可我们的威儿已经长大了。"

韩之光轻轻地把威儿搂在怀里,威儿像是一只紧紧地抱着树干的小考拉。

威儿的嘴唇平时总是显得有点干,吻过之后润泽多了。几年后韩之光看了周星驰的电影《喜剧之王》,片中有个镜头,女主角张柏芝说周星驰嘴唇干,趁机同周星驰接吻,韩之光立时想起了威儿微干的嘴唇,韩之光也曾经让威儿的双唇湿润过。

威儿梦呓着说:"我个子小也不错啊,等我日后有病了,你抱着我就冲出去了。"

同威儿拥抱接吻之后,韩之光感受到了一种实实在在的压力,他觉得自己必须要为两个人的未来负责,不能再随随便便地对待威儿,更不能伤害她。这使得之后的时间里,韩之光总感觉心慌意乱,脚下软绵绵的,像踩了棉花。

三天一转眼就过去了,临走的时候,威儿的母亲把韩之光住旅店的钱结了,韩之光执意不肯,她还是那样做了。威儿的母亲神色有些惘然地说道:"也不知将来会怎么样呢!你们现在还是太年轻,生活往往不像你们想象的那么美好!"她叹了口气,欲言又止。

韩之光当时真想说:"我会娶你的女儿的。"但是,话到嘴边,却没有勇气说出口。

在返回黑河的火车上,韩之光心情不是很好,他陷入了沉思,一直琢磨威儿母亲的话和她的神情,总觉得有一根刺,狠狠地扎进了自己的心窝,一种刺痛感隐隐传来。韩之光不禁自问,为什么他吻了威儿,却没有感受到想象中那如潮水般的幸福,难道自己不爱威儿?隐隐的,他觉得这似乎并不是自己渴望的爱情。这时的韩之光如同在一个在沙漠中长途旅行一直忍受干渴的人,终于喝到了水,饱饮之后却感觉水并不如想象中甘甜。

20世纪九十年代中期的黑河这个随着改革开放兴起的边境城市,更像一个迅速胖起来的人,主城区不是很大,却一窝蜂地竞相建起许多大楼。这些高楼大厦由于地价高,建材费用昂贵,有许多没有建完。城区内随处可见坚固的地基或盖了几层的烂尾楼,一根根伸向天空的钢筋成了一道道颇为独特的风景。

哥哥韩之辉大学毕业被分到了黑河民航站,韩之光退休的父母都投奔哥哥,父亲也得以到黑河民航油库值班,韩之光全家就借住在油库的办公室。黑河民航油库地处郊区,方圆一公里左右没有人家,都是菜地和树林。一公里外,有一个小村庄,零零落落的房子怕冷一般挤在一起。一条土路从公路延伸到油库,每逢刮风下雨,土路都泥泞不堪,冬天下大雪,韩之光和父亲要把厚厚的雪铲到路两边,让车可以通行。油库办公室是一排砖瓦平房,有一个锅炉,暖气自给自足。油库院落很大,往东走是一罐罐飞机用油,油罐四周是高墙,墙上还有铁丝网。韩之光的父亲把院内的十几棵小松树砍掉了,开了荒,种上了蔬菜,这样一来油库管理员和家人都能吃上新鲜蔬菜了。

冬季宽敞的油库院内一片雪白，积着厚厚的雪。那些鸟儿忽而腾身长空，忽而迅速降落，欢快地疾飞，啾啾声不绝于耳。可爱的小松鼠在树上活泼地跳动，跑来跑去。偶然路过的野猫身体强健，迈着矫健的步伐快速走过院子。

走出油库大院，往北走一里地，就是冰封的黑龙江，对岸则是俄罗斯的布拉戈维申斯克市，可以望见一栋栋色彩鲜艳的房子像儿童积木一般摆放在对岸。冰封的江面正中，巡逻车时不时地往返奔驰。一入夜，探照灯在江面晃动。

酸菜是黑龙江人冬天的家常菜，家家户户少不了腌酸菜用的酸菜缸。每年秋天，各家都买来很多大白菜，将白菜阴凉三五天，把老帮和菜根除掉，洗净后摆放到缸里，分层撒入一点盐，用大石头将白菜压实，然后将缸注满水。过两个月左右，就可以食用了。酸菜味道咸酸，口感脆嫩，吃法也多种多样：可以做"酸菜炖粉条"和"汆白肉"，可以下火锅，还可以包著名的酸菜馅饺子。

冬日小吃最有特色的是冰冻水果，其中味道最好的要数冻梨。梨一冻就不是原有的黄色了，变成了黝黑的肤色。一般要把冻梨放在凉水里解冻，过不多久，冻梨表面结了一层冰，里面的梨肉变得柔软可口，吃上去冰凉酸甜，别有一番味道。东北地区早在辽代的契丹人就有食冻梨的习惯。据庞文英《文晶杂录》记载，契丹人将已冻硬的梨"取冷水浸良久，冰皆外结，已而敲去，梨已融释。"

韩之光从小就在父母的争吵中度过。母亲和父亲从年轻时就开始吵架，战争不断。这有两方面的原因：其一，韩之光的父亲酗酒，尽管父亲异常勤劳，但一个酒徒是经常犯错误的。其二，韩之光的母亲神经不好，年轻时曾患过精神病。

韩之光从小对母亲的感情就特别深。母亲年轻时非常美丽，如今人到中年，昔日的美貌只存在于老照片中了。韩之光继承了母亲的出色容貌，哥哥韩之辉继承了父亲的容貌，皮肤略黑，相貌远不如韩之光出众。哥哥工作忙，业余时间正备考注册会计师，哥哥雄心勃勃，渴望靠考试改变命运。哥俩闲暇时一起踢球，然后各自回屋看书。从小时候起，哥哥就是韩之光的榜样，哥哥以顽强的意志取得了一系列成绩，成为韩之光心目中男子汉的楷模。有时候韩之光会同哥哥谈论文学，哥哥博览群书，具有很高的鉴赏力。

韩之光的母亲也十分勤劳，每天不是忙家务，就是忙这忙那，很少有休息的时候。夏天的时候，母亲去地里间苗和拔草，母亲经常把新鲜蔬菜拉到市场去卖，想到母亲推车走那么远换来一点可怜的钱，韩之光在生活中总是极其节俭。

母亲在做棉被，韩之光坐在一旁，听母亲聊那些家族往事——

韩之光的爷爷是个赌鬼加酒鬼。爷爷在乡下靠做豆腐为生，整日走村穿巷，以响亮的吆喝声惊动村民。每到一个村子，爷爷就买上三两白酒，走一路，喝一路，喊一路，每晚都喝得跟跟跄跄才往家走。奶奶是个勤劳节俭的中国式的农村妇女，她生了八个孩子，活下来四男二女，韩之光的父亲排行第二。爷爷的二儿子是酒鬼，三儿子是赌鬼加酒鬼。这一家人穷困潦倒，不务正业，一直苟活在乡邻的白眼中。爷爷至死都是一个赌徒，把一家人辛苦赚来的钱都败光。韩之光的奶奶为了攒钱，买了一个巴掌大的小猪，小猪小得还不会吃食，奶奶就用自己的奶水喂养小猪，直到小猪会吃食为止。奶奶用了一年心血把小猪养大了，爷爷见状兴奋不已，要把猪赶到集上卖掉，给一家人做几身衣裳，买些生活用品什么的。爷爷把猪赶走后，两天两夜杳无音信，第三天清晨，爷爷坦然地告诉奶奶，他又去赌钱了，把卖猪的钱都输光了。奶奶失声痛哭，因此遭到爷爷的一顿毒打。

家里太穷，韩之光的父亲根本念不起书，虽然父亲每次考试都拿第一。每个村子每年只有两三个学生考上县中学，韩之光的父母都考上了，都没有念。由于贫病交加，奶奶四十多岁就去世了。爷爷五十出头的时候，喝酒喝死了，家里几乎没有人怀念他。爷爷的名字被时光抹去了，对亲人无情的人，注定得不到真心的纪念。

韩之光的母亲和父亲住在望奎县的一个村子，母亲在父亲的下一届，任班长，也是每次考试都考第一名。母亲在娘家生活得好，几乎从未挨过饿。偶尔，妈妈才同大家一起靠野菜活命。

姥爷认为女孩读书是浪费钱，执意让母亲辍学，妈妈兴冲冲地考上初中，家里却不供，母亲伤心过度，大病一场。母亲工作后勤奋上进，19岁加入了中国共产党。母亲在日记上写道：

今天是我最幸福的一天，加入了党组织，这个向往许久的幸福之日终于到来了，终于盼到了……

1967年7月15日，母亲在日记上写道：

　　哪怕身体弱，也要立志献身革命。比如焦裕禄，为革命而生，为革命而死，是高尚的，是光荣的，也就是死得其所。我愿意，积极努力，创造条件做这样的一个人。

1968年6月29日，母亲在日记上写道：

　　今日，天空乌云密布，屋内很黑，只在角落里有一盏小油灯。唱忆苦歌的时候，全屋人无不落泪。屋外狂风怒吼，大雨倾盆。开始吃忆苦饭，是谷子加麦麸，这是我有生以来第一次见，同时也是第一次吃。切记勿忘！

母亲22岁那年在聋哑学校学习针灸，在日记本上写下了一首诗：

　　细雨霏霏迎春天，点点滴滴意非凡。

　　若非良缘遇春客，迎春之花岂能鲜？

韩之光的文学天赋无疑来自母亲。母亲自幼酷爱文学，熟读中国古典名著，母亲大半生中无数次阅读过《红楼梦》。母亲23岁那年，一个人把电影《徐秋影案件》改编为评剧《江畔疑影》，评剧在生产大队上演数场，深受观众欢迎。

　　韩之光的父母经人介绍订婚，姥爷想招父亲为养老女婿，之后父亲当了四年兵，母亲做了八年赤脚医生。父亲年轻时文采飞扬，一封封情书让母亲深深感动，对这份爱情至死不悔。父亲退伍，被分配到了北安庆华厂当了工人，妈妈放弃了医生职业和别人介绍的有钱有势的对象，嫁给了父亲。妈妈为了这个家，从结婚之初就做了许多牺牲。搬到北安后，母亲把姥爷、姥姥接到了家里。庆华厂的住宅都是砖瓦结构的一排排的平房，唯独韩之光家住在一栋土房里面，一住就是十多年。母亲生下了第一个儿子，可惜孩子由于身体太弱，出生没有几天就夭折了，妈妈悲痛万分地埋葬了大儿子。过了一年，母亲生下了哥哥韩之辉，哥哥一降生就又黑又瘦，像个干巴巴的小老头，妈妈很担心他活不长，对他特别爱护。哥哥刚出生的一百天，白天黑夜都需要人抱着，只要没人抱就号哭，姥姥和妈妈便轮流抱了他三个月。哥哥小时候傻傻的，18个月才学会走路，三岁才学会说话。隔了一年，妈妈又生了一个姐姐，妈妈本来就喜欢女孩，加上姐姐聪明漂亮，妈妈对她爱若生命。谁知几个月后，苍天又夺走了妈妈唯一的女儿。短短几年，妈妈失去两个孩子，她的精神在极度的悲伤中崩溃了，整天喃喃自语，不能上班，经常去精神病院打针吃药，治疗了半年才好。那半年，妈妈回忆说几乎没有记忆力。妈妈在精神不好的情况下怀上了韩之光，韩之光在家庭的凄风苦雨中诞生，在胎儿时期就感受了太多的痛苦与疯狂。

为了纪念夭折的女儿，妈妈从小就把韩之光打扮成女孩，穿花裙子，扎两个小辫子，一直到韩之光三岁那年，韩之光得了肺炎，高烧不退，一连半年打针吃药，才剪掉了辫子。韩之光真心感谢那场大病，要不然不知今天会成什么模样。幼年的经历还是留下了终生的印记，韩之光在刚猛的外表下藏着一颗女子般脆弱敏感的心。上大学后，韩之光才知道，里尔克、海明威幼年都被当作女孩养。而这两位作家的性格走向了两个极端：里尔克有浓重的女性化倾向，海明威则男性化十足，终生刻意炫耀自己的男子汉气概。

家里本来就生活艰难，父亲仍然酗酒无度。母亲为了两个儿子，没有同父亲离婚。韩之光三岁的时候，父亲容不下姥爷姥姥，二老去韩之光的二姨家住了。韩之光被短暂地送到了幼儿园，由于韩之光顽劣成性，经常打其他小朋友，被幼儿园开除了。哥哥从六岁起就独立照顾韩之光。妈妈每天上班前留下一个小饭盒，里面装着水果、饼干、馒头之类的食物，假如韩之光不哭闹，哥哥就不把食物拿出来，看到弟弟哭了，哥哥就拿出食物安慰弟弟。哥哥宁愿自己挨饿，也不让弟弟哭闹。每当妈妈说起当年的情景，韩之光都忍不住要流泪。

哥哥九岁上小学是韩之光人生中的一个转折点，韩之光不适合集体生活，父母便把他独自锁在家里。怕失火烧坏了他，无论冬夏都只锁院门，不锁房门。韩之光从六岁到上小学之前，过着为期两年的孤独岁月。正是在这禁闭一般的两年中，韩之光养成了孤僻、悲观、敏感、怪异、爱幻想的性格。但韩之光从不抱怨，因为每个人的命运都有几分是注定的。韩之光成年后试图回忆那一段时光，只看到一个小男孩整日趴在窗台上看天空的白云。望着天空自由的飞鸟，渴望着自由飞翔。这个小男孩喜欢一个人玩，他把爸爸工具箱里的钉子都钉在地上，在院子里挖一个又一个陷阱，用小木棍和树叶把坑顶封好，还在上面撒上细沙。尽管父母多次陷入过这种坑里去，但从没有责骂过他。他找来一个小铅笔头，在废纸上画下许多谁也看不懂的东西。他爱一个人望着夕阳，幻想在那片橘红色的远方有一个神秘的国度。他爱夕阳，盼望夕阳西下，因为那时候妈妈、爸爸、哥哥都回家了……

韩之光在散文《我对文学的信仰》中曾写道：

　　1977年，三岁的我被父亲所在厂办幼儿园开除。被开除的原因是我脾气暴躁，进幼儿园的一周内几乎天天与小朋友打架，还死不悔改——阿姨批评我时，我拒不道歉，以绝食反抗。阿姨对我母亲说："你们的孩子自己领回去教育吧！"事实上我是厂办幼儿园开除的唯一的儿童。家中经济条件不好，当时又没有私立幼儿园，父母便让哥哥也从幼儿园退学，在家中专职看我。

　　被幼儿园开除是我人生中首次与社会发生冲突，首次以个人对抗群体，首次被群体排斥。在注重人际关系的中国社会里，我无疑一开始就被打上了悲剧的烙印。有人采访海明威："一个作家最好的早期训练是什么？"他回答："悲惨的童年。"长大以后翻了许多中外心理学著作，知道三岁左右恰好是性格形成的关键年龄，我此后所经历的一切不幸都源自那一刻。

　　哥哥上小学后，我一个人被锁在家中两年，养成了异常孤僻的性格，这种性格是不适合从事协作工作的。幼年时我便体验到了与他人的距离及对自由的渴望，从六岁起我被迫成为生活的旁观者，不像其他孩子那样参与游戏和生活。与人交流的大门慢慢关闭，我日后不得不采用文字的方式与他人交流。人是社会性动物，一个人的价值最终要靠社会体现出来，孤独的人是可悲的，首先不符合人的社会学定义。或许，任何天生的作家都是受上帝诅咒的人。

　　回忆童年，印象最深的是天空的浮云，印象中它们在眼前时而是树，时而是人，时而是某种动物，光怪陆离、变幻万千，世界上没有两块一模一样的云，就像世界上没有两个一模一样的人。记得那时的天空是铁栅栏外的天空，那时的浮云在窗棂之间飘动。

大一下学期开学，韩之光因为上学期期末考试线性代数被抓了，去参加补考，惊讶的他在补考考场发现了李娜娜的身影。补考并不难，李娜娜提前二十分钟交了卷，韩之光连忙也跟着交了卷。看到李娜娜在主楼走廊来回徘徊，韩之光有些忐忑和激动地向她走了过去。

那是韩之光和李娜娜第一次单独说话,韩之光当时感觉自己有些呼吸困难,头上也冒了汗,"考得怎么样?"

"还可以。"

李娜娜平静地回答让韩之光一下子镇定了许多,感觉呼吸恢复正常了。"你上课很认真啊,怎么还缓考了一科?"

"上学期期末考试的时候病了,我一到冬天身体就不好。"

这时候李娜娜的寻呼机响了,她皱着眉头看内容。20世纪九十年代手机还是奢侈品,社会上也很少见,学生更是很少有的。大学生都梦寐以求佩戴一个寻呼机。那时,拥有一个寻呼机的时髦程度超过如今学生拥有苹果手机。每次听到寻呼机呼叫的声音,同学们就会心跳加速,这几乎成了一种隐约的炫耀。

李娜娜放好寻呼机说:"轿车在路上撞了,最快得一个小时才能修好,我要找一个教室待一会儿。"

"我陪你在学校四处转转吧,观察你好久了,你每天出了教学楼就上车,哪儿也不去。"韩之光不知哪里来的勇气,提出这样一个大胆的要求。

"那好呀,谢谢你!"李娜娜答应得比较爽快,有点出乎韩之光的预料。

李娜娜戴了一顶白色的贝雷帽,穿着白色的薄羽绒服,她的脸庞白皙细腻,像一个洁白世界中一尘不染的天使。韩之光趁机打量李娜娜秀挺的瑶鼻,如画的眉眼,玉脂般的肌肤,她的身上有一种绝世的空灵与纯净,真是一顾倾人城,再顾倾人国。

韩之光不能理解,人人都长有五官,五官组合在李娜娜脸上,居然有如此完美的效果。李娜娜注意到韩之光的目光有些放肆,微微低下头说:"上大学半年了,我真的哪儿都没有转过呢,对这个大学还很陌生。"

1996年的三月并不冷,黑大校园内的积雪开始融化。韩之光客串起了热情的导游:"一进校门,迎面是高大的主楼,主楼东面是正在修建的新教学楼,新教学楼再往东是运动场和老教学楼,这你都很熟悉了。老教学楼东北方向是图书馆,老教学楼南面是两个食堂,食堂东面是校办的印刷厂和实验楼……图书馆你去过吗?"

"没有。"

"那我们去看看吧,我经常去图书馆。"

韩之光帮李娜娜拎起沉重的书包,带着她穿过校园,参观了图书馆的阅览室。一路上韩之光调动了自己所有的幽默细胞,讲了些真真假假的校园趣事,逗得李娜娜一会儿睁大眼睛,一会儿咯咯直乐。这时的李娜娜仿佛是个新入学的新生,处处感到新奇。由于李娜娜从不在学校食堂吃饭,她都是把饭菜放在保温饭盒里自己带饭。所以,离开图书馆后,韩之光特意带她去了学生食堂。还没有到开饭时间,食堂内空空荡荡,韩之光买了两杯可口可乐,李娜娜只象征性地喝了一口,就放在桌子上了。

出了食堂,李娜娜觉得有些乏了,走向了路边的木长椅。多年的风吹雨淋使木长椅油漆块块脱落,露出发黑的木头来。李娜娜从书包里拿出报纸铺在椅子上,报纸上面又放了一个坐垫,才坐下。

韩之光犹豫了一下,也挨着她坐下了。

李娜娜用清澈的大眼睛打量着韩之光,韩之光则趁机研究起了她长长的睫毛和清晰的弯眉。

韩之光问:"你为什么这样看着我?"

李娜娜说:"好奇呗,我一直觉得世界上有两种人最难理解,一种是男画家,一种是男诗人。"

"我几乎两样都占了。"

"听说你擅长写诗和画画,你最喜欢哪门艺术?"

"当然是写诗。绘画是我的爱好,诗却与我的生命有关,代表彼岸,代表终极的意义。"

"有点玄之又玄。"李娜娜显得比较感兴趣。

"我们处于一个信仰崩溃的时代,我把诗歌作为一种独特的信仰。诗歌之于我,相当于宗教之于信徒。"

"写诗是为了记录某种心情吗?"李娜娜的眸子闪闪发光,嘴角泛起迷人的微笑,这瞬间的光彩,像一支温柔的箭射穿了韩之光的心房。

韩之光顿时觉得自己的心脏开始狂跳,血液一下子涌向了大脑:"也对,但主要是对生活的反抗。艺术永远与生活为敌,灵魂要飞跃,肚子却在饥饿中喊叫。艺术与生活离得最远，同时也离得最近……"

"我真想读读你的诗了，可惜现代诗读来总是不知所云。"

"读诗和品人一样，需要逐步进入某种状态之中。"韩之光自己也仿佛进入了某种状态，口齿越发伶俐，一直侃侃而谈。

不知不觉，当李娜娜的寻呼机再次响起时，一个多小时已经过去了。

"车来了，我要走了。"李娜娜低头看了一下寻呼机，起身准备离开。

韩之光期期艾艾地问了句："能把你家的电话号码给我吗？"

李娜娜犹豫了几秒钟，还是掏出了笔和纸，写给了韩之光，"这个电话不要告诉班上的其他人，千万别说啊。"

"你家电话还保密？"

"我不喜欢被其他人打扰。"李娜娜想了想，又写下一组数字，"后面的是我的寻呼机号码，是汉显的，你有事可以先呼我，我给你回电话。"

目送那辆白色的轿车逐渐远去，韩之光的心也仿佛被带走了。

巨大的喜悦冲击着韩之光，他晚饭几乎什么都没有吃，却一点都不饿。当天夜里韩之光躺在床上，久久无法入睡，与李娜娜对话的情景像电影一样一幕幕闪现在眼前，他又一次失眠了……

舞王和五妹菁菁每日形影不离，宛如老夫老妻，舞王每晚不再打牌下棋，改为跟全班学习第一的菁菁上自习了。

黑大公布了新校规，抽调各系学生会骨干组成校风校纪纠察队，天一黑就戴上红袖标在校园内不定期巡视。新校规中有一条"男女交往不庸俗"。韩之光见到舞王和菁菁手拉着手，便调侃："你俩交往太庸俗了！"

五妹菁菁笑了笑："有些人到了师大恐怕比谁都庸俗吧？"

那晚，舞王正与菁菁在校园僻静处搂搂抱抱，忽见远处几道电筒的光束慢慢移动过来，是校风校纪纠察队！舞王担心自己阴沟翻船，成为校园特大新闻，二话没说跑至围墙下，双手往墙上一搭，飞身越过高墙，然后从黑大正门从从容容返回寝室。舞王正跟大家描述虎口脱险的经历，他的传呼机响了，五妹菁菁告诉他纠察队见她一个人就没过问。看罢呼机内容，舞王仰天狂笑不止。

那段日子，黑大举办了书画比赛，韩之光获得绘画一等奖，韩之光兴冲冲地邀请李娜娜去观看画展。

李娜娜那天穿了件编织精美的白色披肩和一条样式新颖的白色牛仔裤，远远望去，好似一个古代的仙子，长发飘飘，白衣胜雪。

画作展览在主楼前的宣传栏内，韩之光画的是丘吉尔、斯大林、罗斯福这三巨头，李娜娜说："画得很像啊，丘吉尔画得最好，表情丰富。"

韩之光赧然地说："画得不算太好，太匆忙了，用水粉只能画到这个效果了。油画能刻画得更细腻，可惜我又不会。"

李娜娜向后退了一步，仔细端详这幅画，"你画得比其他人好很多，不过，距离画家的境界还有很大的差距，只是业余选手中的佼佼者。"

韩之光小心掩饰着心底的尴尬："你的眼光还是很敏锐的。"

上课时，李娜娜示意韩之光和她坐在一起，课间休息的时候两个人也经常一起聊天。放学后李娜娜还让韩之光陪她一起等轿车，这让韩之光觉得有些受宠若惊。

一个月后的一天放学后，韩之光正陪着李娜娜等车，李娜娜突然打断了韩之光正在说的校园趣事："以后我们别总在一起了，我中午去寝室休息，寝室女生都在议论咱俩，说咱俩在处对象。"微微停了一下，李娜娜整了整鬓角的头发，接着轻声说道："我感觉这样不太好，让同学们误会，还会耽误你找女朋友。"

韩之光哑然地张大了嘴巴，沉默了半晌，他轻轻叹了口气，说道："我从小家庭就异常贫困，父亲是一个酒鬼，前年做生意被骗得倾家荡产，母亲因此经常同父亲吵架，还喝药自杀过，抢救过来后，命是保住了，胃却给烧坏了。我五岁时，哥哥就带我去垃圾场捡拾工业垃圾中的废铜烂铁，把卖的钱交给母亲补贴家用，一共捡了六年。家乡管我们这种人叫'捡破烂儿的'，我和哥哥从小就比同龄人坚强。父亲前年做生意被骗得倾家荡产，我是靠全家人节衣缩食才能读大学。像我这种一直生活在不幸中的人，任何打击我都挺得住，你可以离开我，没关系的……"

听到这些，李娜娜眼圈渐渐红了，她沉默了许久才似乎下定决心地问道："听说你在哈师大有个女朋友？"

"没有的事儿，只是老乡，来往多一些。"韩之光违心地撒了个谎，他的脸不知不觉红了。

"那么你喜欢她喽？"

"我，我也不知道喜欢不喜欢。"

李娜娜轻轻地晃动着身体，目光有些游离地四处张望着，脚尖有一下没一下地踢着路边的野草："你这个人也太容易摇摆不定，人家那孩子误以为你喜欢她，你该跟人家女孩解释清楚……你吻过她吗？"

"我，"韩之光不禁语塞了，他此时恨不得在地上找个缝隙，马上钻进去，"吻过……不过，我已经不跟她来往了。"

"是为了我吗？"李娜娜突然回过头来，紧紧盯住韩之光的眼睛问道。

"是的。"韩之光长长地吐了一口气，仿佛突然间解脱了似的。

李娜娜倏地笑了，神情中带着一丝顽皮，这和她平时的冷若冰霜完全不同。这时，接她的轿车来了，她自顾自地上了车，把尴尬的韩之光一个人扔在了路边。就在汽车开动的瞬间，李娜娜突然打开了车窗，脸上带着狡黠而欣喜的微笑，她大声道："你不允许对我有非分之想，我们是不可能的！"

那天晚上，韩之光给李娜娜写了第一封信：

> 娜娜，你喜欢月夜吗？月呀，不论圆缺，总给人以温厚的安慰。静静地于月下漫步，或独个儿坐在长椅一角，总能品出一番滋味来。我爱这半明半暗的朦胧，爱这寂然之境，小我投入大我的虚无之中。月光似水，洗去了日间的郁闷与劳顿。月下，你可以慵懒地往长椅上一靠，任凭露水打湿发梢。
>
> 娜娜，此时此刻我完完全全地想念着你。夜已经深了，你恐怕早就入梦，我想象着你睡在舒适温暖的床上，呼吸均匀又恬静。而我呀，狂热地想化为一个精灵，飞到你身侧，轻轻地搂着你，亲吻你楚楚可怜的面庞。忘记世界，忘记爱的痛苦，忘记昨天与明天，悄悄地步入你的梦里，而不把你惊醒……
>
> 独坐在月下长椅上，你清丽的脸庞，你动人的笑靥，你甜美的嗓音，重新萦绕在周遭。我不敢打破这一清晰的幻觉，不敢发出半点声响，不敢把目光移开，不敢伸出手挽留你。娜娜，你的身影在我的眼前能长久吗？娜娜，

> 你的出现,是神的赐福还是神的过错?
>
> 为你写了这首《你和我》:
>
> 我们是隔着天河的两颗星
>
> 我们是黑夜里互相辉映的灯
>
> 我们是天使两翼洁白的翅膀
>
> 我们是深情的呼唤和峡谷的回声
>
> 我们是灾难降临时紧紧相握的手
>
> 我们是沙漠里挣扎的身体和身影
>
> 我们是融在一起的两行泪水
>
> 我们是绝境中彼此鼓励的眼睛
>
> 小城诗人 1996 年 3 月 12 日

李娜娜读到信中的"娜娜,你的出现,是神的赐福还是神的过错"时,禁不住哭了。尽管她家庭非常富有,从小却是极度寂寞的,几乎没有一个朋友。她的父亲整日忙于做生意,母亲是个控制欲极强,还有着严重洁癖的女人,从不让李娜娜接触外面的世界。虽然中学时也不乏追求者,但是母亲对她看管极其严苛,只要涉及一点所谓的男女交往,都是十恶不赦的"重罪",只要发现一点苗头,就会招来一阵暴风骤雨。这也是李娜娜一直保持着独有的清高与孤傲的原因。然而,内心深处,李娜娜也很渴望得到一份爱情,她一直幻想着能有个像好莱坞影星克拉克·盖博那样的男子,带给她一份真挚的、火热的爱情。而此刻出现的韩之光,给了她希望。

春天来了,丁香花开始在黑大的校园里怒放,花香四溢,李娜娜觉得整个城市都充满了浪漫的气息。

韩之光去哈师大的次数逐渐少了,威儿仿佛预感到了什么,一连来了三封信:

光：

　　最终被哈师大录取了，象牙塔悄然坍塌在心里的某个角落。

　　在这个人情愈发淡薄的年代，教师保存了世间的一份天真与执着。我将来是要去当老师的，身边的同学大多数不喜欢教师这个职业。我自知自己缺乏与成人交往的能力，和天真的学生在一起，我是自由的，放松的。当教师是我最大的理想。唯一让我不安的就是自己不具备一名好教师的条件，会对不起那一双双渴求知识的眼睛。

　　寒假里，一切都像做了一场梦一样，你匆匆而来，又匆匆离开。三天一转眼过去了，你走近，我心里也说不出那是什么滋味。我始终回避、拒绝你。我当时的心是矛盾和困惑的，理也理不清。我当时是害怕，害怕呀！我怕等我全部付出的时候，留给我的是一个致命的伤害。你能明白和体谅我吗？我了解你从来不喜欢做出承诺，但，你知道吗，我多么希望你能对我发誓，永远地疼我、爱我、照顾我。我一生中最大的期望就是能碰到这样一个人。

　　从不奢求你能带给我富贵，只求你今生今世与我相守，我也就心满意足了。

你的威儿
1996 年 3 月 15 日

光:

今天在大街上,看到一个女人吃力地走路——挺着大肚子。我好害怕,同时也感到挺神秘,将来的某一天,你会带着那样的我走在街上吗?真不敢去想。但我又想,如果我们有一个可爱的小宝宝,你就会一辈子守在我身边了。

我自知不是个出色的女孩,可能除了外表之外,没有其他的优点。而外表是最靠不住的。我好怕,怕你的心从某一天起不再为我燃烧,那我这颗冰冷的心该在何处安置?你是个充满激情的诗人,精力充沛,热情似火,我怕被你的爱情之火烧毁。只求你能用一颗平常心对我,威儿便别无所求了。

写了一些随感,都是与你有关的:

谁主宰着我们的命运,又是谁遮住我们的双眼,使我们看不清未来?

希望你飞翔之后,不忘脚踏大地,文学毕竟该反映现实生活。如果你没有真实地生活过,怎么敢自信把握了生命的本质呢?

除了上帝,谁都有弱点。你太骄傲了,骄傲得不能正视自己的弱点。

你蔑视普通人的悲欢离合,老百姓怎么会被你的文字感动?

我希望你执着,但不偏激;希望你优秀,但没有超脱常人的思维。倘若让我选择,我倒宁愿你平平常常。

爱,是各国语言中最美的一个词。盼望有一天,伴随婚礼进行曲同你走上红地毯,那是我此生最期盼的日子。

你的威儿

1996年3月16日

之光：

　　我昨晚做了个梦。梦见来到古典的四合院，房子一间挨着一间，我一间间地走过去，房子之间都有门连着，很多间屋子都空无一人。房顶吊着方形宫灯，家具也是古代的样式。"这是哪儿呢？"我自问。一些穿着清代服装的女子出现了，不知忙些什么，几个妇女对着我指指点点。我注意到门窗贴了大红喜字。我想："是谁结婚呢？"有人喊："新郎到啦！"我一看是你！你穿着长袍马褂胸前戴着大红花。我急了："那炕上坐着的盖着红盖头的是谁呀？"我跑过去掀起了盖头，是一个不认识的中年妇女。新娘不是我！我伤心得哭起来，醒来发现枕头都湿了。

　　人家说梦都是反梦，但愿真是这样啊。

　　闲下来的时候，我就一个人坐在桌旁，望着你的照片，回忆甜美的瞬间，我常把身子靠在椅子里，仿佛又回到你的怀抱，我喜欢那种安全、体贴的感觉。有时也想到未来，想到人世的苦难……你能明白我现在焦躁的心情吗？我考虑到日后组成家庭的重重障碍（原以为凭着真爱一切都会解决的），考虑到我们如何一起工作。如果人能抛开一切烦恼，像儿童般无忧地生活该有多好啊。

　　我唯一的希望就是你能承担起这个重任，只要你肯承担起这个责任，那一切就有盼头了。因为你是后毕业的，你要与我分到同一个城市。

　　这个世上最大的不幸是，活着，却没有人爱。

　　一想到我们老来相伴的情景，我就感动得直想哭。并且也真的哭了……

威儿
1996年3月18日

　　一年的大学生活，改变了韩之光，也开阔了他的眼界，他已经很久没有梦到故乡的山山水水了。他现在有些理解威儿妈妈临别时的话语和神情，因为选择威儿或许就意味着要同她一起回家乡，那个北方偏僻落后的小城，这与韩之光对未来的憧憬是矛盾的。一连几天，他吃不下饭，也睡不好觉，经过激烈的思想斗争，他给威儿寄了封挂号信。

> 威儿：
>
> 　　我无力战胜自我的怯弱和现实的压力。爱情是一把双刃剑，伤害了你也伤害了我。我想到了抛弃妻儿的高更，想到了穷困潦倒自杀的凡·高，想到了终身不敢结婚的卡夫卡。艺术要求艺术家献身，投入生活的炼狱，毁灭肉体，换得永恒。理想和事业要求我孤独，那遥远的光芒吸引着我，召唤着我。我像一只飞蛾，投向了艺术的火焰。
>
> 　　威儿，以你的天生丽质，有权利得到别人妻子能得到的优越地位，富足的生活，而这一切身为诗人的我都无力给你。世人把现代派诗人当作疯子，往往他们就真的发了疯。
>
> 　　况且，我不忍心让你跟着我一同吃苦。
>
> 　　我们分手吧。
>
> 　　我像一朵浮云，在你的心头投下阴影后，又不得不飘走，因为风不让我停留……
>
> 永远爱你的光
1996年4月2日

这封信如石沉大海，没有回信也没有任何回音，自此以后，威儿再也没来黑大找过韩之光。

威儿没有做错任何事，对韩之光也是一往情深。同威儿分手是一件亏心事，威儿是韩之光一想起来就觉得对不起的人之一。

在韩之光所有的女友中，通情达理、积极乐观的威儿是性格最好的一位，年龄大了他才懂得，选妻子最重要的条件不是外貌和金钱，而是性格。有时候韩之光会想：当初娶了威儿，这一生会怎样？

在这之后的很长时间里，韩之光的心情都格外沮丧，恰好诗人贾诚来黑大看他，苦闷的韩之光终于找到了倾诉的对象，他请贾诚在小食堂吃了饭，然后拉着贾诚来到运动场，天很阴，要下雨的样子，正如他的心情。

韩之光不知道如何将自己的心结向朋友讲述，于是还是从文学聊起："我最近构思了一部中篇小说，一个人患了绝症，狂热地沉迷基督教，他盗窃教堂的一幅基督受难画像时意外杀死了一个守夜人。他逃回家里，心中有极大的负罪感……对，主要是描写这种愧疚之情。"

贾诚说："这个构思不错啊！一个人患上绝症本来就够痛苦了，又杀了人，主题够沉重的！沉重的作品才有可能是大作品。"

"主要是对主人公进行心理描写，模仿《罪与罚》开篇的杀人部分，详细写出杀人后的感受。另一个人因为自己而毁灭，这种悔恨的感觉。"

"确实不好写。"贾诚每次谈文学都十分兴奋。

运动场周围有台阶式的观众台，韩之光和贾诚坐了下来，迎面吹来阵阵夹杂着湿气的风，云层更加浓密了。

"如果你觉得自己有负于人，一个人该怎么面对自己的良心呢？"韩之光迟疑了半天，终于转回正题。

贾诚问："你是说小说中的人物？"

"我只是问这个问题。"

"没有体验过，我只求做人做事无愧于心。"贾诚突然笑了起来，"告诉你个好消息，我恋爱了，周末我要带女朋友去看兰格的比赛，哈尔滨兰格对长春亚泰，你去不去？"

面对贾诚的这个突如其来的消息，韩之光不禁愣住了，看着沉浸在爱情中的贾诚，满肚子的话也只好憋在心里，"这个周末我们要上英语四级课，恐怕去不了！"

"那太遗憾了！"贾诚有些惋惜地说道，"我还想把女朋友介绍给你认识呢！就是上次我带你看的辩论赛的主持人，记得吗？那个穿白色套装的女生，是我们学校会审系的系花！"

韩之光隐约有些印象，只是那次他们坐在大教室的最后一排，并没有看清楚那个女生的样子，只记得她的主持风格大气稳重，声音甜美而清澈。

"太好了，有机会你可以带她来黑大，我请你们去吃自助餐，对面老华西海鲜自助晚上8点以后打折，10元一位……"韩之光很快把自己的烦闷抛在一边，为贾诚高兴了起来。

正在这时候，一辆大巴开到了运动场，从大巴上下来了一些运动员，贾诚仔细观看，兴奋地说："是兰格队！"这时候韩之光才注意到黑大校足球队已经在场上热身了，在运动场两旁围观的学生越来越多。

过了一会儿，黑大校队同兰格队正式开始友谊赛。

韩之光对黑大校队队员都十分熟悉，看得全神贯注。裁判是黑大的足球教练，他是黑大队和兰格队的教练。一开场，兰格队员就显示了超凡的实力，个人技术十分全面，这是一场职业队员同业余队员的比赛，尽管黑大队在全国都有名次，但还是无法同职业队员比。兰格队整体上比黑大队高一个层次。

令韩之光惊讶的是兰格队员一个头球居然能顶那么远！

在黑大众多师生的加油下，兰格队并没有立刻把优势转化为比分。黑大右后卫"大船"积极拼抢，奋力抵抗住兰格前锋的冲击。黑大守门员"大蒙古"表现神勇，左扑右挡，至少扑出了三个必进球。上半场兰格队没有进球。

到了下半场，职业队员的体力优势显现了出来，黑大队员的动作有些慢了，也有些变形。兰格队右前锋晃过后卫，一记怒射，大蒙古虽然扑对了方向，但没有扑出球，球进了。黑大围观的师生没有一个人鼓掌或喝彩，这个球进得无声无息。兰格队虽然占尽了先机，却没有扩大战果，无法再次攻破黑大队的密集防守。最终的结果是兰格队以一球获胜，黑大队虽败犹荣。

韩之光和贾诚一直看到最后，感觉比赛非常精彩。

贾诚走后，韩之光去了自习室，不知为什么突然才思泉涌，他开始创作大一期间唯一完成的小说：书信体爱情小说《九封信》，讲述一个画家抛弃女友的故事。小说女主人公的原型就是威儿，小说中引用了威儿的许多信件。通过这种形式，威儿的信件得以保存，多年以后，韩之光重新翻看这篇并不成熟的作品，才发觉这篇作品的珍贵，因为它代表着青春。

一天，韩之光像往常一样去图书馆的时候，金融班的杨海生拦住了他，"我有几句话要对你说。"

韩之光停住了脚步，第一次仔细打量矮小的杨海生。杨海生嘴角带着一种凶蛮的表情，显得粗俗又丑陋，厚大突出的下唇令人厌恶，他的小眼睛带有一丝阴险的凶光。杨海生油光发亮的头发像希特勒那样梳成三七开，发梢倾斜至眼角。他身上穿着紫色的金利来衬衫，腰间别着大哥大，左手戴着一块瑞士金表。

韩之光皱了皱眉，说："有什么话你就说吧。"

"是关于李娜娜的，"杨海生阴森森地说："你最近跟她走得太近了，你要考虑一下自己的身份！"

韩之光冷笑着，傲然说道："那关你什么事！"

杨海生有些气急败坏，他重重地喘着粗气："你，你个山炮……我警告你，最好离她远一点，要不然，走路要小心！"

感觉受了侮辱的韩之光愤怒地一把推开了挡在面前的杨海生，怒吼道："你给我滚远点！"

四天后，韩之光吃过晚饭，走在去图书馆的路上。

韩之光每天背着一个双肩的蓝色书包，这是他区别其他同学的标志，整个校园似乎只有他一个人背这种书包。这个书包是他在黑河街头买的俄罗斯商品，笨重而结实。

突然，有三个穿得流里流气的男人走到韩之光面前，为首的男人问："嘿！你是韩之光吗？"

韩之光停住脚步，昂着头看了他们一眼，"我就是。"

没有口舌之争和所谓的前奏，三个流氓一起扑了过来，拳脚相加。韩之光虽然身体素质极佳，力量也不小，但没有防备的他一瞬间身上和头上挨了好多下。韩之光一时间怒火上涌，挥舞双手机械地抵挡着，却并未感觉一点疼痛，就像非洲草原上一头被三只鬣狗围攻的愤怒的公牛。

一个路过的女生大喊："快跑啊！"

一句话惊醒了韩之光，韩之光发挥出了身体素质的优势，挣脱了三个流氓的纠缠，飞快跑向附近的一栋教学楼，三个流氓追了几步，发现追不上他，只好悻悻地离去了。韩之光跑着跑着，觉得头上黏糊糊的，一摸才发现头上正在流血，估计是刚才在搏斗中被流氓手上的戒指刮的。韩之光没有去学校的医务室，干脆直接穿过校园，去了黑大对面的211医院，挂了个急诊。医生把韩之光头发剪掉了一些，在其头上缝了十多针，又罩了一个网状绷带，显得很难看。头上被打的时候，韩之光并没有感觉疼，只是在缝针的时候才感觉疼痛。医生开了消炎药，让他在医院急诊室打了点滴才能走，坐在急诊室的椅子上打点滴的时候，韩之光发觉身上被打的地方开始疼了，尤其是右肋，每次呼吸都疼痛难忍。

回到寝室，同寝兄弟问韩之光是怎么弄的。韩之光回答说是不认识的校外流氓打的。

舞王老六说："二哥，报警啊！"

韩之光说："算了，让学校知道了，以为我打架，再给我一个处分。"

舞王说："你这是对恶的纵容！"

星期一上英语课的时候，韩之光来到教室，李娜娜看到韩之光的样子问："你的头怎么了？"

韩之光说："没什么，不小心碰的。"

李娜娜埋怨地说："你怎么这么不小心啊！要是伤了眼睛，就是一辈子的事儿了。"

晚饭过后，韩之光犹豫了半天，终于还是给李娜娜打了个电话，"你上午问我受伤的原因，我没有告诉你，我是因为你才挨打的。"

李娜娜惊讶地说："为了我？怎么回事呢？"

"前两天杨海生找过我，让我离你远点，我没有理他，他就找流氓打我。"

"这个杨海生也太坏了！还找流氓打你，他算老几？无耻！"李娜娜气得在电话那边哭了起来。

韩之光反倒被弄得有些手足无措了，他反倒安慰起李娜娜来了，"你别哭啊！我也没受什么伤，一点皮肉之苦而已，我只是想告诉你，他不是好人，不要被他骗了！如果他再来骚扰我，我会好好给他颜色看看的！"

李娜娜还是不停地落泪，这个突如其来的变故不经意间击碎她矜持和高傲的假面。

"虽然我知道，你并不喜欢我，只是把我当成朋友，但是看到你这么关心我，我还是很幸福的，别哭了，好吗？"韩之光在电话里轻声安慰着一直抽泣的李娜娜。

李娜娜此刻头脑一片混乱，她感觉到怒火在心中不停地燃烧起来，"谁说我不喜欢你了？我就是喜欢你，怎么了？他杨海生算什么东西啊！凭什么管我啊？"

韩之光一下子愣住了，久久没有说话，这是一份意外的惊喜，虽然伴随着身体的疼痛。

星期二上经济学大课的时候，杨海生特意坐在李娜娜身边，想跟她套近乎。李娜娜冷冰冰地说："请你离我远一点！"说完，李娜娜收拾起书包离开座位，同韩之光坐在了一起，中间没有间隔，紧挨着坐的。

杨海生尴尬地坐在那里半天，第二节课就怏怏不乐地坐到后面去了。

下课了，同学们纷纷散去，教室内只剩下韩之光和李娜娜，他俩坐在一排排空荡荡的桌椅之间。

李娜娜忧伤地望着窗外，教室也仿佛被她的忧伤感染了。

韩之光从侧面仔细端详着李娜娜。李娜娜是标准的瓜子脸，皮肤白嫩细腻，眼睛像儿童那样黑白分明，眉毛很清晰，嘴唇很性感，李娜娜长得酷似电影《追捕》的女主演中野良子，她小时候的绰号就叫"真由美"。

韩之光小心地将右臂移到身后，慢慢向李娜娜肩膀伸了过去，敏感的李娜娜一下子脸就红了，她紧张地一把推开韩之光伸过来的手臂："不许搂我！"

"为什么？"

"不好……门还开着呢。"

韩之光几步冲到教室门口，悄悄关上了门，又坐回李娜娜身边。

李娜娜脸上的红晕渐渐开始消退了，她小心地摸了摸韩之光还包裹着纱布的头，怜惜地轻声问道："还疼吗？都是因为我，让你受苦了。"

其间有几次，韩之光扳住李娜娜的肩膀，试图与她面对面，想吻她。李娜娜觉察出来了，左右摇晃着身子，抗拒着："不行，不能让你得寸进尺！"

韩之光深情地望着李娜娜，李娜娜问："你追求我是因为我富有吗？"

韩之光微笑着说："你的价值远远高于金钱。"

韩之光再次伸出手臂，这回李娜娜没有拒绝，静静地让韩之光搂着，身体也渐渐向他靠了过来，两人低声说着话，就这样一直坐了两个来小时，天渐渐黑了。

夕阳从大教室的窗子印了进来，暮色中李娜娜的脸色也在霞光中红润了起来，韩之光不知不觉地沉醉在美景中，再也无法自拔。

送走了李娜娜，韩之光径直找到杨海生的寝室，把他叫了出来。这时的操场上人来人往，没有人注意到他们。韩之光问："我被人打了，你对这件事一定很清楚吧？"

杨海生不敢与韩之光对视，眼睛望着旁边说："你挨打，跟我有什么关系？"

韩之光说："你能爷们儿点儿吗？敢作敢当！"

杨海生期期艾艾地说："你被打的事情，我真的不清楚。"

韩之光说："我现在警告你，只要你打不死我，我绝不会放弃李娜娜。这次我没有报警，是给你一次机会。下次你如果再找人的话，我会直接揭发你！"

杨海生说："跟我没关系，不是我。"

韩之光说："你别把别人当傻子！"

杨海生灰溜溜地走了。

大学生活让韩之光感觉到生活充满了希望和美好，这里的一切都是来自偏远小城的韩之光所不熟悉的,他由衷地喜欢上了哈尔滨这样的大城市,不仅喜欢它的繁华,还喜欢它有大型的图书馆和书店,这一切是韩之光家乡那个小城所不能提供的。

转眼到了五月中旬,韩之光和李娜娜的恋情在班上公开了。

下了会计实验课,韩之光和李娜娜躲过了众人,偷偷绕到了实验楼后面,那里树枝繁密,很阴凉。李娜娜有些紧张,她连声问:"带我到这儿干吗?你要干什么呀?"

韩之光狡黠地说:"带你看看黑大东边的湖。"

"怎么没听别人说起呢?"

"所以要带你看啊!"

黑大东面是一大片塑料大棚,根本没有湖。不过在明媚的阳光下,看起来亮晃晃的有几分像湖水。

李娜娜往东边望了望,说道:"围墙太高了,我什么都看不见。"

韩之光事先来这里做过侦察,从容地指着二尺多高的树桩说:"站在这儿上面就行了。"

李娜娜在韩之光的搀扶下上了树桩,望了一会儿说:"看起来不像是湖。"

"本来就不是湖,是塑料大棚。"

"你这个人真讨厌,骗人家,快扶我下来呀。"

韩之光趁机把李娜娜抱在了怀里,李娜娜脸羞得通红,头往下低:"我不喜欢这样,不喜欢!"

"我想吻你,不知道你喜不喜欢?"

韩之光轻轻地把李娜娜放在了地上,却没有放开她,反而越抱越紧。

李娜娜浑身有些战栗,顺从地甚至让韩之光有些惊讶,她用力闭着眼睛,扬起了嘴唇,手臂无意识地微微挥动了几下,用只有自己才能听到的声音,喃喃自语:"我反抗了,我真的反抗了!"

那是韩之光有生以来最沉醉的一个长吻,吻到后来,李娜娜整个人都瘫软在韩之光的怀中,窒息了一般,两个人都飘飘欲仙。

韩之光在日记上记下:"第一次吻娜娜,迷醉。"

几天以后,韩之光和李娜娜跑到了主楼顶楼平台上,李娜娜身体不好,爬楼累得气喘吁吁,一抹血色让她的脸庞显得十分艳丽诱人,他俩小心地走到铁栏杆旁,向下张望。韩之光望着李娜娜,忽然问:"如果这会儿我掉下去,你怎么办?"

李娜娜咬着下嘴唇,轻轻回答:"我不管!"她看了一眼脸色微微发白的韩之光,紧接着坚决地说:"我也跟着跳下去!"

韩之光无言地将李娜娜搂紧,两人并肩向远方眺望,校园里到处都是一片葱绿,远处晃动着一些黑色的人影,像蚂蚁般来来往往。

过了许久,李娜娜对韩之光说:"我爸爸妈妈去北京做生意了,要两个月才回来。那辆车也跟爸爸去北京,司机不能接送我了。"

"那你这些天上下学怎么办呢?"

"坐出租车。"

"每天谁给你做饭?"

"姥姥搬我家去了,她给我做饭。中午我像往常那样用保温饭盒带饭。"

"中午你跟我在食堂吃吧,还能吃口热乎饭菜。"

"我嫌食堂的饭不卫生,怕落下病。"

韩之光笑着说:"咱们自己准备饭盒,不就没事了?学校食堂应该比校外饭店干净。大家都吃这些饭菜,也没有谁得病的。"

李娜娜静静地望着韩之光,从钱包里拿出了一张卡,"我这里有个食堂的饭卡,妈妈在里面存了点钱,一直没用,不知道还有没有了。"

韩之光领李娜娜去食堂,随手划了一下卡,卡内有一千元整。

李娜娜问:"一千块够吃多少天?"

"我能吃三个月吧,不知道你能用多久。"

"你饭量那么小?"

"是饭菜便宜,我打的都是大锅菜,现炒的菜比较贵。"

"那我们日后天天吃现炒的菜。卡就放在你那儿,没钱了我就添。"

李娜娜同在北京的父母打过招呼,午饭和晚饭都在学校吃,不用姥姥来做饭了,姥姥回到了自己家。李娜娜家就剩下她一个人了。

几天以后，李娜娜忽然病了，没有去上学。中午，韩之光与李娜娜通了电话，下午下课后去看望她。

下了公共汽车，要穿过一条小街。韩之光觉得走在这条普通的街上有种异样的感觉，仿佛自己日后还会多次走这条路，两旁不过是饭店、药店、五金店等平凡的商铺，街道也是一副平平常常的模样，却在他心底唤起了莫名的悲喜交加的感觉。

路的尽头是一个转盘路，旁边有一个公用电话亭，韩之光打电话给李娜娜，李娜娜让他在固特异广告牌下面等她，转盘路西边立着一个巨大的广告牌，画面上是一个巨大的车轮，上面写着"固特异轮胎"，广告牌中间是一个长着翅膀的靴子，英文是：GOOD YEAR。

后来历经三年的风风雨雨，这块广告牌始终没有更换。固特异广告牌仿佛一个大隐隐于市的哲人，望着眼前川流不息的车流与人流，脸上是超然物外的神色。

李娜娜家是三室一厅，客厅铺着大理石，三个卧室都铺着木地板，墙壁也装饰着纤维板，用铜丝镶嵌。屋内摆放着成套的进口家具，厨房摆放着大理石餐桌，客厅上方是复古吊灯，尽显奢华。客厅里摆着用树根雕的茶几和凳子，韩之光从未见过，感觉十分新奇。屋角还摆放着一台跑步机。韩之光从未见过如此豪华的房间，感觉像进了五星级酒店。

屋内一尘不染，进屋要将外衣脱掉挂在门边的衣架上。

李娜娜说："我们家人一进屋就洗澡，冬夏都这样。"

韩之光洗完了澡，换上了为他准备的干净内衣。

韩之光问："你的身体怎么样了？"

"还是老毛病，心肌炎，不舒服就躺了一天，跟导员请假了。"

韩之光看到客厅内摆放着一架钢琴，便问："你会弹钢琴吗？"

"初中时学过两个月，好久没练，手生了。"

李娜娜拿出了老照片，让韩之光看。"去世的姥爷曾担任省委组织部部长。看，我姥爷一家原来就住在俄式别墅里，有保姆，还有警卫员。这些照片是姥爷视察时照的，四周都是他的下级。我姥爷是1969年时去世的。"

韩之光有些惭愧地说:"我爷爷是个酒鬼,五十多岁喝酒喝死了。我爸是个普通工人,也是个酒鬼。"

"哎呀!"李娜娜假装皱起了眉头,嘴角带着顽皮的笑容,"那谁敢嫁给你呀!"

"他们是他们,我是我。"

"遗传很可怕的。你现在还看不出来,也许你年纪一大,就会变成酒鬼。记住,对其他女孩子不要这么说了。人家一害怕,就不肯嫁给你了。"

韩之光笑吟吟地把李娜娜抱在怀里,轻轻地在她的唇上印了一个吻。

他俩并肩坐在沙发上,李娜娜认真地问:"你爱我吗?"

"我永远只爱你一个!"

李娜娜眼圈红了,轻声说:"你可别骗我,我从小就幻想有一个重感情的男孩子爱我,宠我,把我当小公主,只爱我一个。我一辈子就想找到这样的男人……你觉得我哪里好呢?"

"你美丽、善良、纯洁、高贵,仿佛来自一个纯美的世界,让我只能仰视。"

李娜娜有些羞涩地说:"我小学时候填表,民族一栏我填的是'贵族'。"

韩之光被这个冷笑话逗得哈哈大笑起来,惹得李娜娜追在他身后,用小拳头一阵打。

李娜娜其实是一个从小在蜜罐中长大的孩子,从小就没有什么朋友。韩之光写给她的信件和情诗,她都反复阅读,被深深地感动。

韩之光继续说着绵绵情话:"我们都是孤独的人,爱的人不多,但爱得热烈,爱得真诚。"

"孤独中产生的爱情,也许不会长久。"李娜娜的眼泪成串地滴落下来。

韩之光把李娜娜抱在怀中,深情地问:"你愿意嫁给我吗?"

李娜娜含着眼泪说:"只要你对我好。"

类似的情话他俩说了很多,反反复复地说,李娜娜也不觉得乏味,她很愿意一遍遍地听。李娜娜哭了:"我觉得我们的爱情结局是一个悲剧,不知道为什么。"

韩之光无法回答她的话,只是把她搂得更紧。

韩之光开始做晚饭，李娜娜破涕为笑，快活地给韩之光打下手。

次日，韩之光和李娜娜放学后，打车来到了李娜娜家的小区，天正下着雨，李娜娜的脸色一直阴沉着，她一直缓缓地走在韩之光的身后，没有说话，来到她家的楼门口，李娜娜表情凝重地说："我们分手吧！"

韩之光不解地问："我做错什么了吗？"

"你没有做错什么，两个人不合适就不能在一起，没有什么对与错。"李娜娜的声音有些嘶哑和挣扎。

韩之光面对着突如其来的噩耗，心仿佛被刀割一般痛，"你是嫌弃我的家庭吗？"他哽咽了一下，泪水止不住地流淌了下来，"我知道自己配不上你，我们可以分手，但是我会一直等你，会等你十年。"

李娜娜清澈的眼睛也瞬间湿润了："我值得你等十年吗？"

"值得。也许我配不上你，但请允许我默默地爱你。"

李娜娜忍不住猛地扑到韩之光的怀中，大声痛哭起来。韩之光紧紧抱住她颤抖的身体，开始低头狂吻。

李娜娜伸出双手，不停地挣扎着，捶打着他的肩头，俏丽娇美的脸蛋上，沾满了泪水，眼眸却像是燃烧了起来。一阵微风拂过，雨伞顺势罩在了两个人的头顶，挡住了行人的视线。

他俩擦干了眼泪，在附近超市买了蔬菜和鸡肉，洗过澡，开始做饭。两个人在厨房里面忙碌，有种新婚夫妇的感觉。李娜娜不会做饭，只能帮忙洗菜，韩之光不让她动手，她还是围在旁边。

吃饭的时候，李娜娜说："今晚你留下来吧，陪陪我。晚上我一个人太孤独了。"

他俩坐在沙发上看电视，那晚播放的电影是《双旗镇刀客》，时隔多年，韩之光依然清晰地记得电影的内容。

李娜娜拿出一盒磁带，放在录音机里放给韩之光听，那是李娜娜演唱的《今夜让我梦中有你》：

"I wanna see you tonight

而你仍在夜里徘徊
　　I wanna see you tonight
　　而我仍在梦中等待
　　I wanna see you tonight
　　当你欢容早已不在
　　I wanna see you tonight
　　等我青丝也变灰白
　　……

　　李娜娜的歌声清丽婉转，透着深深的悲伤，让韩之光看到了李娜娜性格中悲观的一面。

　　李娜娜和韩之光相拥着一直聊到午夜，他俩是在两个屋子分开睡的。韩之光留宿李娜娜家这一天是儿童节。

　　六月二日，他俩一早就醒来了，手拉手去散步。

　　行人稀少，韩之光和李娜娜在中山路的天桥上接吻，一个晨练的老人向他俩挥手，那个老人在倒着走路，一边走一边挥手，他俩也激动地向老人挥手。此情此景，令韩之光终生难忘。

　　七月八日，考完试，韩之光就住在了李娜娜家。

　　洗完澡，李娜娜换上了华美的丝绸睡衣，那件睡衣是淡粉色的，摸上去极为光滑。

　　韩之光渴望发生奇迹，与李娜娜发生肌肤之亲。当李娜娜躺在床上休息的时候，韩之光则躺在李娜娜的身旁，对她动手动脚。

　　对于发生亲密关系，李娜娜不是半推半就，而是一口回绝。韩之光不敢动粗，怕一下子失去李娜娜。他俩每天买菜、做饭、看电视、打羽毛球，像一对恩爱的小夫妻。

　　七月十三日这天，乌云密布，窗外刮起了闷热而躁动的风。韩之光终于脱下李娜娜的羞涩的面纱。

　　第二天，李娜娜给韩之光写了一封情书，韩之光一直把这封信保存着。

亲爱的之光哥哥：

　　认识你之前的生活，极其简单。我小学、初中、高中、大学都在哈尔滨度过，没有经历太多的挫折。认识你之前，我经常处于内心封闭状态，日子虽平静，却总有挥之不去的淡淡忧悒。中间常有男同学追求我，我都没答应，有人背后说我因美丽而骄傲，其实我总觉得人来到世上不容易，不能草率地对待人生。可能冥冥之中真有缘吧，我等了二十多年，终于等到了你。（感谢上苍！）

　　今天我才意识到我已经离不开你了，我要生生世世和你在一起！

　　是你把我从女孩变成了女人，你要善待我一辈子。

　　我喜欢你身上的男人气味，是你给了我这种幸福，今生我只要你给我这种幸福……一切的一切，都是认识你以前所不知道的。

　　尽管你身上还有许多毛病让我受不了，但是你如果真心爱我，我深信你一定都会为了我改变的，是吗？

　　一千次吻你。

你的小冤家：娜娜
1996年7月14日

　　李娜娜用小学生那样工整的字体写的信，句句都发自肺腑，李娜娜的字迹和声音，韩之光永远都能一下子就分辨出来，从来没错过。

　　李娜娜自幼孤独，不但把韩之光当作自己的男朋友，还当作丈夫、朋友和哥哥。她称呼韩之光为"之光哥哥"。

　　他们的爱情像天空一样，从早到晚，有不同的颜色：

　　早晨，爱情是金红色的，调皮而梦幻。

　　正午，爱情是深蓝色的，饱满而热烈。

　　黄昏，爱情是朱红色的，落日般庄严。

　　夜晚，爱情是深黑色的，沉思般静寂。

他俩天天都在一起说话，说啊说个不停。

李娜娜告诉韩之光，说高一时她患了重感冒，她妈妈她怕在医院染上传染病，坚持在家治疗，结果李娜娜持续高烧，烧出了心肌炎，不得不休学了一年。李娜娜说她那时感到自己被他人抛弃了。她一个人独处的时间更多了，经常看世界名著，看名著的时候常常会落泪。她说她那一年左右的时间经常躺在床上，每天吃药，她说她好寂寞。

李娜娜说她好感谢韩之光，感谢韩之光让她不孤独了。李娜娜说她好爱韩之光，爱他胜过了爱自己，那是她的真心话。

李娜娜的爱有太多的颓废色彩，有太多的占有欲望，那是孤独产生的力量。

李娜娜给韩之光看她小时候的照片，都是一些黑白照片，小时候的李娜娜胖乎乎的，非常活泼，两岁时还拿着本书假装看书。太可爱了！另外一张照片，李娜娜伸出胖胖的小手，像在呼唤什么人。

李娜娜拿出小学的日记，让韩之光看，她说小学阶段是她一生最快乐的日子。那是1987年的日记，当时李娜娜读小学六年级。

　　3月2日　星期一　天气：晴

　　今天，我碰见孟亮了。假期里我一直没见到他，到学校的头一天也没见他，我还以为他转到外地去了呢，心里不觉踏实了许多，没想到今天又看见他了。

　　下课站队时我就看见他了。他穿着一身军大衣，我装作没看到他，也一直没让他看见我的正脸。可是中午站队前，我先上楼了一趟，正好和他碰了个面对面，他已经看见我了，我发现他的目光一下子变了，两眼一动不动地看着我。不过这只是一瞬间，我很快转过了脸，走进了教室。

　　我现在已经基本上把他忘了，我还在坚持，一定要把他忘掉！现在的任务就是学习！学习！再学习！

　　3月4日　星期三　天气：阴

　　看来我的想法是够幼稚的！我想要避开孟亮，可是事情却没有我想的那么简单。尽管这两天用来月经的借口（其实我早就没了），不出去跑步。这才稍稍好点。课间我还得下楼站队，不过那倒没什么关系，反正他只能看到我的背影，我也不回头瞧他。

但是这样还不行，今天下午他俩又一次对视了。今天是我值日，下午放学后，值完日，我和陈芳买汽水回来，上楼时，孟亮又看见我了，这次跟昨天一样，我又没来得及躲。他在走廊里，他的目光比昨天还集中，两只眼睛毫不躲闪地看着我，也说不上那是一种什么样的目光。我也说不出见到他时心里是一种什么滋味，我要好好想想，以后该怎么办？

3月8日　星期日　天气：晴

我和姥姥去秋林三楼买衣服，我一下看中一件蓝色的外衣。今年流行孔雀蓝的，这件衣服就是这个颜色。恰好一位阿姨正在试那件蓝衣服，她穿显得特别难看。我也要了一件试穿，这一试倒好，在场的人都说好看，还招来了不少人。他们都说："这个小姑娘穿这件衣服真好看！"我决定买这件了。售货员阿姨对我态度可好了，夸我长得好看，我和姥姥买下这件衣服就走出了秋林。

这时我想起忘记买饼干了，姥姥说到花园商店去买。花园商店的售货员认识姥姥，他们也不停地夸我长得好看。我可真高兴！人长得好看多重要！

3月9日　星期一　天气：晴

开学已经有一个星期了，第一次不愉快的事情就发生在今天。

今天我穿着新买的那件蓝衣服和白鞋子去上学。你就看这帮女生吧！叽叽喳喳就开始议论上了，最能讲的就是李丹和吴丽丽，说我衣服和裤子不配套了，说我穿这双白鞋也不怕冷……我可真从心底讨厌她们！不过一想，也不用跟她们吵，再忍耐忍耐吧，还有一学期就分开了。

3月16日　星期一　天气：晴

下午放学我们一帮女生站在校门口，胡小琳说："你们看，孟亮。"她们都往校园里看，我没看。她们说："喝醉酒了！"我忍不住回头一看，孟亮的胳膊搭在张春阳的肩膀上，一歪一斜地走出校门，脸还涨得通红，真像喝醉了似的。我赶紧把头转了过来。

她们走后，胡小琳对我说："孟亮肯定想你都想疯了，积成病了。"我说："别瞎说了！"听了她的话，我仿佛也有一种预感，好像她的话是对的。我现在越来越想知道孟亮到底喜不喜欢我……

日记到此戛然而止了，韩之光问李娜娜为什么不继续写下去。李娜娜说日记被父母发现了，打了她一顿，不许她搞对象。她母亲还去学校告诉了老师，让班主任老师看住李娜娜，不让李娜娜和孟亮来往。李娜娜伤心极了，从此不再写日记。

李娜娜的父母七月底从北京回来，结束了韩之光和李娜娜伊甸园一般的日子。

李娜娜的父母没有让李娜娜去机场迎接，而是直接回到家中。他们看到韩之光也在家里，十分诧异。李娜娜的父亲中等身材，身形微胖，眉目间透着慈祥。李娜娜的母亲又瘦又高，一双大眼睛向外突出，眼睛经常神经质地转动。眼睛外凸是甲亢病人的特征，韩之光后来才知道李娜娜母亲有甲亢。李娜娜的母亲有严重的洁癖，说话飞快，说话非常难听，极难相处。见面第一天，李娜娜的母亲就对韩之光评头论足，头发太长需要理发，吃饭时拿筷子的姿势不正确，整个人缺乏教养，等等。

李娜娜的母亲后来让韩之光受了不少苦。她的洁癖使家务量变得惊人，她每天五点钟起床，常常要忙到晚上十点才睡。她将蔬菜和水果先泡在水中，然后用洗涤液清洗，再反复冲洗。她要求内衣一天就要洗，外衣三天一洗，每天拖地两遍，并要把所有的家具擦干净。韩之光憎恨一切与文学无关的东西，认为做这些家务活都是浪费生命，所以干起来马马虎虎，李娜娜的母亲每次就在一旁监督。以李娜娜家的经济实力，是雇得起保姆的，先后换了几个保姆，都因为家务过于繁重，被累跑了。再者，李娜娜的母亲为人异常尖酸刻薄，也让保姆忍无可忍。

韩之光在李娜娜父母回来的第三天就回家了。

李娜娜去火车站送站，看到韩之光跟她挥手，李娜娜不住地抹眼泪，终于哭成了泪人。李娜娜穿着一身粉红色的棉布衣服，像《红楼梦》中哭得梨花带雨的林黛玉。李娜娜每次给韩之光送别都会流泪，韩之光问她为什么会哭，李娜娜说不知为什么，只觉得空落落的，只想哭，仿佛上辈子欠了你太多的眼泪。李娜娜无限深情地爱着韩之光，生怕失去韩之光。其实韩之光根本不值得她这么做，真的不值得。

恋爱头半年李娜娜是非常幸福的，中间也有小的吵架，但他俩刚刚尝到爱情的甜头，觉得爱情生活甜如蜜。

以后的三年，李娜娜和韩之光一起在学校吃饭，李娜娜的饭卡常年放在韩之光那里，李娜娜经常往卡内存钱。韩之光把省下来的钱都买了文学书。没有李娜娜的资助，韩之光连十分之一的书都买不起。韩之光大学期间买了两书架书，摆放在床头和床尾。韩之光那些年的所作所为，很像一个吃软饭的男人。

李娜娜后来把寻呼机给了韩之光，这样找韩之光方便一些。李娜娜还给韩之光一些电话卡，让他接到传呼就给她打电话。

下面这封信的题目是《给妻子的情书》，写于他们热恋期间，韩之光对李娜娜是动了真情的：

（1）

打完了电话，心中一阵怅惘，不由自主地来到自习楼顶楼，在万家灯火中寻一座灯塔，因为你就住在那儿啊！凝望渺渺的灯塔，不觉想起我们并肩在窗口望着它的情景。当时我们肩并着肩，手握着手……不觉想起每一次夜幕降临，我便偷偷祈祷夜不要走，就让夜永远属于我俩吧，在夜里紧紧相拥，体验彼此的战栗。

（2）

又跑到了四楼朝着你家遥望，今晚空气特别清新，远处的许多霓虹招牌格外清晰，零落地散在夜里。我喜欢这座自习楼，因为爬到四楼便可以望着你，娜娜，每每朝你遥望时，我常涌起莫名的悲凉，天地间灯火烁烁，人群中我俩是多么脆弱，多么渺小，宇宙间无极的黑暗似乎在向我俩召唤，我忽然想哭，我需要你温柔的吻。

（3）

你的车走了，我突然难过起来，世上除了你，还有谁这样依恋我，需要我。我仿佛听见你悲切地呼唤："之光哥哥，你在哪儿？"心中充满了痛惜的爱恋。珍重，宝贝。宝贝，珍重！

> （4）
>
> 你说，抱着我吧，我怕睡熟的时候死去。亲爱的，让我搂着你沉沉地入睡吧，抛开沉重的躯体，轻飘飘地步入神秘之国，让我的灵魂与你的灵魂拥抱、接吻、追逐、嬉闹。哪怕我们不能再发出声音。亲爱的，让我搂着你沉沉地入睡吧，让我们呼吸于彼此的呼吸之中，在一缕渐渐消失的光里，成为永恒。
>
> 1996年11月11日

半年以后，韩之光把一部分热情转移到文学创作上去了。韩之光那时自认有文学天赋，一心只想出名。李娜娜开始把文学视为爱情的敌人，总是反对韩之光搞文学。李娜娜只想把韩之光攥在手心里，拥在怀里，让韩之光日日夜夜陪伴她。李娜娜曾不止一次说过韩之光自私，韩之光振振有词地说："我不在乎吃，不在乎穿，只在乎多点时间读书写作，这哪里是自私！"李娜娜说："写作是你一个人的事，它影响了咱俩的感情，这不是自私是什么？"

莎士比亚说："爱是一种甜蜜的痛苦。"一到双休日，李娜娜总是催促韩之光到她家去。韩之光忙完了李娜娜家的家务，总是因为浪费了时间而焦灼不安。睡觉的时候，李娜娜和韩之光是分开睡的，李娜娜就像《西厢记》的女主角，那个到张生房中幽会的大家闺秀崔莺莺。

李娜娜最喜欢的小说是《红楼梦》，最喜欢的电影是《乱世佳人》，可见她的鉴赏力还是很高的。李娜娜指出韩之光作品的缺点："你的作品都是从名著中学来的，没有生活，你不热爱生活，作品没有生活气息。"

韩之光天天和李娜娜一起上课，与同学们渐渐疏远了。他俩显得特立独行，以至于女生们给他俩起了个绰号叫"酷男酷女"。

唐代女道士李冶有一句诗：至亲至疏夫妻，是啊，世间最亲密又最疏远的两个人一定是夫妻……韩之光知道李娜娜是真心爱他，不知为什么，他俩却经常争吵，为一句话，为一点无聊的小事也能吵起来。每次总是李娜娜首先发难，韩之光偏偏是个不懂得忍让的男人，他俩总是吵架、和好、流泪、做爱、恩爱如初，然后再把这一过程一次次重演。韩之光常常纳闷：别的情侣间也是这样吗？为什么会这样？为什么一对相爱的人彼此间还不如对外人那样能够容忍。

托尔斯泰中篇小说《克鲁采奏鸣曲》中说："恋情由于性欲满足而枯竭，我们的关系就剩下相互的对立，也就是说，我们是两个陌路相逢的利己主义者，都希望尽量从对方身上得到快乐。我说它口角，其实不是口角，而只是性欲满足后我们之间真实关系的大暴露。我当时不懂得，我们这种冰冷的敌对关系其实是正常的。我当时所以不懂，因为这种敌对关系很快又被重新升腾起来的性欲也就是恋情所掩盖。"韩之光读到这一段感觉深深被感动，仿佛在说他和李娜娜大学时代的关系。

韩之光也跟李娜娜的母亲吵架，李娜娜的母亲常说："穷，我们就不嫌了，要命的是，你这人还特酸，穷酸！谁也受不了！"一提到类似的话，韩之光总是勃然大怒，与她争吵。每次与李娜娜母亲吵架之后，韩之光总是多日不去李娜娜家，李娜娜两边苦劝，左右为难。

这封信，便写于韩之光同李娜娜母亲吵架之后。

亲爱的娜娜：

我们之间的恋情，是我有生以来的第一次完全意义的恋爱。我曾经恋爱过，但那是一种柏拉图式的精神之恋。同你相爱到现在，是我此生最快乐的时光。

娜娜，你说过："正因为你穷，我对你的爱才是真的。"娜娜，你给了我那么多，如果需要偿还的话，我下辈子也还不起。我们相爱要顶住各方面的压力，又要适应彼此家庭习惯、个人气质等方面的矛盾。由于性格偏激，你我常常吵架，对不起，娜娜，真的对不起！娜娜，给我时间，让我在漫长的余生里为你而歌，好吗？娜娜啊，你是这世界上第一个为我的诗流泪的女子。感谢你的理解，我该如何回报你。

你是个很独特的女孩，具有贵族气质、聪明、善良、纯真，具有东方女子的古典美。你又是很脆弱的，爱怀旧，对旧情念念不忘，我曾一再伤害你，你却从不舍得伤害我。你火热地爱着我，如果真有来生，我选择的还是你。我又何尝不知道，你有许多弱点（如脾气不好，身体不好，意志不坚定，等等），但自从我向你求婚那天起，我就负担了这一使命——爱你，关心你，照顾你一辈子。我一生都忘不了当初向你求婚时，作为少女的你的回答：

——你愿意嫁给我吗？

——只要你对我好。

我记得你多次在我怀中说："我给你生，给你生小宝宝，我给你生大光、中光、小光。"如今追思，不觉泪下，我仰着脸，让眼泪纵横流淌……

谈谈你的父母吧，我不大喜欢他们，他们也讨厌我。你母亲的性格是我所不喜欢的，大的方面如粗暴的封建家长制作风，干涉子女行为；细节处如洁癖、喜怒无常，等等。我知道，我同你母亲有巨大的分歧，对你的伤害是极大的。双方都是你所爱的人，使你陷入痛苦。我不难想象，每次我同你母亲发生冲突，你痛楚的心情。但你每次都不顾一切投入了我的怀抱，怎么不让我愧疚和感激。

大学期间，我们都要把书读好，专业知识也许会成为我们日后谋生的手段。

而你我的未来呢，我想，一定会有许多磨难、许多坎坷，无论多么艰难，只要你在我身边就好，让我们一同生活，一同养儿育女，一同安度晚年，百年之后，你有你的业绩，我有我的一本本著作……虽然我们曾经孤独过。

最后，让我献给你一首济慈的《灿烂的星》，这首诗是济慈献给情人的绝笔之作：

啊，不，——我只愿坚定不移地

以头枕在爱人酥软的胸脯上，

永远感到它舒缓地降落、升起；

而醒来，心里充满甜蜜的激荡，

不断，不断听着她细腻的呼吸，

就这样活着——或昏迷地死去。

之光哥哥
1997 年 2 月 17 日夜

  韩之光和李娜娜的生活主题是爱情，表现的形式是一起学习。

  韩之光选修的都是中文系的课程。这学期韩之光和李娜娜选修了演讲学，课程有一个环节，章老师让学生们轮流上台来演讲，学生们都是照着稿子念的，唯有韩之光完全脱稿，他一上台，就高声说："我演讲的题目是《诗歌——当代的神话》。"随后韩之光开始滔滔不绝地讲述，讲了足有十分钟。

  韩之光演讲之后，同学们一起给他鼓掌，这是其他同学所没有的待遇。没想到那个中文系的章老师非常愤怒，批判了韩之光足有半个小时："你写了七年诗，你太把自己的那点才华当一码事了。你喜欢用大词，我们听不懂，什么叫'海子的诗歌具有太阳和大地的精神'？你说的'兰波那高大的身影，飞扬的长发，就像是一个梦。兰波像一颗流星，光芒四射地划过法兰西文学的夜空。'听上去好听，究竟怎么回事？我们不明白啊！不像是文艺批评，又不像是人物小传，不伦不类……你太需要学习演讲了，你犯了演讲所能犯的一切错误！你的演讲听上去语言华丽，其实结构失调，语无伦次……你这不是演讲，而是一派杂乱无章的胡言。"

  韩之光对章老师的批评感到怒火中烧，为了学分只好忍耐。批评韩之光的人与他不是平等的，不给他以反驳的机会。韩之光首次认识到平等的话语权的重要性。这是韩之光生平第一次遭遇当面的恶意攻击，多年以后依旧记忆犹新。

  下课后，韩之光正和李娜娜整理物品准备离开，一名男同学走上前来，自我介绍："我是黑商的学生，叫王旭东，听了你的演讲，十分佩服。我们黑商也有一位诗人，我想介绍你们认识一下。"

  韩之光留下自己的呼机号，让王旭东方便时联系他。

经过王旭东的积极沟通，定下了韩之光与黑商诗人见面的日子。一个周六的下午，韩之光按照王旭东留下的地址找到了那个小区，那是一片普通居民楼，韩之光爬到了四楼，按了门铃。

开门的是一个年轻人，他又瘦又高，皮肤微黑，头发长而凌乱，衣服马马虎虎，身上有股艺术家气息。

韩之光以为他就是诗人，此人开始自我介绍："我叫张玮，以画卡通画为生，这位是黑商的诗人徐文华。"

徐文华着装和举止像个公务员，与韩之光热情地握手。

这是张玮的家，办公桌上堆满了完成和未完成的画稿。房子是一室一厅，客厅的电视上放着《倩女幽魂》，大家坐在沙发上，张玮连忙把电视关了，端上了几杯热茶。

寒暄过后，徐文华递给韩之光一张报纸，是黑龙江商学院的校报，徐文华是校报主编。看了头版，韩之光不禁皱眉：上面醒目位置刊登着汪国真的照片和诗歌。

韩之光说："你们校报刊登汪国真的诗歌干什么？汪国真是一个标志，谁赞美汪国真，谁就不懂诗歌！"

徐文华脸色有些难看，说："不见得吧！1990年，34岁的汪国真老师创作了诗集《年轻的潮》，掀起了轰轰烈烈的'汪国真热'，汪国真老师四处演讲，签名售书。大中院校学生几乎人手一册汪老师的诗集。这样的影响力，当代哪个诗人可以拥有？"

韩之光说："诗才平庸的汪国真对事物的细微之处的感受力极为迟钝，他的诗中永远不会出现原创性的诗句来，只能随着时尚人云亦云。"

徐文华说："我不能同意你的观点，汪国真老师的'我不去想，／是否能够成功，／既然选择了远方，／便只顾风雨兼程。'难道不是好诗？"

韩之光说："如今，真正意义的诗歌退出了公众的阅读视野，现代诗像考古学一样成为极少数人懂得的学问。"

徐文华说："这恰恰证明现代诗在后退啊！流失了读者，诗歌还有存在的意义吗？拥有广大读者的诗歌，才是好诗歌。"

韩之光说:"你的意思是说那些港台流行歌词才是真正的好诗？照此逻辑，金庸才是中国现当代最伟大的作家！"

徐文华说:"金庸作为通俗文学大师，是当今文坛的泰山北斗！"

韩之光笑道:"你的文学偶像是汪国真和金庸，我们真的没有什么可谈的了。你和我黑大的那些同学是一个档次啊。"

张玮说:"两位诗人不要争论下去了，你们是通俗文学和严肃文学之争，很难争论出个所以然的。"

韩之光说:"这世界上有两种懂得体会生命的人。第一种懂得体会生命的人轻轻举起杯子，在风里花里雪里月里，慢慢品尝杯中酒，岁月无情，酒尽了，人便悄悄地隐去。这样的人有陶潜、杜甫、李渔。第二种懂得体会生命的人，举杯就一饮而尽，大叫一声:'好酒！'然后把杯子摔碎，发出响亮的声音。这样的人有荆轲、霍去病、海子。"

张玮说:"我原来以为徐文华是个优秀的诗人，现在遇到韩之光我才知道自己错了。这就像李鬼遇到了李逵！韩之光才是真正的诗人，有思想，有魄力。韩之光，你一定会出名的！"

整个论战过程中，王旭东几乎一言未发，只是敬佩地听着。中午争论得饿了，王旭东买来一些肉包子，张玮做了两个素菜，大家吃了之后继续争论。韩之光和徐文华并非势均力敌，但谁也无法说服对方。

六年后，韩之光在杂志上发表了一篇评论《汪国真：十年后虚弱的反击》，把汪国真骂得狗血淋头，那是与徐文华这次争论的继续。

韩之光不是生性好斗的人，只是与徐文华在文学理念上差异巨大，所以才争论起来。二人的争论不属于那种道不同，不相为谋，本质上两个人都是诗人，都是难得的真心热爱文学之人。这种争论，也属于热血青春的一部分。

韩之光补考统计学，开学前两周来到黑大，寝室里只有他一个人，他每天吃方便面，专心复习课程。忽然有人敲门，韩之光开了门，竟然是李娜娜。

韩之光问:"你怎么进来的？现在不是管得严了吗？"

"楼下收发室根本没有人啊，我就直接上来了。我给你带好吃的了，留着这两天吃。"

李娜娜从兜子里拿出一个塑料袋装的大列巴和八九根哈尔滨红肠。大列巴是一种俄式大面包，味道芳香诱人，圆形外观宛如一个头盔，秋林公司的大列巴通常有五斤重，烘烤一小时左右，外焦里嫩，内瓤松软可口，口感微酸，有酒花的芳香。红肠的外观是枣红色，红肠的味道多是大蒜味的，里面还有许多肥肉丁。

李娜娜说："红肠可以夹在大列巴里，非常好吃。你早餐吃这个就可以了。"

韩之光接过食物，在李娜娜脸蛋上亲了一口。

李娜娜说："为啥不去我家备考呢？"

"那我就会沉浸于温柔乡里，无心学习了。"

李娜娜说："我请你到校外饭店吃一顿，养足精神，好好备考。"

韩之光和李娜娜来到黑大北边的一个小饭店，店内人不多，李娜娜不顾韩之光的反对，点了六个菜，小饭店的菜量非常大，摆了满满一桌子，韩之光只好硬着头皮吃，余下的只能打包拿回去。

回到寝室，李娜娜检查韩之光的床铺，"还行，弄得比较干净。跟我在一起，你也变干净了。"

韩之光苦笑了一下……

韩之光没有想到一场灾难在等着他和李娜娜。

那天，韩之光补考完统计学之后，照例给李娜娜家去电话，李娜娜说："之光，我可能怀孕了！例假推迟十天没来，这段日子你一直忙补考，怕耽误你学习，我一直没有告诉你。"

韩之光吃惊地说："怎么可能呢？"

"我们去医院检查一下吧。"

韩之光拉着李娜娜的手，绝望地在哈医大二院内走着，先是验了尿，结果出来了，李娜娜没有怀孕。接着几天下来，李娜娜的例假还是没有来，韩之光和李娜娜又去211医院做了验血检查，这次结果确凿无疑：李娜娜已经怀孕！

李娜娜说："之光，咱俩结婚吧！咱俩不念这个大学了，把孩子生下来。"

韩之光深感考大学的艰难，十分舍不得这个大学文凭，便劝李娜娜说："娜娜，我们还年轻，还有很多机会怀孕，这个孩子流掉吧，就算我对不起你了。"

他俩又商量了好半天，最后决定做流产。李娜娜和韩之光抱头痛哭了很久。

韩之光心情十分郁闷，正好哥哥韩之辉出差来哈市，韩之光便向哥哥要钱，哥哥给了韩之光三千块钱，让韩之光照顾好李娜娜的身体。

李娜娜做流产那天是1997年3月25日。

李娜娜选定在黑大对面的解放军211医院做流产手术。李娜娜挂号用的是假名字：李迎。

轮到李娜娜进去做手术了，韩之光的心揪得紧紧的。医生为李娜娜做手术的时候，韩之光望着雪白的冷漠的墙壁，韩之光感觉有把刀子在剜他的肉，韩之光的心在流血，为李娜娜，也为那个未曾谋面的孩子。这个世界不让他俩把爱情的结晶生下来，韩之光第一次感到自己的无能为力。对于这个世界，他是如此的无能，连自己的老婆、孩子都保护不了。

李娜娜在手术室的时候，韩之光望着窗外的黑大主楼，心中无比痛苦，这是生平第一次有女人因他怀孕，韩之光多么希望有一个自己的孩子。如果不是读大学，韩之光是希望有一个孩子的。如今不但要不成孩子，还对李娜娜的身体造成伤害。望着黑大主楼上方闪闪发亮的"HD"标志，韩之光不知不觉跪了下来，默默为李娜娜祈祷，盼望李娜娜平安无事。

李娜娜从手术室艰难地走了出来，她的脸异样苍白，混杂着紧张、悲伤和痛苦。李娜娜扬手给韩之光一个耳光，"都怪你！"李娜娜哭了，眼泪无声无息地流淌。韩之光扶着她坐在椅子上，休息了一会儿。韩之光扶着李娜娜去坐了电梯，随后打了辆车，送李娜娜回家。

手术还算比较顺利，但李娜娜说手术非常疼，像一个电钻在钻身体。李娜娜说她看到了那个流掉的孩子，只是一个小泡泡。后来李娜娜一直称这个流产的孩子为小泡泡。

流产孩子的损失随着时间的推移显得越来越重要，韩之光多年以后常常想：一个欢蹦乱跳的孩子，就这么被杀害了。当年娜娜的那个孩子如果没有流掉，现在多大啦？

流产后，李娜娜在家中休养了一周，借口心肌炎犯了，打了三天点滴，点了消炎药。李娜娜没有把流产的事告诉父母。韩之光一周内去了李娜娜家三次，每次都是心情忧郁。李娜娜的母亲唠唠叨叨地训斥韩之光，韩之光也没有反抗。

李娜娜流产后，韩之光感觉异常失落，他俩的爱的果实破碎了，被丢入了垃圾桶。他俩被迫杀死这个不合时宜的孩子，实实在在地造了一桩孽。韩之光感到某种罪恶感，这种罪恶感有时压得他喘不过气来。

韩之光忽然想一个人看一看哈市的老教堂。韩之光打了辆车，司机把韩之光拉到了一个胡同口。

穿过一个门洞，眼前豁然出现一座砖红色的教堂。这是一座约五层楼高的东正教堂，主体建筑有一个洋葱头式的穹顶，钟楼和主塔楼屋顶上都耸立着金光闪闪的十字架。教堂简介说这座教堂始建于1926年。

朝西的门紧锁着，韩之光绕到教堂南侧，宣传栏内有幅基督受难的水粉画，下面用大字写着：十字架是一切神恩的源泉。

韩之光感到口渴，走进了一个收发室，屋内天棚低矮，光线昏暗，韩之光对一位瘦小的老奶奶说："老奶奶，我口渴了，讨杯水喝。"

老奶奶倒了杯开水，笑吟吟地请韩之光坐在火炕上。

老奶奶问："这位小兄弟，以前没见过你呀？"

韩之光对这个称呼很窘迫，就回答说："我是第一次来，不过老奶奶您怎么叫我兄弟啊？"

"我们都是上帝的儿女，不管多大岁数，男的都是兄弟，女的都是姊妹。"

小屋内的摆设极为简单，墙上贴了张红色的"爱"字。韩之光注意到柜子上摆的《圣经》除书脊外三面切口都涂为红色，忍不住问："为什么《圣经》切口上涂成了红色？"

老奶奶郑重地说："那是耶稣的血染红的。"

韩之光一边把水吹凉一边同老奶奶闲聊，可能是心情不好，特别想找一个上年纪的陌生人聊聊。老奶奶的脸刻满深深的皱纹，像罗中立早期的油画人物。

"老奶奶，您老人家高寿？"

"七十八啦。"

"您还真硬朗啊。"

"托主保佑。"

"老奶奶，您信教多久了？"

"十二年了。"

"老奶奶，您真相信有上帝吗？"

"怎么没有！我活着就是为了给神作见证。"

"作见证？"韩之光疑惑地问。

"神选中了你，你就要给神作见证。给那些不信神的人证明上帝的存在。"

"这世界上有地狱吗？"

"有。专门装那些罪人的。"

韩之光尽量平静地问："杀害自己孩子的父母会下地狱吗？"

"那是作孽呀！当然会下地狱！"

韩之光给老奶奶鞠了个躬，离开了小屋。韩之光感觉自己罪孽深重，萌生了加入基督教的想法，多年来由于种种原因，他最终没有加入。

流产过后，李娜娜总是提到死，精神变得颓唐。李娜娜很少写东西，那天她在韩之光日记的扉页上写了一篇《忏悔》，那是她为流产的孩子而写的：

我知道，你不愿看到我的沉沦，尽管你恨我——你应该恨我，是我一手造就了你，又亲自毁灭了你。可是我知道你依然爱我，因为你我本是一体。我不能原谅自己，竟残忍地扼杀了你，而自己依然苟活，从此我便更加惧怕黑夜，因为黑夜把我带入无尽的痛苦，但我又疯狂地迷恋黑夜，因为睡眠最能接近死亡。从此我不敢回忆，宁愿过去成为空白，可是我办不到，随着时间的流逝，你却依然清晰，你的形态，你的心跳，仿佛仍然与我合二为一……

韩之光感觉自己十分悲伤，在真正的悲痛面前，任何安慰都是苍白无力的，他安慰不了李娜娜。

韩之光像往常一样，走进了图书馆，机械地翻书。一本书跃入他的眼帘：《癫狂的爱——陀思妥耶夫斯基的三次爱情》。韩之光在高中读过一本外国作家小传，知道陀思妥耶夫斯基曾经受过假死刑和监禁，患有癫痫病，又嗜赌如命，韩之光想：这位历尽人间苦难的人，将有着怎样的爱情？

韩之光一口气读完了《癫狂的爱——陀思妥耶夫斯基的三次爱情》，陀翁的光辉形象透过作者蹩脚的叙述放射出来。接下来韩之光读了考夫曼的《存在主义——从陀思妥耶夫斯基到沙特》，从思想上进一步了解了陀思妥耶夫斯基。韩之光跑到书店买来《罪与罚》《卡拉马佐夫兄弟》等陀翁的几部伟大巨著。从此，他开始狂热阅读陀翁的书籍，成为陀思妥耶夫斯基的信徒，仿佛落水的人抓到了一块圆木，他的创作也由诗歌转向了小说。

陀思妥耶夫斯基成为韩之光的信仰，这位伟大的思想者受尽了人间的苦难，在著作中汇集了种种思想，他的小说是思想的诗篇，各种思想交战、搏斗、融合，汇聚成灼热的火山熔岩，喷涌而出。韩之光把陀思妥耶夫斯基置于一切作家之上，奉为文学的主神。与陀思妥耶夫斯基有关的书籍，都被打上了神圣的烙印。韩之光画了一幅陀思妥耶夫斯基的水粉画像，挂在床边。

舞王老六说："二哥搞文学像从事宗教般虔诚。你写一首诗，比别人写一百首诗都有意义。"

寝室这段日子发生了一件趣事：

舞王老六洗完澡，正赤裸裸地站在寝室内胡侃。屋外传来了敲门声，老六满不在乎地喊："敲什么敲？！进来！"学习委员走了进来，"哎呀妈呀！"女学委一见到裸体的舞王，脸涨得通红，慌忙跑了出去。

当晚，舞王在女学委面前赤身裸体的事在寝室引起了轩然大波，大家纷纷议论。主要是议论女学委的复杂心情，认为她应该是感到惊喜，超过了害羞。

哲人老三用了三年时间仍无法原谅韩之光，仿佛他横刀夺爱抢走了李娜娜，对韩之光的怨恨从未减弱，可谓感天动地，只要二人一起晒被褥，必定下雨，天气预报反复说晴天都没用。

韩之光索性承认有这么个敌人，他半开玩笑地说："老三，看到你，我就想起了海。"

胖子老三说："是认为我胸怀特别宽广吗？"

韩之光笑道："想起了海我就想起了帆，想起了帆我就想起了船，想起了船我就想起了晕船，想起了晕船我就想吐。哈哈哈！"

尽管几乎天天见面，韩之光还是给李娜娜写了大量的信件，李娜娜都视为珍宝，经常拿出来翻阅。信上有一些水痕，那是李娜娜落在信上的眼泪。

亲爱的娜娜：

我写这封信的时候，心中充满了无尽的忧伤。亲爱的，今天我们一同看了电影《泰坦尼克号》，又吵了架，重要的是我们一同回顾了往昔共同度过的岁月，回忆了我们的初次相爱与完全的付出。当初，我们是多么幸福啊！一切对我而言，都如同梦中一般。1996年6月2日一觉醒来，阳光正好，我和你很早就都醒了，一点也不困，像两只欢快的小鸟，飞出了房子，沿着中山路散步。早晨的阳光充满了温暖的色调，空气那般清新，我俩上了过街天桥，伫立在桥头，我俩望着林立的雄伟的大厦，望着无限的蓝天，心中充满了异样的幸福。亲爱的，你知道吗？我俩在桥头拥抱的那一刻，是我一生中最浪漫的时刻。我的心中荡漾着莫名的冲动，感到自己是天底下最幸福的人。我俩都清楚地记得，我俩在桥头相依相偎时，那位向后倒着走路的老人，他冲着我俩挥手，我俩也冲着他挥手，这挥手表达了一种祝福。我俩都是悲观、内向、封闭的人，我俩能向陌生人祝福，传递着我俩的喜悦，因为那是我俩最快乐、最无忧无虑的日子。我同你一样，在心底保留着那些美好的时刻。

亲爱的娜娜，我还记得你在7月13日忽然不想和我处朋友了，当时我同你谈得很激烈，我在祈求，不想让生命中最大的幸福像浮云一样飘走。我向苍天翘首期盼，已经盼了那么多年。那次我俩都哭了，我对你说："我们分手后，我会一直等你，会等你十年。"你哭了，哭得很伤心。亲爱的，我们再一次走上了那条中山路，那次你拿了一把伞，风很大，天仿佛要下雨，我们在你家附近的一条小巷子里谈话，后来走到那个门洞里，我们用伞挡住行人的视线，我们开始接吻。仅仅一条中山路，就留下了我们多少悲欢离合的故事。

今年春节，我同你妈妈大喊大叫后扬长而去，我背着沉重的包，又来到了中山路，我伫立在我们曾并肩伫立过的那座小桥，不觉泪如雨下。往日的欢乐化作浓重的心酸涌到我心中，我不能自持。我觉得此生再也娶不到你了。亲爱的娜娜，还记得在火车站你追到我的情景吗？看到你，我是多么喜悦，又是多么悲伤。我们在售票处门口拥抱着哭泣。你还记得我们在风华招待所的情景吗？我们相拥在床上，时而哭泣，时而欢笑，我庄严地盟誓：只要我有三寸气在，一辈子不管多么艰难，也要带着你。亲爱的，经历那么多的事，我难道还会抛弃你吗？

亲爱的，你我都是消沉的人，都把感情看得格外重要。我们也有不同之处，你在爱情方面投入的远远比我多，我除了爱情之外，还有热衷的文学，而你，把我们之间的爱情视为你生命的支柱。我从来不考虑你为我付出了多少，我知道，你付出了全部。亲爱的，我在你面前，极为羞愧，无地自容。我欠了你太多太多，而你，丝毫不欠我什么。我日后再也不伤害你，再也不气你，让你过上快乐幸福的生活。我开始主动和你的父母和解，处好关系，不让你万分痛苦与不幸。我爱你！

我还记得你第一次为我送站，你穿着一身粉红色的棉布衣服，你还跟着火车跑，一个劲儿地哭，仿佛我们是生离死别……

四周都是自习的同学，我趴下哭了一会儿，没有让他们看到。

想想我们的未来吧，我们有一间自己的小房子，有可爱的宝宝，我们朝夕相伴，晚上我给你做可口的饭菜，看一会儿电视，一同搂着睡下。那是多么美好的日子啊！

亲爱的，为我们的明天，为我们的幸福，振作起来吧，无论多么艰难，我永远拉着你的手，向光明走去。

之光哥哥
1998年4月19日

亲爱的娜娜：

黄昏，我从自习楼里出来，想在傍晚的风中散散心。有线广播放着臧天朔的《我祈祷》："我祈祷那没有痛苦的爱，却难止住泪流多少……"听着听着，暮色降了下来，夕阳也敛去了。

在白昼与黑暗之间，有这么一段朦胧的时光，夕阳虽已不在，星星却并没有草率地出来。我走在这短暂的黄昏里。独自走了好一会儿，猛一抬头，不禁异常激动——亲爱的，我来到了两年前第一次吻你的地方。一切都在，时节也与当初差不多。你当时穿着紫色的花裙子，那样热情，那样美丽，我们班正在上会计实验课，我便拉着你跑出来，跑到楼下，当时是那么炎热，我迷迷糊糊，恍如梦里一般。我们来到黑大最东边的矮墙下，我指着墙外的塑料大棚，让你看湖，你看了，我也看了，我们当时一定看到了世间最美的风景。那阳光明媚的夏日，你和我沉浸于绝对的幸福之中。要看墙外的风景得站到一截木桩上，你不敢下来，我便顺势抱起了你，并且第一次吻了你。亲爱的，无论日后发生什么，我都不会淡忘这一情景，忘不了从那时燃起的对你炽热的爱。

今天，伫立在两年前的故地，怎不让我感慨万千。两年前与你相恋之际，正是我一生中最茫然无助之时，心也最脆弱，正是你，给我多年阴暗的内心世界带来了真正的光明。此后的一年，是我所经历过的最幸福的日子。

这两年间，你为我受过了多少痛苦与磨难！望着黄昏中的高楼、树木、围墙，不觉想到这两年你我经历了多少事情！那些不敢回忆的日子，那些不忍回忆的日子，那些不能回忆的日子……望着望着，泪水涌满了眼眶。亲爱的，我抱着你躺在床上的那些下午，我常常忘记了时间，忘记了地点，忘记了自己。只有你的面容、体温和芬芳。

我明白了：时间、距离和死亡都无法把我们分开，因为你就是我，我就是你。

之光哥哥

1998年5月14日

大四那年冬天，上晚自习时韩之光呼机响了，是高中好友显锋，显锋说他到了哈市，住在北安驻哈办，韩之光连忙往公共汽车站跑。当韩之光冲进驻哈办大堂顿时愣住了：眼前的人是李华！李华那晚打扮得分外耀眼，她烫了披肩发，上身穿着衣领镶嵌狐狸皮的黑色大衣，足蹬一双土褐色长筒皮靴。

"没想到是我吧？"李华先开了口。

"是的……显锋呢？"

"怕你不来，就说是显锋，诓你的！呵呵，我还算了解你吧。"

李华的口气仿佛昨晚他俩还在一起共进晚餐。

李华是韩之光的高中同学，他曾经苦苦追求她两年，后来李华跟了一个瘪三样的男生。李华的移情别恋给韩之光以巨大的打击，这种打击更多是面子上的，他感觉自己下不来台，当然，心灵也受了不小的打击。

韩之光平静下来了，说大堂不是谈话的地方，提议找一家酒吧。刚好，驻哈办附近就有一家。酒吧门口摆放着一些用机器零件焊接成的雕塑。他俩找了个角落坐下，韩之光点了两扎黑啤和一瓶白兰地，李华随便点了两样小吃。几口啤酒下肚，他们谈话顺畅了一些。

酒吧灯光昏暗，始终在播放着莫扎特的曲子。李华把大衣脱了，露出里面的咖啡色毛衣，韩之光发现她比高中时更丰满了，体态凸凹有致。

韩之光问："怎么这么悠闲，来哈市看我。"

"我在哈市找了份工作，你可能不知道。"

"哦，听说你在大学时很风光，好多男生追你。"

"那算什么大学啊，自费大专而已。"

韩之光喝了口白兰地，皱了皱眉："你不了解我的近况，我已是有女朋友的人了，人在情场，身不由己，日后可能抽不出时间再来看你。"

"我也有男朋友了，他在大学教计算机，比我大几岁，自己开了家计算机公司，我们打算明年五一结婚。飘来荡去这么多年，我累了……我这两天想到了你，不知为什么总想见你一面，就问了你的呼机号。"

"都走上社会了，还那么浪漫，"韩之光突然感觉有些苦涩，"对了，该恭喜你。"

"当我回头看的时候，觉得我们之间的那段感情最沉重，总也挥不去，抹不掉。我当初……我知道你是真心爱我，从一开始就知道……"

"人生长恨水长东……"

"你说什么？音乐太吵没听清。"

韩之光喝了一大口酒："我说人总是会变的，世界上没有永垂不朽的东西。谁和谁是天生一对？谁活着不是为了自己？"

"当初我们都太不成熟了，你是不是仍在怨恨我？"

"旧事重提徒增伤感，何苦呢？我们都该珍惜我们各自的——照你所说的——缘分。感情上受挫的次数一多，就习惯了，还顺便摸索出一些规律：歪打正着、无心插柳、弄假成真、愿者上钩都能皆大欢喜，一旦我动了真情，铁定没戏！小伙子，再来两扎黑啤！"

"你怎么有点儿愤世嫉俗，那不是你。你相信有来生吗？"

"不相信。我追了你两年多，连一张照片都没捞到，运动会上前六名还颁发纪念奖呢。"韩之光学会了调侃。

"过两天我送给你。"

"还是邮来吧，"韩之光给她写下了通信地址。

他俩谈了些旧事……令韩之光惊异的是，李华对那些往事记得十分清晰，甚至连那些最微小的细节都记得。

李华动情地追忆："那次你参加跳高比赛，你刚刚做了脚底手术，只有一次机会，我劝你不要跳了，你说：'不！他们不是我的对手！'你像李小龙那样伸出一根手指，狂妄地大声喊叫。有几位选手听到了，他们对你怒目而视。横杆升到最高的位置，场上的选手都失败了。你甩掉风衣，瘸着腿走上赛场，低头认真地测量步点。你怒吼一声，跳得非常之高，远远高于横杆。你赢了。赛后，你的血把钉子鞋都染红了……"

韩之光笑道："亏你还记得这么详细。"

"那时候觉得你特有男子气概。"

他俩继续喝酒，李华似乎喝多了，脸上漾起红晕。"我那时太任性了，你也很任性啊……不，主要赖我。"

"甭提那个了，"韩之光舌头有些发硬，"还好，这瓶白兰地为我们的感情画了个液体的句号。"

　　"不过我对一切都不后悔，" 李华的泪水一滴滴溅在小桌子上，"你后悔爱过我吗？"

　　"没什么好后悔的！当年为你头发白了三分之一，如今到理发店一染，头发还照样乌黑发亮！"韩之光摇晃着站了起来，"后半夜了，酒保还等着咱走人，好打烊呢。"

　　韩之光结了账。他俩走出酒吧不约而同停下脚步，站在朦胧的灯光里。天空飘起了鹅毛大雪，纷纷扬扬。

　　"多年前的一个下午，在我家，你吻过我之后提出过一个要求，把我吓坏了，我拒绝了你，你还记得吗？"李华幽幽地问。

　　"记得。"

　　"你今晚可以……然后我们永不见面。"

　　雪下得更紧迫了，他俩的呼吸都喷着白气。李华嘴唇火红，她化妆后像一个美艳妖娆的狐狸精。韩之光觉得一把锋利的匕首刺中了他的心，利刃在缓缓转动。

　　他俩久久地互相凝望，好像要把对方刻进脑海。

　　"对不起……"韩之光竭尽全力吐出这三个字。

　　韩之光低头缓步走下台阶，消失在大雪纷飞的夜色中。

　　一上午李娜娜表情阴沉，似乎有什么心事。中午下课后，李娜娜没有去食堂吃饭，而是坐在座位上。同学们纷纷离开，韩之光问："你怎么了？"

　　"你认识李华吗？"李娜娜盯住韩之光的双眼问道。

　　"以前的高中同学，你提她干吗？"韩之光不禁紧张起来。

　　"韩之光，我就不明白了，你追求过四年的那个什么姝，你都能告诉我，怎么还隐瞒了曾经追求过的这个叫李华的女人？"

　　李娜娜从书包中拿出一封信，摔在课桌上，韩之光拿起一看，是李华的两页信，还有李华的三张照片，信封上赫然写着"内有照片请勿折"。

　　证据确凿，韩之光不作声了。

"韩之光,你还挺风流啊!这个李华对你很熟悉啊,什么'你的诗没有变,你的字迹没有变',这到底是怎么一回事?"

"在哈市偶然遇到的,聊了几句,就留了地址。"

"最可恨的是你把我当作猎物,在你的老情人面前炫耀,李华假惺惺地说'看到你有鲜花陪伴,为你高兴,祝福有花的日子快快乐乐'。这个女人和你一样肉麻!你们这对狗男女才是天造地设的一对!"

李娜娜开始哭起来,韩之光连声安慰。

李娜娜怒气未消,把信和照片撕得粉碎,然后用力摔在韩之光的脸上。

自知理亏的韩之光表情复杂,没有作声。韩之光已经不是几年前那个喜欢充当男子汉的男生了。

事后,韩之光分析了这一封信鬼使神差落到李娜娜手中的原因。胖子老三是班级的通讯员,负责取信,胖子老三一直嫉妒韩之光和李娜娜的感情,恨不得拆散了他俩才好。以往韩之光的信老三都是扔在他的床上,这次见到信内有照片,胖子老三居心叵测地交给了李娜娜,让她好奇拆开,造成一场轩然大波。很难说老三不是故意的。

韩之光偶然读到了《新唐书·高阳公主》的一段史实:

合浦公主,始封高阳。下嫁房玄龄子遗爱。主,帝所爱,故礼异它婿。主负所爱而骄。房遗直以嫡当拜银青光禄大夫,让弟遗爱,帝不许。玄龄卒,主导遗爱异赀,既而反谮之,遗直自言,帝痛让主,乃免。自是稍疏外,主快快。会御史劾盗,得浮屠辩机金宝神枕,自言主所赐。初,浮屠庐主之封地,会主与遗爱猎,见而悦之,具帐其庐,与之乱,更以二女子从遗爱,私饷亿计。至是,浮屠殊死,杀奴婢十余。主益望,帝崩无哀容。又浮屠智勖迎占祸福,惠弘能视鬼,道士李晃高医,皆私侍主。主使掖廷令陈玄运伺宫省禨祥,步星次。永徽中,与遗爱谋反,赐死。显庆时追赠。

韩之光第一部长篇小说是描写辩机和尚与高阳公主的爱情故事,题目是《相见欢》。韩之光感觉李娜娜就是高阳公主,自己就是辩机僧,这是两个地位悬殊的人相爱的故事，一个关于地位、伦理、道德的悲剧。韩之光奋力写这个爱情故事，高阳公主和辩机和尚私通，后来辩机和尚被李世民杀死，高阳公主无比哀伤……由于大量的唐朝历史细节无法考证，只写了几千字就不得不放弃了。

　　韩之光总是无法忍受李娜娜的母亲，李娜娜的母亲不但势利，而且异常刻薄，嘴像蝎子的尾巴一般恶毒。《路加福音》说："善人从他心里所存的善，就发出善来；恶人从他心里所存的恶，就发出恶来。"李娜娜的母亲是为富不仁的活生生的例子，她坐在豪华轿车内，把步行或骑车的人都称为"臭要饭的"，性格孤傲的韩之光总是不可避免与她发生冲突。

　　这是韩之光同李娜娜母亲吵架后，李娜娜写给韩之光的情书。

之光：

　　看着你我的影集，我蹲在阳台哭了很久。看到咱们初恋时拍的照片，我的心都碎了。那时候我们是多么幸福啊！我多么希望你还能像以前那样把全部精力、感情、时间都投到我身上，像我三年来对待你一样啊！不知怎的，在咱俩就要分开的时刻，三年多来咱们在一起的一幕幕都浮现在眼前，看看你的日记，再想想近来你的表现，我突然感到你或许并未真正爱过我，或者你对我的感情远没有我想象的深。我一直认为如果你真的爱我如生命，你就肯为我做出任何牺牲，为我做任何改变！

　　扪心自问，从咱俩相恋至今，你为我付出得多，还是为你的文学付出得多呢？就让一切由时间来证明吧！

　　还有好多话要说却没有说明白，因为我此刻心境极差。我也许会嫁给别人，也许会死去，也许会一直一个人，从此不再有欢笑，谁知道呢？一切听天由命吧！我只知道这么一来，我会天天晚上想你，挂念你，我会短寿的！这就是你三年来带给我的最终结果！你不觉得我现在除了父母亲情以外什么都没有了吗？你不觉得我的下场很可悲吗？你不觉得我不会活很久了吗？我恨你！是你害了我，是你毁了我！

　　我渴望拥有一段完美的爱情，你的激情只持续了十分钟，却搅乱了我的余生。我的心像被闪电烧焦了的树桩，孤独地立在那里。

　　如果你遇到了真正适合你的女孩，千万别错过；如果我遇到了合适的人，我也会再找的，咱俩看来已经无缘了。

李娜娜于1999年3月16日下午

李娜娜的母亲与韩之光大吵一架后，夫妇俩去了北京。

借此机会，韩之光与李娜娜和好了，韩之光就住在李娜娜家里。

李娜娜的父母把李娜娜安排到了北京，因为对韩之光不满，没有办理他的关系。韩之光拿着几份"黑龙江大学毕业生就业推荐表"东奔西走，终于在哈尔滨电表厂找到了工作，转关系到哈市的公函也拿到手了。韩之光找到这份工作颇不容易，几次碰壁后他已经有些绝望了，正好赶上黑大毕业生现场招聘会，遇到了热情的人事厂长宋厂长，才一路绿灯。

工作落实了，韩之光忧伤地想：难道我与李娜娜就这样劳燕分飞了？这就是一场恋爱的结果？

李娜娜的父母许诺在北京为她找名牌大学毕业的对象，李娜娜不为所动，一心爱着韩之光。在李娜娜的央求下，李娜娜的父亲让韩之光做出保证，不再顶撞李娜娜的母亲，在北京为韩之光找到了接收单位，调户口和档案的公函也寄到了韩之光手里。韩之光无可奈何地放弃了电表厂的工作，其实对于这家真诚待他的厂子他是问心有愧的。

韩之光和李娜娜都被分配到了北京某部的直属事业单位，当导员宣读分配去向时，韩之光感到其他同学对他俩十分羡慕。

舞王老六被分配到了哈市的银行，菁菁被分配到了家乡大庆的银行，这对金童玉女没有被分到一起，他们的婚事也变得遥遥无期了。

情敌杨海生也被分配到北京的某部委，令韩之光隐隐不快。

寝室内的兄弟几乎都找到了接收单位，唯独胖子老三没有找到工作，要去南方打工。

在寝室的散伙饭上，老三喝得酩酊大醉。舞王老六由于没能和菁菁分到一处，也喝吐了。老六说："我要是家里有点关系，老婆也不能被分回大庆去啊，我在哈市，她在大庆，婚事怕是要黄了。"

韩之光的哥哥考上了注册会计师，辞去了黑河民航的公职，只身去深圳打工，要闯出自己的一片天地，后来哥哥的事业取得了巨大的成功。

李娜娜的五叔租了一辆中巴，把李娜娜家的一些物品由哈市拉往北京。李娜娜家在北京购买了房产，那是一个更加宽敞豪华的房子。

五叔和司机交替开车，拉着李娜娜一家和韩之光去北京。李娜娜像一个过节的孩子那般高兴，她觉得终身大事有了着落。

途经北戴河，韩之光和李娜娜看了向往已久的大海。韩之光后来在小说《长翅膀的男人》中描写过北戴河的大海。

中巴继续飞驰，韩之光望着窗外飞速后退的风景，陷入了沉思。他的四年大学时光结束了，他的整个学生生涯也结束了。他将步入社会，开始一段新的人生，北京在召唤——一个陌生而神奇的世界正在等待着他。

在韩之光的记忆中，大学的四年生活是一个整体，那里有最火热的青春和爱，那里有沸腾的诗情，正是那四年他立志成为一名作家，最重要的是，在大学里他遇到了李娜娜，收获了一生最重要的爱情。那是他一生最幸福的四年，后来他与李娜娜结婚了，又离婚了，前方还有贫穷、发疯、重病等无数苦难在等待着他，然而韩之光当时并不知道这一切，他带着青春的激情向前方奋力奔去……

2016年，韩之光忽然接到了一则短信：

我是威儿，不知你还记得我吗？无意中翻开旧日的影集，看到你的照片，突然百感交集，岁月匆匆，转眼间二十多年都过去了，只是想知道你还好吗？我如今在江苏，有机会的话到我这儿转转。本想打电话的，一忙就到了这时候，怕是突然打电话过去有些唐突，你何时方便发个短信给我，我给你打电话。

韩之光接到短信立刻打去电话，还是韩之光熟悉的声音，只是有些变化，不像当年那样清脆了。电话中得知，威儿在1999年元旦结婚，婚后幸福美满，现在漂亮的女儿已经上初三了。2006年威儿做了胆囊切除手术，此外没有别的大病。威儿事业很成功，目前已经是某中学的副校长了。韩之光也说了自己的近况，他离婚后一直是一个人，他如今在珠海打工，成了落魄的鳏夫，无儿无女，威儿并不嫌弃他，经常同他联系。

后来，韩之光了解到威儿找到他非常不容易，他性格孤僻，几乎不与高中同学联系。威儿搜索韩之光的名字，在百度百科上找到了他的简历，上面没有他的联系方式。威儿看到韩之光用笔名"龙忆五月"发表了一部长篇小说，于是她搜索QQ昵称"龙忆五月"，发现有三个人用这个网名，她选择了在珠海的号，韩之光已经好几年不用这个QQ号了，威儿查看了韩之光的QQ空间，里面仅有十多位访客，威儿联系了几位访客，其中一位访客恰好是贾诚，这样才大费周折找到韩之光。

韩之光给威儿发了电子邮件，把自己的中短篇小说发去了十多篇，直接写她的两篇小说邮寄了样刊，韩之光之前从未把唯一的样刊送人。他给威儿邮寄了书籍和巧克力，威儿给他邮寄了当地特产。

韩之光打电话问威儿："这些小说你读了吗？"

"都看了，最喜欢《再见，女人花》，看完这篇小说，能想象你这么多年的心路历程都化为文字跃然纸上。世事难料，拥有的时候不珍惜，失去了也只能把这些回忆变成小说，不过对你来说，这也是一笔财富吧。有过刻骨铭心的经历写出来的文字自然有深度，让读者有共鸣。只是，那么多女主角一个一个伤心离去，遗憾啊。"

"当年我离开你，你不生我的气吗？"

"对你当时的不告而别，我确实惆怅了一段时间。不过，比起你对其他女主角的伤害，我都可以忽略不计了。呵呵……"

"总幻想有一天，一个女子可以读我的这些小说，没想到是你。这些女主人公现在都嫁人生子了，我对不起好多女子。"

"什么时候也把你的近照发来瞧瞧啊，让我看看还能不能认出来了。"

"我现在又胖又老，我发过去你就不会联系我了。"

"怎么会？我又不像某些人以貌取人。"

"我当年抱过你，还吻过你，你还记得吗？"

"当然记得了，只是没那么深刻……能找到你，我也很开心，偶尔聊聊天也不错。依稀觉得你还是那么阳光，没被生活所累，抗打击能力强。现在青春不复存在了，所以也经常回忆往事。"

"我们现在这样多好啊，可以把你看成红颜知己，也可看成可爱的小妹妹，我的生活变得美好了。与你通电话，是我几年来最快乐的瞬间。两篇小说都有你，证明我心里一直有你。《一去不返的河》里那位女主角写了篇谴责我的小说，把我骂得狗血淋头。"

"也许她受伤很深吧,我没有啊,所以写不出谴责你的小说。再说原谅和怨恨真的只在一念之间——我选择原谅。"

韩之光说:"我的一生有负于人!我最对不起的人是前妻!我决定了,余生不再续娶,以此纪念早逝的前妻。"

威儿说:"你把这一切都写下来吧。"

韩之光从精神病院出院后一直从事宿舍管理员之类的简单工作,为了文学,他再次辞了职,开始异常勤奋地读书写作。他要对得起经历过的所有苦难。经过一年的刻苦写作,他写下了上面的所有文字。

《寻呼机时代的往事》连载于2018年《独山文苑》杂志春季号、夏季号。

其初稿《喜剧之年》发表于《中国校园文学》2004年第7-8期,入选《2004中国青春文学作品精选》一书。

后 记

  编辑完这部文稿我感到一种精神的解脱，那是艰苦的精神劳动过后，常常能体验到的悲欣交集之感。

  自从 1990 年写下生命中的第一首诗歌，我坚持读书写作已经 29 年了！我发表了多种作品：诗歌、经济学论文、文学评论、哲学论文、抒情散文、读书随笔、校园小说、都市小说、历史小说、科幻小说、奇幻小说、仙侠小说……如今作品发表目录已经 9000 多字了，作品样刊样报堆起来已经两米半高了，我依然是个无名写手。我先后辞职写作共八年，辞职时我像一个苦行僧，每天一个人写作，没有固定工作，连续多年一个人过情人节，仅仅为了文学理想而奋斗。

  大学时代起，我就立志从事文学。1998 年，我曾写道："文学是我的信仰。人生美丽而短促，随随便便地浪费了它，是一种罪过。我这样理解不朽：经过一生的努力，为后人留下一部文集。一百年以后，文集在图书馆静静地守候……某一天，一位陌生的读者打开我的书，与作者的灵魂穿越时空交谈，我便在书中复活。"

  我用余生的苦难实践了自己当初的誓言，为了献身写作，同美丽的妻子离婚了，并辞去北京中国建筑文化中心公职，2003 至 2008 年辞职写作五年，发表了大量作品，2009 年因为长篇小说出版失败和前妻身患绝症，悲痛过度，精神崩溃，住院治疗三个月，出院后需继续服药。在精神类药物的副作用之下，我大脑受损，体重增加 50 斤。我有七年没有写作，出于对文学的无限热爱，

后记

2016年底我再次辞职写作，三年内在报刊发表46万字作品，以顽强的毅力重返文坛。本以为已经历尽苦难，没想到更大的苦难还在前方。2019年3月20日，我重病入院抢救，先后住院五个多月，经历了十次病危，花费了巨额医药费。

我辞职写作，暂停了医保和社保，治病需要自费。看到我陷入危难之中，挚友李显锋、作家朱瑞国、蒙泽敏主席、作家张超山、画家徐德义、王树远居士等为我慷慨解囊。这些交情深厚的朋友对我的写作和生活一直热切关注，危难时刻见真情，他们是我可以信赖的朋友。

向梅芳主席、张楚藩老师、黄彩玲主席在三个作家群发起募捐，作家同行纷纷伸出援助之手，119位作家捐款，共筹得善款两万余元。人与人的相逢是一场缘分，感谢有你们！

家乡的大伯、叔叔、姑姑、表弟高明等亲人汇来大量慰问款，其中四叔李洪超就捐助了一万元。平时我与这些亲人来往不多，血浓于水，亲人们并没有忘记我。

珠海市作协卢卫平主席、钟建平主席探望病中的我，带来了他们个人的捐助，也带来了珠海作协的亲切慰问。支持我们奋斗终生的是对文学的热爱！文学让我们一次性的生命具有永恒的意义。

我一直是一个不愿受太多他人恩惠的人，总是喜欢独来独往。如今，我每输一袋血中都有亲人朋友的恩情，我的体内流淌着亲情与友情，有一百多位作家在支持我，让我坚持住，让我挺住，让我的笔下有更多的人间真情。感谢父母、兄长、朋友、亲人、医生、护士，这些恩人重新给了我一次生命！

每个人都会死的，我期望给世间留下文学作品，证明我活过一次。

生命不在于它的长度，而在于它的质量。人，不能白活一次。

一个人离开他人的帮助，很难做出任何成绩。饮水思源，正是恩人们一次次坚定了我的文学信心。要不然，我在奋斗的途中就会放弃了。借此机会，道一声感谢：

感谢兄长李荣辉在思想上的启蒙及数次在经济上的援助。在我陷入绝境无力自拔的时候，兄长多次施以援助，伸出了强有力的手把我拉了起来。兄长有我这个不成器的弟弟，经济上损失很多很多。2019年3月底，兄长来医院看望我，只有两个人的时候，我和哥哥说："我有那么自私吗？如果我真得了那些不能治的血液病，就是那些花了几百万也治不好的血液病，我不会花光父母养老的钱,卖了父母的房子,只为了自己多活几十天。我没有那么自私,我的命也没有那么值钱!我会交代好后事,找一个楼跳下去的。这次不同,这次我能活命,大哥,救救我!"大哥说:"老弟,别想那么多,安心治病,配合治疗。钱的方面你不用考虑。"我说:"万一我得的是不能治的血液病,我走之后,希望大哥照顾好父母,除了父母,我在这个世界上再无牵挂。"说罢,我已经泪流满面。大哥沉默了很久没有说话,随后转来了七万元,并答应会继续支持我治病。我在朋友圈感谢大哥,大哥回复:"兄弟之义,存于心间就好。"

感谢挚友李显锋多次鼎力相助。我与显锋结交二十余年,最佩服他人格与道德的力量。显锋大有古代君子之风,做事光明磊落,侠义为怀。在我一生中,显锋一次又一次伸手援助。今年我患重病,显锋夫妇拿出7000元支付了部分医药费。显锋说:"艰难困苦,玉汝于成!"

感谢作家朱瑞国百忙之中为我写序言。朱瑞国在小说方面具有超群的才华,他的长篇小说《病人》闪烁着天才的光辉。

感谢《清明》杂志编辑鲁书妮老师。我出身工人家庭,不认识编辑,所有发表的作品都是自由投稿。2006年,鲁老师毅然在著名杂志《清明》上推出了我的两部中篇小说。

感谢《作品》杂志王十月副总编、周朝军老师发表了我自由投稿的短篇小说《众妙之门》,感谢两位老师的提携!

感谢《人民文学》杂志韩作荣主编,韩主编把我的两首诗选入了中国作家协会编选的《2000中国诗歌精选》一书,并在后记中评论道:"更为惊心动魄的,是李春辉的《无辜的死囚》,诗人从一只待宰的狗的眼睛中所看到的冷漠,对确定无疑的命运的冷漠,沉重而揪心。"

感谢《独山文苑》杂志蒙泽敏主编,蒙主编在杂志上分四期连载了我的长篇小说《海底的火焰》(本书所选《寻呼机时代的往事》为其中的一部分),此外还发表了我大量的中短篇小说和评论。

感谢《潮州日报》张楚藩老师,张老师三年来发表我随笔50多篇,是指导我随笔写作的恩师。

感谢盛祥兰老师,盛老师在《珠江晚报》为我开设随笔专栏,当她调到《珠海特区报》后仍继续发表我的随笔,盛老师也是指导我随笔写作的导师,三年累计发表随笔近50篇。

后记

感谢《诗刊》杂志李小雨副主编、《珠海文学》杂志钟建平主编、《信宜文艺》杂志向梅芳主席、《牡丹》杂志王小朋主编、台湾《创世纪》杂志张默主编、《科学24小时》杂志蔡勇强主编、香港《文学村》杂志陈家春主编、《科学画报》杂志姜季胜老师、《青年文学家》杂志王长军副主编、《岁月》杂志潘永翔主编、《诗歌月刊》杂志王明韵主编、《飞天》杂志李老乡老师、《中国校园文学》杂志钱光培老师、《诗选刊》杂志赵丽华老师、《中国铁路文学》杂志于颖俐老师、《延安文学》杂志艾东黎老师、《江河文学》杂志胡翠芳老师、《龙川文艺》杂志王受庆主编、《乌蒙山》杂志彭静主编、《高要报》李振杰主编、《阳关》杂志林染老师、香港《浪花》杂志龙苑老师、香港《百合》杂志关怀广主编、《红海滩》杂志宋晓杰老师、《北极光》杂志方见老师、《江门文艺》杂志鄢文江老师、《草海》杂志李正超老师,感谢他们多次发表我的文学作品!

感谢《都市》杂志高璟老师、《扬子江诗刊》杂志孙友田主编、《边疆文学》杂志哈丁老师、《太湖》杂志郑慧老师、《青年作家》杂志阿慧老师、《苏州杂志》杂志陶文瑜老师、《新国风》杂志丁慨然主编、《骏马》杂志刘文老师、《六盘山》杂志郭文斌老师,这个名单还有很长很长……感谢他们发表我的作品。还要感谢台湾《葡萄园》杂志、台湾《乾坤诗刊》杂志等众多没有署名的编辑,他们发表了我的作品,我却不知道他们的名字。

编辑与作者的共鸣是一种缘分。文字之交,弥足珍贵。如今,他们大部分已经离开编辑岗位了,有几位已经离世了,我深深怀念和感激他们!他们是我一生感激的文学领路人,他们的提携我终生都不敢忘记。

读者是上帝,感谢每一位阅读我作品的读者!

最后感谢父母的养育之恩,那份感激不是言语所能表达的。在辞职写作期间,如果不是父母照顾我的日常生活,写作根本无法进行。我的全部文学天赋来自仅有小学文化的父母。父亲喜欢古典诗词和《三国演义》,喝酒后常常背诵古诗,父亲偏爱舞文弄墨,曾在报纸上发表过一些文章。父亲的爱是深沉的,到了成年之后,才理解父亲对我的真挚的爱。母亲自幼酷爱文学,熟读中国古典名著,母亲无数次阅读过《红楼梦》,我最推崇的、阅读次数最多的也是这本书。23岁的母亲一个人把电影《徐秋影案件》改编为评剧剧本《江畔疑影》,评剧在生产大队上表演数场,很受观众欢迎。父母购买了满满一书架文学书,从少年时我就如饥似渴地读书,后来才走上了作家的道路。

今年住院期间因为血小板低，医生一直让我躺在床上，禁止下地行走，否则有生命危险。医院距离我家有三里远，爸爸晚上经常蹬三轮车把我拉回家。此间，我瘦了26斤，爸爸瘦了7斤。我身材高大，暴瘦后仍有150斤，73岁的老父亲推着我，我总是于心不忍。那个大风大雨之夜，路灯昏黄，我在车后面举着塑料布挡雨，爸爸穿着雨衣蹬三轮车，有一种父子相依为命的感觉。

住院期间父亲不分昼夜地陪伴我，父亲陪我说了很多话，我们父子俩从来没有说过这么多话。父亲用轮椅推我去看风景，扶我上厕所，为我做饭和打饭，为我洗澡，我仿佛又重新成了儿童，享受着父亲的照顾。

降生45年来，我几乎一无是处，母亲依旧无条件地爱着我。母亲年轻时很美丽，如今满头白发让人心酸。我自认不是个让母亲省心的孝顺儿子。在我最脆弱、最绝望的时候，是母亲给了我力量，给了我勇气。母亲总是悄悄为我攒钱，我劝母亲不要这样做，多买些有营养的东西补补身体。母亲说："我的小儿子还没有找对象呢。什么时候你再次结婚了，妈妈就是死了，也能闭上眼睛。"对母亲，我唯有无限的爱与感激。2009年底，我住精神科三个月，当时父亲恰好不在，母亲经常去医院看望我，为我带来食物和书籍，我常常隔着医院的铁窗，眼巴巴地等待妈妈的到来。出院后一贫如洗，我又失去了工作，此时妈妈在小区捡到了十九万现金，附近并没有摄像头，不会有人知道，我与妈妈商量后决定归还失主。打电话报警，把钱全部交给了泥湾派出所，妈妈亲手把钱交给失主。我平生没有做过什么大恶，我相信因果报应。我此次得重病，大难不死，是妈妈为我积福了。我妈妈叫韩淑珍，读者可以去泥湾派出所核实的。我坚信：上帝保佑高尚的人。

父爱如山，母爱如海，我一辈子都报答不了。看到二儿子因为全职写作长期贫困，父母把退休后多年的积蓄全部给了我。我把这部小说集献给父亲和母亲，希望报答父母恩情的万分之一。

李春辉
2019年9月于珠海碧水岸